暴れ彦四郎

鎌倉河岸捕物控〈四の巻〉

新装版

佐伯泰英

時代小説文庫

角川春樹事務所

目次

鎌倉河岸周辺
鎌倉河岸
豊島屋
しほの長屋
弁天湯
龍閑橋
青物市場
むじな長屋
舘市右衛門屋敷
常盤橋
船宿綱定
彦四郎の長屋
金座
金座裏
龍閑川
林道場
樽屋藤左衛門屋敷
政次の長屋
西
南
北
東
0
200m

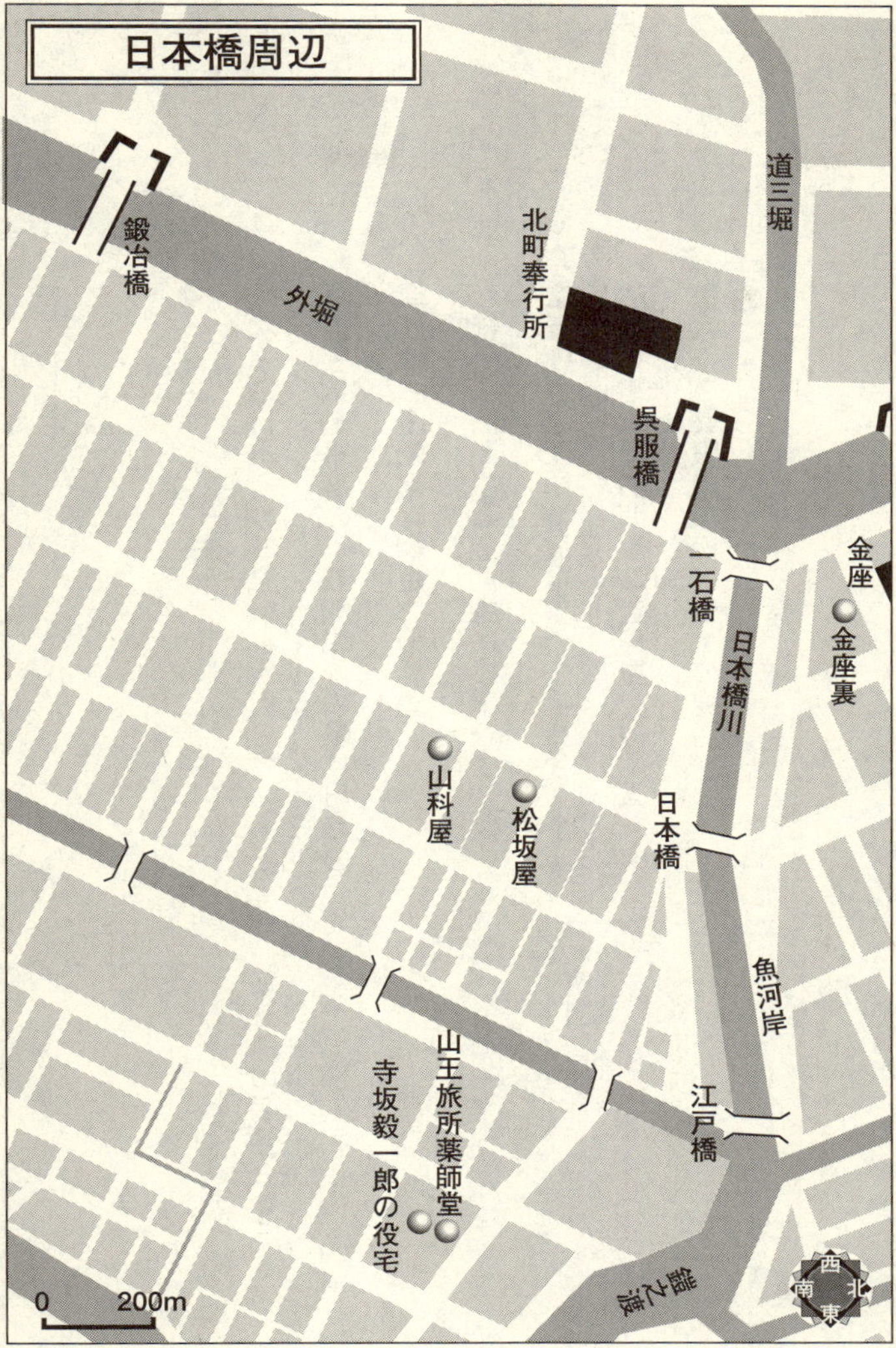
日本橋周辺
鍛冶橋
外堀
北町奉行所
道三堀
呉服橋
一石橋
金座
金座裏
日本橋川
山科屋
松坂屋
日本橋
魚河岸
江戸橋
山王旅所薬師堂
寺坂毅一郎の役宅
鎧之渡
0
200m
西
北
東
南

●主な登場人物

政次……日本橋の呉服屋『松坂屋』のもと手代。宗五郎の手先となる。

亮吉……金座裏の宗五郎親分の駆け出しの手先。

彦四郎……船宿『綱定』の船頭。

しほ……酒問屋『豊島屋』に奉公する娘。

宗五郎……江戸で最古参の十手持ち、金座裏の九代目。

清蔵……大手酒問屋『豊島屋』の主人。

松六……呉服屋『松坂屋』の隠居。

暴れ彦四郎

鎌倉河岸捕物控〈四の巻〉

序章

寛政《かんせい》十年（一七九八）師走《しわす》の鎌倉河岸《かまくらがし》に昼下がりの陽光が散っていた。それはどこか忙《せわ》しげで、どこかのんびりとしていた。

しほは葉を落とした老桜に手をあてて、旅の無事を祈った。

八代将軍吉宗《よしむね》のお手植えの桜は樹齢八十余年を経《へ》て、白酒の豊島屋《としまや》と同じく鎌倉河岸の名物になっていた。

豊島屋に奉公するしほにとってこの桜は守り神、悩みがあるときや哀《かな》しいときにはこの老樹に相談するのだ。

「しほちゃん、そろそろ刻限だ」

政次《せいじ》の遠慮げな声が背でした。

真新しい手拭《てぬ》いで姉様かぶり、赤い脚絆《きゃはん》に手甲《てっこう》、道行衣《みちゆきごろも》に杖《つえ》をついたしほはいつもより大人びて見えた。

政次と亮吉《りょうきち》はまぶしそうにしほを見ると江戸土産《みやげ》の包みを手に提《さ》げた。

鎌倉河岸の東の端に龍閑橋《りゅうかんばし》がある。

三人の男女は龍閑橋際の船宿綱定《つなさだ》に向かった。

「しほちゃん、旅にはもってこいの日和《ひより》だぜ」

澄み切った空に千代田の城もくっきりと浮かび上がっていた。

鎌倉河岸は江戸城を築いたときの資材揚げ場だ。江戸の中でも御城と町家が身近に接する場所の一つだった。

酒問屋豊島屋の大旦那《おおだんな》清蔵《せいぞう》は、

「千代田の城とはご町内だよ」

といつも自慢していた。

その城がしほの旅立ちを見送っていた。

しほは新春に予定された従姉妹《いとこ》佐々木《ささき》春菜《はるな》と川越《かわごえ》藩小姓組《こしょうぐみ》の静谷《しずたに》理一郎《りいちろう》の祝言《しゅうげん》に招かれて、川越まで一人旅をしようとしていた。

しほの父、村上田之助《たのすけ》は元川越藩納戸《なんど》役《やく》七十石《こく》、母は御《お》小姓番頭《こしょうばんがしら》三百六十石の久保田修理《しゅり》太夫《だゆう》の三女早希《さき》であった。両家は親しい付き合いがあって、田之助と早希は許婚《いいなずけ》の間柄であった。が、家老の倅《せがれ》が早希に横恋慕《よこれんぼ》していったんは婚約は解消された。

家老の倅との祝言を明日に控えた夜、田之助と早希は川越を出奔《しゅっぽん》した。

その後、名を変えて諸国を流浪したのち、しほが生まれ、一家は江戸に流れついてひっそりと裏長屋に暮らしていた。そして、貧乏暮らしの中、母の早希が亡《な》くなり、ついで父の田之助も賭碁《かけご》の諍《いさか》いの末に殺されて死んだ。

天涯孤独になったしほは、豊島屋で通いの女中奉公をしながら生きてきた。

そのしほを支えてくれたのが鎌倉河岸裏のむじな長屋に生まれ育った政次、亮吉、彦四郎《ひこしろう》の幼馴染《おさななじ》みの若者たちだ。

政次は寺子屋の師匠《ししょう》が学問を続けさせたいと飾り職人の父親に頼んだほどの聡明さと落ち着きを持っており、呉服屋の老舗松坂屋《しにせまつざかや》に奉公に入った。そして、同輩の中で一番最初に手代《てだい》に昇進した。

亮吉は金座裏《きんざうら》でお上《かみ》の御用を務める古町町人《こまちちようにん》の宗五郎《そうごろう》親分の手先《てさき》になった。生来、旺盛《おうせい》な好奇心と尻軽《しりがる》さで江戸の町を忙しく飛び回っている。

川が好きで船頭になった彦四郎は、船宿綱定の人気者で、

「彦四郎の漕《こ》ぐ船はそよとも揺れません」

と贔屓《ひいき》の旦那衆を持って、三人の中では一番懐《ふところ》が豊かだった。

その三人の関係に変化が生じた。

松坂屋の隠居の松六《しょうろく》と金座裏の親分宗五郎の話し合いで政次は松坂屋を辞《や》め、金座

裏の手先になったのだ。

将軍家御目見《おめみえ》格の古町町人の松六は、同じ古町町人で江戸幕府が始まって以来の御用聞き、金座裏の宗五郎とおみつの夫婦に子がなく、九代目で途絶えることを心配していた。そこへ宗五郎から政次を譲ってはもらえぬかとの申し出があったのだ。

政次はただの手先として金座裏へ入ったのではない。

十代目宗五郎を継ぐ含みで職を変えたのだ。だが、政次は一切そのことには関わりないという顔で朝から晩まで汗みどろになって江戸の町を走り回っていた。

「おおっ、来たか」

なんと龍閑橋の船宿綱定の船着場には船宿の主《あるじ》の大五郎《だいごろう》、おふじの夫婦、金座裏の御用聞きの宗五郎親分とおみつ、手先の八百亀《やおかめ》や常丸《つねまる》、豊島屋の大旦那清蔵に小僧の庄太《しょうた》たちと大勢が見送りに待っていた。

しほは呆然《ぼうぜん》として言葉を失って立ち竦《すく》んだ。

「さあ、乗った乗った」

彦四郎が言い、さっさと亮吉が舳先《へさき》に乗り込んだ。

船には豊島屋の清蔵が佐々木家の祝いにと贈った菰《こも》かぶりの四斗樽《しとだる》がでーんと鎮座していた。灘《なだ》の名酒だ。

「しほ姉ちゃん、鎌倉河岸に戻ってくるよな」

腹のところで何重にも折り込んだ前掛けの庄太が心配げな顔で聞く。ちびの庄太には大人の前掛けが長過ぎるのだ。

「しっかり働くのよ、お土産を持って戻ってくるからね」

「あいよ」

庄太は元気よく返答した。

政次は豊島屋の旦那や宗五郎が持たせてくれた数々の祝いの品を猪牙舟《ちょき》に乗せた。

しほは、別れの挨拶《あいさつ》をして、

「旦那様、親分さん、皆さん、お見送りありがとうございます」

と、ようやく猪牙舟に乗り込んだ。そして、胴の間に正座すると見送りの人に頭を下げた。

おふじが舳先に手を添えて、

「しほちゃん、元気で行ってらっしゃいな」

と形ばかりに押した。

猪牙舟が船着場を離れた。すると岸辺を竿《さお》で押した彦四郎が櫓《ろ》に代えた。

「川越の方々によろしくな」

宗五郎親分が言い、しほはまた頭を下げた。

御堀に出たとき、しほが肩の力を抜いて小さな息をついた。

「まさかあれほど大勢の方々のお見送りを受けるとは夢にも思わなかったわ」

「親分に清蔵旦那まで来なすったからな」

亮吉が舳先に座って陽《ひ》に焼けた顔を向けた。

「高瀬舟《たかせぶね》に乗ってしまえばもう安心だ。黙っていても川越の河岸まで連れていってくれるからね」

政次が初めて船旅をするしほの身を気遣《きづか》った。手代から手先に鞍替《くらが》えした政次だが、まだ商人の言葉遣いが抜けなかった。

猪牙舟は御堀から日本橋川に入った。すると急に船の往来が増えてきた。

行く手には日本橋が見えた。

初めての一人旅にしほは、皆の勧《すす》めもあって川越舟運《しゅううん》を選んだ。

扇河岸《おうぎがし》、上新《かみしん》河岸、下《しも》新河岸、牛子河岸、そして寺尾河岸の川越五河岸から新河岸川、荒川、墨田川を利用して、江戸は日本橋の箱崎《はこざき》まで定期船が通っていた。

人や魚河岸の荷を川越に運ぶ早船は船底の浅い高瀬舟が使われた。

この屋根付きの船は七、八十石積み、人間なら七十人ほどを乗せることができた。

早船は一六《いちろく》、二七《にしち》、三八《さんぱち》、四九《しく》、五十《ごとう》などと呼び習わされ、川越新河岸を一日に出た一六船は、六日には川越に戻り再び下り便として発《た》った。つまり川越を毎日出て、江戸との間を四日から五日で往復していた。

乗合客は浅草の花川戸《はなかわど》河岸が終点、箱崎河岸は荷の積み降ろしだけだ。ところが浅草の花川戸河岸に行くには遠すぎるとか、荷の付き添いということで馴染みの客の中には箱崎河岸で乗り込む者もいた。

彦四郎と亮吉が前もって掛け合い、しほも龍閑橋に近い箱崎河岸から乗ることにしたのだ。

「しほちゃん、庄太じゃねえけどよ、江戸に戻ってくるよな」

「どうしてそんなこと聞くの」

「川越じゃ、伯母《おば》さん方がよ、しほちゃんの世話をしようと手ぐすね引いていなさるぜ。家中《かちゅう》の若侍と見合いなんてこともあらあ」

亮吉の言葉に彦四郎が高笑いし、しほも、

「馬鹿《ばか》なこと考えないの」

と一蹴《いっしゅう》した。

「なにが馬鹿なものか。しほちゃんのお父つあんとおっ母さんの出奔に絡《から》んだ藩騒動のときよ、親分が川越に乗り込みなさったことがあったろう。そのときのことを忘れたか」

しほの両親は偶然にも出奔の夜に家老と藩の御用商人の不正の現場を見てしまった。田之助が家老と御用商人を斬《き》りつけ、二人は不正の証拠の書き付けを持って逃げたのだ。

十数年後、それが発覚したのは家老の倅が同じ手口で不正を続けていたことと、この書き付けが残っていたからだ。

その折り、金座裏の親分や川越藩の改革派の若侍たちが動いて二代にわたる不正を摘発し、藩に巣くっていた獅子身中《しししんちゅう》の虫を退治していた。

藩主松平大和守直恒《まつだいらやまとのかみなおつね》は江戸で名代《なだい》の十手《じって》持《も》ちに、

「村上と久保田の遺児しほに久保田家三百六十石を再興させて継がせてもよい」

と申し付けていた。

だが、その話を聞いたしほは、

「私は物心ついたときから町娘として鎌倉河岸で育ちました。このままに生きとうございます」

と断っている。

亮吉はそのことを心配していたのだ。

「亮吉、頭が禿《は》げるぜ」

と彦四郎がしほに代わってまた言った。

「しほちゃん、手形は持っているな」

永久橋《えいきゅうばし》の川越舟運の船着場が近くなって政次が聞いた。

江戸時代、

「入鉄砲《いりでっぽう》に出女《でおんな》」

と言われるほど、女の旅は困難を極めた。

しほが道行衣の下の懐を探って、

「お奉行様《ぶぎょう》直々《じきじき》の書き付け、忘れるものですか」

と出して見せた。

江戸から女が旅に出る場合、町奉行所の裏書きをした女手形が必要であった。

女証文、女切手ともいうその手形を、金座裏の親分の旦那である北町《きたまち》奉行所の定《じょう》廻同心《まわりどうしん》寺坂《てらさか》毅一郎《きいちろう》は、上司の与力《よりき》牧野《まきの》勝五郎《かつごろう》に掛け合って出してもらった。その折り、牧野は、

「しほなれば奉行所のために常々働いてくれておる」

と人相描きの功労を考えて、奉行の小田切土佐守直年《おだぎりとさのかみなおとし》の添え書きまで入れてくれたのだ。

女の一人旅とはいえ、北町奉行の添え書きまで入れた手形を持つ者はいない。

「しほちゃん、近江屋《おうみや》の船着場に着いたぜ」

舳先の亮吉が声を上げ、彦四郎が出船を待つ高瀬舟のそばに着けた。すると河岸から近江屋の番頭が、

「しほ様にございますな」

と聞いてきた。

「おお、鎌倉河岸のしほちゃんだぜ」

亮吉がしほの代わりに返事をすると、

「お待ちしておりました。川越藩の江戸留守居役《るすいやく》様から、しほ様は藩の大事な方と使いが見えられておりました」

「まあっ」

町娘が旅するだけのこと、川越藩から声が掛かるなんてとしほは呆《あき》れた。

川越と江戸を結ぶ定期船運航は江戸初期、川越藩主松平伊豆守信綱《いずのかみのぶつな》の考えで始まり、その後の新河岸川の開削《かいさく》などにも藩が関与した。

江戸屋敷から使いをうければ、江戸の船問屋の近江屋茂兵衛《もへえ》としては丁重《ていちょう》に扱わざるをえない。ということは川越の佐々木や園村《そのむら》の家が江戸屋敷に頼んだということだ。

「なんでえ、おれたちの出番はねえのか」

金座裏の親分の名を持ち出して、しほの旅の安全を船頭に頼もうとした亮吉ががっかりした顔で言い、高瀬舟に這《は》い上がった。

「荷をくれねえな」

政次がしほの大荷物を受け取った。船旅だから持って行ける荷の量だ。

「しほ様の席はこちらですよ」

しほの席は中央に取ってあった。

「すまねえが若い娘の一人旅だ。世話してくんな」

亮吉が飲み込み顔にすでに乗り込んでいた客に挨拶した。

「番頭さん、あとは世話なしだな」

「へえ、乗り合いの方々はあとは乗っておられるだけで、明後日《あさって》の夕刻には川越に着きますよ」

猪牙舟を舫《もや》っていた彦四郎が軽々と四斗樽を担いで高瀬舟に上がってきた。

政次は、彦四郎の姿を驚きの表情で見る宗匠風情《そうしょうふぜい》の老人に気がついた。

彦四郎を見たときの驚きの顔は、厳しい目付きであったが、すぐにそれが柔和《にゅうわ》な表情に戻された。

知り合いか、彦四郎も会釈《えしゃく》をしてぺこりと顔を下げた。が、深い付き合いはないらしい。大力の船頭はしほのかたわらに、菰かぶりを背もたれにできるように据《す》えた。

「しほちゃんのこった。何も心配はいらねえが、旅に出ると水が変わらあ。それだけは気をつけな」

懐から薬袋を出して、

「うちのおかみさんからだ。頭痛から腹下しまで一切合切《いっさいがっさい》入っていらあ」

と渡した。

「おふじさんが。ありがとう」

しほは思わず涙が流れそうになった。

「上げ潮だ、船が出るぞう!」

高瀬舟の船頭が叫び、帆が張られた。

政次たちは猪牙舟に飛び移った。

亮吉が叫んだ。

「しほちゃん、おっ母さんとお父つあんの生まれ故郷を楽しんでくるんだぜ」

「はい」

「佐々木様の奥様方にくれぐれもよろしく言っておくれ。春菜様には江戸の者たちがおめでとうと言っていたと伝えておくれ」

政次は松坂屋の手代時代に川越へ商《あきな》いで行っており、そのことがしほの出自を明らかにする切っ掛けになっていたのだ。

「はい、きっと伝えます」

しほが船端《ふなばた》から手を振った。

三人の男たちも振り返した。

高瀬舟は折りからの追い風と上げ潮に乗って大川《おおかわ》に出ると、次の停泊地の浅草の花川戸河岸に遡《さかのぼ》っていった。

第一話　あらみ七つ

一

上げ潮に乗った高瀬舟《たかせぶね》は、大川《おおかわ》に出ると順風を帆にはらんで浅草の花川戸《はなかわど》河岸《がし》まで一気に進んだ。

しほは風呂敷包みから筆と墨と画帳を出すと、膝《ひざ》の前に並べた。ひと呼吸した後、画帳の二枚目に最初の旅の風景を描き始めた。

満帆《まんぱん》にした高瀬舟が箱崎《はこざき》河岸を離れる光景だ。

見送りの猪牙《ちょき》舟には政次《せいじ》、亮吉《りょうきち》、彦四郎《ひこしろう》の姿も描き込んだ。

江戸に帰着したとき、旅の様子を皆に見せようと思ったからだ。

線描だけでさっと描くと、空けていた一枚目へ龍閑橋《りゅうかんばし》の見送りの光景を描こうとした。

そのとき、高瀬舟は吾妻橋《あづまばし》を潜《くぐ》り、舳先《へさき》に立つ船頭が叫んだ。

「川越《かわごえ》行きの乗合船が着いたぞ！」

するとと年の瀬の風にそよぐ柳の枝が花川戸河岸に見えた。

川越舟運《しゅううん》の花川戸河岸は今では隅田公園に姿を変えている。

川越五河岸を前夜に出た高瀬舟がこの終点に着くのが朝のこと、浅草まで下り通した客には川の水で炊《た》いた朝餉《あさげ》が供され、そのお菜《かず》は焼豆腐か油揚が決まりだったという。

「船頭さんの命《めい》に従って、乗ってくださいよ！」

船問屋の嶋屋《しまや》仁《じん》右衛《え》門《もん》の番頭が声を張り上げて、客に注意した。

問屋は嶋屋の他に藤屋、中村屋とあって、三つの問屋を合わせた乗合客は六、七十人はいた。

しほは箱崎河岸から乗り込んだ、
（ズル）
を恥じる思いと、よかったと安堵《あんど》する気持ちで、船頭の制止を振り切りながら我先にと乗り込む客を見た。

船問屋の番頭が客の荷を船頭に渡し、船頭が高瀬舟のあちこちに案配よく荷を散らして積み込んだ。ついでに好き勝手に座り込んだ客たちを、

「ほれほれ、そこの客人よ、船端《ふなばた》に寄り過ぎじゃ。高瀬舟がひっくり返っても知らん、こっちがおまえ様の席じゃぞ」

と移動させた。

しほの周りは武家や大店《おおだな》の旦那《だんな》に僧侶といった身分の高い人ばかりで、足が伸ばせるほどゆったりしていた。

やがて、しほは不思議な光景を目にした。

乗合客がなんとか落ち着いた頃合《ころあい》、

「おまえ様よ、もう船が出るちゅうに下りちゃいかんぞ」

と艫《とも》で主船頭が箱崎から乗り込んでいた宗匠《そうしょう》風の老人に注意した。

老人はその声を振り切って、

「ちょいと用事を思い出しました」

と答えると手に荷を持って、身軽に河岸に飛んだ。

「船賃は戻らんが、いいな」

老人はもはやそれには答えようとはせず、すたすたと浅草の町並へと姿を消した。

(変なお年寄り……)

しほはそう思いながら、花川戸河岸で船を下りた老人の風貌《ふうぼう》と動きを描き込んだ。

そして、

高瀬舟　乗るも降りるも　冬柳

と下手《へた》な五七五を書き込んだのは老人の宗匠姿が詠《よ》ませたものだ。

「乗り忘れた客はいませんな！」

「船が出るぞ、川越行きの早船が出るぞ！」

河岸で番頭が、船では船頭が叫んで船はゆっくりと河岸を離れた。

鎌倉《かまくら》河岸の名物は、なんといっても老桜と慶長《けいちょう》元年（一五九六）に豊島屋十右衛門《としまやじゅうえもん》が開いた酒問屋と店の片隅に一杯呑《の》み屋を持つ豊島屋だ。

お手植えの桜は八十余年だが、豊島屋は二百二年と徳川幕府誕生よりも古い。

桃の節句の白酒は、

「山なれば富士　白酒ならば豊島屋」

と言われるほど江戸中に知れ渡り、二月の初売りの日には千四百樽も売るほどだ。

だが、鎌倉河岸界隈《かいわい》に住む長屋の住人や河岸を使う船頭、馬方《うまかた》、駕籠《かご》かき、職人たちにとっては、安くて美味《うま》い下《くだ》り酒に一本串の田楽《でんがく》が目当てだった。

この夜、鎌倉河岸の豊島屋に亮吉、政次、彦四郎と三人の姿があった。が、名物の田楽も自慢の銘酒もあまり進んでいなかった。

「亮吉さん、やっぱりしほ姉ちゃんがいないと酒も進みませんか」

ちびの庄太《しようた》が前掛けを引きずりながら聞いた。

「ふーう」

と溜《た》め息を吐《つ》いた亮吉が、

「小僧のちぼに心配してもらうようじゃ、金座《きんざ》裏《うら》の亮吉も終わりだな」

「私はちぼなんかじゃありませんよ」

ちぼとは掏摸《すり》のことだ。

庄太は、貧乏一家の窮状を見兼ねて掏摸を働いた。

それを偶然にも金座裏の親分や清蔵《せいぞう》に見られたのだ。その後、亮吉に捕まって親分にしっかりとお灸《きゆう》を据《す》えられた。

豊島屋の小僧として働けたのも宗五郎《そうごろう》と清蔵のおかげだ。

「おお、そうだったな」

亮吉は杯に手を伸ばしかけ、止めた。

「しほちゃんはどの辺りまで行ったかな」

「何遍同じことを聞きやがる」

彦四郎が言い、

「川越船は潮の上がり具合と風任せ、さて熊《くま》ノ木《き》河岸は越えたあたりかな」

と、こちらも先程から同じ言葉を吐いた。

「政次、しほちゃんは帰ってくるよな」

「亮吉、しほちゃんはなんと言った」

「私は物心ついたときから鎌倉河岸で育ちました。鎌倉河岸が国許《くにもと》にございます
……」

「……ならば帰ってくるさ」

「政次、おめえは薄情者だな、しれっとしてやがる」

亮吉が酔ってもいない酒で絡《から》んだ。

「亮吉、まだ一晩も経《た》ってねえのに寂《さび》しいか」

大店の旦那のくせに店先で馬方や職人の酒の相手をしているのが好きな清蔵が話に加わった。

「旦那だって寂しかろう」

「ああ、看板娘がいなくてさ、火が消えたようだな」

清蔵も正直に答えて、店を見回した。

寒くなったせいで店は熱燗《あつかん》に田楽を楽しむ客で賑《にぎ》わっていた。

だが、清蔵の胸の内にもぽっかり穴が空いたようである。

そのとき、店の戸が引き開けられ、金座裏の手先《てさき》の常丸《つねまる》が飛び込んできた。

「亮吉、政次、試《ため》し斬《ぎ》りが出やがった！」

「兄い、合点承知《がってんしょうち》だ！」

と寂しさを一気に振り払った亮吉が応じ、政次が常丸に頭を下げると立ち上がった。

「常丸兄い、現場はどこだ」

彦四郎が鼻をうごめかした。

「ふざけやがって、越前堀《えちぜんぼり》だ！」

越前堀は町奉行所《まちぶぎょうしょ》の与力同心《よりきどうしん》の住む八丁堀《はっちょうぼり》に近い。

常丸はそのことを言ったのだ。

「おれが送るぜ」

彦四郎も立ち上がりながら、巾着《きんちゃく》を引き出した。

「彦四郎、ご苦労賃だ」

清蔵が言い、その代わり……と言いかけると、

「探索の模様を知らせろと言うんだろ、合点だ」

と彦四郎が引き受け、まるで自分が金座裏の手先のように店の外に走り出していった。呼びに来た常丸が苦笑いして、

「旦那、あやつらを可愛《かわい》がるのはいいが、甘やかしちゃいけませんぜ」

と釘《くぎ》を刺した。


御堀と大川を結ぶ日本橋川を一石橋《いっこくばし》、日本橋、江戸橋と潜り、鎧《よろい》の渡しを過ぎると、南北に延びる堀と交差する。

ここで左手に曲がれば、しほが船出した川越舟運の荷揚場の箱崎河岸だ。右に行けば霊岸橋《れいがんばし》を潜って町方与力同心が多く住む八丁堀、さらに進んで亀島橋《かめじまばし》の下を通って左斜《なな》めに折れたところ、高橋までが越前堀だ。

彦四郎の漕《こ》ぐ猪牙舟から亀島橋と高橋のちょうど中間、東湊町《ひがしみなとちょう》の河岸に御用提灯《ごようぢょうちん》の明かりがちらほらと見えた。

奉行所の御用船もたった今到着した様子だ。

「親分、遅くなりました」

亮吉が、袷《あわせ》の裾《すそ》を腰の帯にたくしこんだ九代目金座裏の宗五郎に声をかけた。

宗五郎は旦那の北町《きたまち》奉行所 定廻《じょうまわり》 同心《どうしん》寺坂《てらさか》毅《き》一郎《いちろう》と、河岸に横たわる亡骸《なきがら》を検《あらた》めようとしていた。

「おおっ、来たか」

宗五郎が手先たちに応《こた》えて、寺坂に視線を戻すと亡骸のかたわらにしゃがんだ。すると背の帯に斜めに差された金流しの長十手《ながじって》がちらりと覗《のぞ》いた。

寛永《かんえい》十年（一六三三）、金座に浪人崩れの押し込み強盗が入った。

そのとき、二代目の宗五郎が左手首を斬り落とされながらも体を張って金座を守り抜き、その功績に金座の後藤家では、玉鋼《たまはがね》に金を流した一尺六寸（約四十八センチ）の長十手を贈った。

この一件は、時の三代将軍家光《いえみつ》の耳にも入り、金座を死守した宗五郎はお上《かみ》公認の十手持ちとなった。

「袈裟《けさ》か」

直心影流《じきしんかげりゅう》 神谷《かみや》丈右衛門《じょうえもん》道場で修業した免許持ちの寺坂が、左の貝殻骨《かいがらぼね》から胸に斬り下げられた死体の切り口を子細に調べた。

堀から引き上げられた死体は武家で、年齢は四十前か。

紬《つむぎ》の羽織からみても大名家の家臣で、そこそこの身分と想像された。顔には驚愕《きょうがく》が宿り、腰には脇差《わきざし》が残っていた。

宗五郎が、

「堀に投げ込まれたとき、刀が抜け落ちましたかね」

と呟《つぶや》いて、高橋のほうを見た。

宗五郎は高橋を渡ろうとして斬られ、そのあと、堀に投げ込まれたと推量したのだ。

提灯を手にした政次がその場を離れて高橋に向かった。

「どうも先夜の野郎と似てますね」

四日前も、蔵前《くらまえ》で殺しがあった。

宗五郎らが駆けつけたとき、宗五郎を目の敵《かたき》にして対抗心を燃やす常盤町《ときわちょう》の宣太郎《せんたろう》が手下を連れて囲んでいた。

宗五郎は、旗本《はたもと》三百三十石《こくさかきばらひでただ》榊原英忠の家来である安木松五郎《やすきまつごろう》が一太刀で絶命させられた死体を、宣太郎に嫌味《いやみ》を言われながらも見ていたのだ。

「似ておるか」

寺坂は先夜の死体は見ていない。

「へえ、大胆にも上段から斜めに斬り下げられておりましてね、心臓《しんのぞう》を断ち切った技はなかなかと見ましたがね」

「こやつも凄腕《すごうで》だぞ。まずは武家、それもかなり厳しい修業を積んだ者と見て違いあるまい」

袈裟掛けに斬り込んだ切っ先は鳩尾《みぞおち》あたりまで伸びていた。

「刀はどうか」

「あっちは大小《だいしょう》ともに残ってましたぜ、柄《つか》にも手をかけてねえ。もっとも抜いたところで刀は飾り物、赤鰯《あかいわし》だ」

そう答えた宗五郎が常丸に顎《あご》をしゃくった。

すると常丸が亡骸のかたわらに膝をついた。

亮吉が提灯の明かりを差し出し、その明かりで常丸が懐中物を調べた。

常丸が血に染まった金唐革《きんからがわ》の財布を出した。

中には六両二分三朱ばかりが入っていた。

「金目当てじゃないか」

「試し斬りですかね」

「宗五郎、それ臭《くさ》いな」

「親分、これが……」

金唐革の財布には姓名身分を書き記した名札が入っていた。

宗五郎が濡《ぬ》れた書き付けを慎重に開いた。

越前福井藩公儀《こうぎ》人織田左京《にんおださきょう》
とあった。

公儀人とは留守居役《るすいやく》のことだ。

「親分、越前福井藩なら中屋敷《なかやしき》がこの先だ」

と常丸が言ったとき、政次が戻ってきた。

「親分、高橋に血溜《ちだ》まりが残ってます」

「斬られたあと、堀に投げ込まれ、上げ潮でここまで流れついたということか」

その死体を夜回りが見つけ、わざわざ金座裏まで知らせてくれたのだ。

「それと、これが橋の西側に……」

政次が橋から離れた場所に落ちていたという紙切れを出した。

黙って受け取った宗五郎が四つ折の紙片を広げた。

あらみ七つ
と流麗な女文字のような書体で書かれていた。

「どういう意味ですかね」

宗五郎が寺坂毅一郎に見せた。

「辻斬《つじぎ》りが落としたものかどうか」

寺坂は首を捻《ひね》った。

「その疑いもありますな」

宗五郎はあっさりと紙片を引っ込め、懐に仕舞った。

「政次、この名札を持って、越前福井藩の中屋敷を訪ねて、このような方がおられるか門番に聞いてこい」

「はい」

と畏《かしこ》まった政次に、

「おれも行かあ」

と亮吉が言い出した。

寺坂毅一郎と宗五郎は、亡骸のかたわらに常丸ら手先を残して高橋に向かった。

政次が見てきたように、高橋の東側の袂《たもと》に血溜まりができていた。

宗五郎は風が海から陸へと吹き込んでいるのを確かめた。

政次は紙片を高橋の西側で拾ったと言った。

宗五郎はそちらへ橋を渡った。西側から八丁堀が流れてきて越前堀と合流し、さらにその先で江戸湾に注ぎ込むのだ。

八丁堀の東口にも稲荷橋《いなりばし》が架かっていた。

（紙片は辻斬りの落としたものかどうか）

宗五郎は手にしてきた提灯の明かりで辺りを調べたが、辻斬りの痕跡《こんせき》は残っていなかった。

「試し斬り、辻斬りとなると夜回りを厳しくするしかないぞ」

「蔵前とこっちが同じ者の仕業《しわざ》とすると、かなり手広く網を張るしかありませんね」

「ということだ。お奉行に申し上げて北町でも夜回りを強めてもらうしかあるまい」

「寺坂様、あれだけの血溜まりができるほど腰を据えて斬り下げた野郎だ。自分の持ち物が柄腐《つかぐさ》りはしませんかね」

血が佩刀《はいとう》の柄に染みると腐ってくる。

「柄巻師《つかまきし》を狙《ねら》うのも手だな」

足音が響いて、亮吉が駆けてきた。

「寺坂様、旦那、福井藩の用人《ようにん》様が見えました」

「今行く」

亮吉が駆け戻るあとを二人も追った。

「ご苦労に存じます」

宗五郎が呆然《ぼうぜん》と佇《たたず》む用人に声をかけた。

はっと振り向いた用人が、

「金座裏の宗五郎どのか」

と問うた。知らせに行った亮吉が教えたものか。

「へえ、わっしが宗五郎、こちらは北町の定廻同心寺坂毅一郎様にございます」

うむと頷《うなず》いた用人は、

「それがし、鈴木主税《ちから》と申す」

と答えた。

「鈴木様、こちらの亡骸は御藩の方《かた》にございますか」

「織田左京どのに間違いござらぬ」

「名札には公儀人とございますが……」

鈴木が困った顔をした。

「確かに先頃まで江戸藩邸留守居役にござったが、今は中屋敷詰めの無役にござってな」

何か曰《いわ》くがありそうだった。

「宗五郎どの、織田どのの亡骸、藩邸に運んでもよいか」

「鈴木様、それはかまいませぬが、その前にご遺体を調べてもらえませぬか。普段、身につけておられるもので、なくなったものはないかお聞きしたいので」

「織田どのは無類の煙草《タバコ》吸いでな、財布と同じ金唐革の煙草入れ、煙管《キセル》の筒は象牙《そうげ》で鯉《こい》の滝昇りが彫っておるものを自慢にしておられた。まずはどこに行くにも差しておられたがな」

確かに煙草入れは死体のどこにも見当たらなかった。

常丸が捕物帳《とりものちょう》にそのことを控えた。

「刀が見当たりませぬ。明日にも高橋の下を探らせますが、差し料《さりょう》はいかがで」

「確か加賀国金沢《かがのくにかなざわ》の刀鍛冶《かたなかじ》兼巻《かねまき》の作を差しておられたはず。拵《こしら》えは茶漆革《ちゃうるしがわ》に鍔《つば》は千鳥の透《す》かし彫《ぼり》、こちらも自慢の逸品《いっぴん》にござったな」

宗五郎は寺坂に伺《うかが》いを立てるように見た。

「いいだろう」

鈴木用人がほっとした顔をした。

「鈴木様、明日にもわっしがお屋敷をお訪ねいたします。ようございますな」

構わぬと答えた鈴木は連れてきた小者《こもの》たちに合図をした。

しほはその刻限、高瀬舟に揺られながら、

「はぁー行こか千住《せんじゅ》へ　えー帰ろか家へ　ここが思案の戸田の河岸……」

　と歌われる船頭の舟歌を聴いていた。

二

翌朝、金座裏の番頭格の八百亀《やおかめ》以下、手先全員と旦那の源太《げんた》、髪結《かみゆい》の新三《しんざ》ら下《した》っ引《ぴ》きが宗五郎に呼び集められた。

刻限は五つ半（午前九時）、職人はすでに普請場《ふしんば》で仕事を始めていた。

政次は赤坂田町《あかさかたまち》の直心影流の神谷丈右衛門道場で早朝稽古《げいこ》を終え、御城をぐるりと半周するように走り戻って、亮吉たちと金座一帯の掃除に加わり、朝飯を掻《か》き込んで一息ついたところだった。

神棚のある居間に続いた広間に手先、下っ引きが顔を揃《そろ》えると、さすがにおみつではなくても、

「おおう、男臭《くさ》くて敵《かな》わないね」

と台所に逃げたくなる。

すでに羽織を着た宗五郎が長火鉢の前にどっかと座って子分たちを見回し、

「朝っぱらからご苦労だな」

と声をかけた。そして、

「試し斬りか、困ったことに腕のいい辻斬りが横行する気配だ。南北の両奉行所でも夜回りを強めて、辻斬りの横行を止めようとなさるだろうが、うちもそれに加わる。それとは別にこやつをいぶり出す……」

宗五郎はそう言うと煙草盆を引き寄せ、煙管に刻みを詰めながらふいに、

「政次、通いの手先や下っ引きには昨夜の事件を知らない者もいる。説明しな」

と命じた。

広間の端に座っていた政次はびっくりした。が、すぐに腹を決め、居間と広間の敷居近くににじり進むと丁寧《ていねい》に兄貴たちに頭を下げた。

「昨夜五つ半（午後九時）の頃合、越前堀に架かる高橋の東詰めで越前福井藩の元公儀人、ただ今は無役の織田左京様が袈裟に斬られて絶命し、堀に投げ落とされました。金子《きんす》六両二分三朱ばかり入った懐中物は懐に残されておりました。上げ潮に乗って死体が夜回りに発見されたのは堀の中ほどにございます。持ち物の中で金唐革の煙草入れ、筒は象牙に鯉の滝昇りが彫り込まれた逸品と、加賀国金沢住人兼巻、拵えは茶漆

革、鍔は千鳥の透かし彫という佩刀が見当たりません。投げ込まれたときに堀に落ちたとも考えられる。これが第一の事件にございます……」

政次は一拍置いて、続けた。

「その四日前にも蔵前で旗本家の家来安木松五郎様がやはり同じように肩口を一太刀斬り下げられて死んでおります。このときは持ち物一切に手をつけておりません。二つの事件は、刻限がおよそ五つ半から四つ（午後十時）と近いこと、斬り口がただ一太刀、二人して抵抗の跡も見られないことなどが類似しています。ただ蔵前と越前堀、少しばかり離れています」

政次は敢《あ》えて高橋の西詰めで拾った紙片には触れなかった。

「今、政次が説明したとおりだ。同じ下手人《げしゅにん》と決めつけるにはまだいたっちゃいねえ。だがな、この寛政の御代《みよ》にあれだけの腕を持つ侍はそうはいまい」

そう付け加えた宗五郎は、

「諸物価高直《こうじき》なこの世の中だ、借金だらけで首の回らない御家人《ごけにん》か、うだつのあがらない勤番者《きんばんもの》はたくさんいよう。だがな、身なりのいい織田左京様の懐中物に手をつけていねえところが気にいらねえ。新刀の試し斬りか、中には生身を斬りつけるのが楽しみという者もいる、まだ推量でしかものが言えねえ。腕がよくて、新刀を購《あがな》うことのできる身分となると、ある程度は絞られる。旦那、髪結、下っ引きの尻《しり》を叩いて、高禄《こうろく》の旗本か勤番侍、弟子をたくさん持った道場主など探りだしてくれまいか」

「へえっ」

旦那の源太が答え、新三は黙って頭を下げた。

下っ引きとは、普段は身分を隠していろいろと情報を集めて親分に通報する役だ。旦那の源太は恰幅《かっぷく》がいいので小僧にもぐさ箱を担がせて、もぐさ売りをしており、髪結の新三はその名のとおりに馴染《なじ》みの客の家に呼ばれて、女の髪をあたりながら話を引き出してくる。

金座裏の下っ引きでは二人が兄さん株、その下に配下がいた。

「八百亀、おめえは柄巻師を当たれ。あれだけ血を吸ったとなると柄糸が腐る」

鞘師《さやし》などと違って柄巻師は兼業が多い。

「下駄貫《げたかん》、だんご屋の三喜松《みきまつ》、稲荷の正太《しょうた》、八百亀の指図を仰《あお》げ」

「へえっ」

と四人が畏まった。

亀次《かめじ》は青物市場《やっちゃば》近くの横大工町《よこだいくちょう》で家業の八百屋を女房に任せて、好きな捕物に精を出している。それで八百亀だ。

下駄貫は下駄屋の倅《せがれ》で貫六《かんろく》、だんご屋はおっ母さんが屋台に毛の生えた程度のだんご屋をやっており、稲荷の正太は、長屋が稲荷の小さな社《やしろ》と接しているのでこう呼ばれた。

「常丸、おめえは若い連中を率いて、高橋下で刀と煙草入れを探せ」

「へえっ」

ところちらも飲み込んだ。

「常丸、この季節、水に潜《もぐ》るのは佃島《つくだじま》の漁師に頼むしかあるまい。網元《あみもと》の華兵衛《かへえ》旦那に相談してみろ」

常丸が畏まって立ち上がった。

越前堀と八丁堀は江戸の海に繋《つな》がり、二つの堀の口を塞《ふさ》ぐように佃島が浮かんでいた。華兵衛は献上魚の白魚《しらうお》採りの旦那で金座裏とは親しい間柄だ。

「親分はどうなさいますな」

番頭格の八百亀が聞いた。

「越前福井藩に用人どのを訪ねてこようと思う。留守居役を辞させられて中屋敷に飛ばされたというのがちと気になる。辻斬りに見せて、織田左京様の命を狙ったかもしれねえからな」

「ならば供を一人つけなせえ」

八百亀が手先たちを見回し、

「政次、おめえが親分の供だ」

と命じた。

政次が頭を下げかけた。

そのとき、玄関先に訪《おとな》いを告げる気配がして、台所にいたおみつが応対に出た様子だ。

「おまえさん、越前福井藩のご用人様がお見えですよ」

「ほう、先方から見えられたか」

と宗五郎が答え、広間から子分たちが慌《あわ》ただしく立ち上がると、おみつら女たちが居間を片付けて、訪問者たちが招じ上げられた。

鈴木主税はもう一人、身なりのいい壮年の武家を伴っていた。

「さすが音に聞こえた金座裏の宗五郎どのの屋敷じゃな。子分衆が大勢おられてにぎやかだ」

「鈴木様、屋敷とはご大層な」

宗五郎が笑い、おみつが出した座布団に二人が座った。

「昨夜は造作をかけた」

鈴木用人が改めて頭を下げ、

「同道いたしたは、わが藩江戸屋敷の留守居役彦坂九郎兵衛《ひこさかくろべえ》どのでな」

と紹介した。

「いや、こちらからお訪ねしようと思っていたところですよ」

おみつが茶を運んできて、客たちの前に供して早々に下がった。

「彦坂様は織田様の後任でございますか」

さようと頷いた彦坂が、

「鈴木どのから昨夜のうちに辻斬りの一件は知らされた。探索に当たられるのが金座裏と聞いてほっといたしたところ、それで挨拶《あいさつ》にまかり越した」

と如才《じょさい》なく言い出した。

藩を代表する留守居役は江戸時代の外交官、さばけた人物が多い。

「単刀直入に申し上げる。織田どのが公儀人を退かれた一件と今度の辻斬りが結びつけられるのが、わが藩としては困るところでな」

「彦坂様、織田様が留守居役を辞《や》めさせられた事情をお話し願えますかえ。もし関わりがないと分かれば、宗五郎の胸一つに仕舞って他人に漏《も》らすもんじゃありません」

二人が顔を見合わせた。

やはり話さないでは済まないかと困惑《こんわく》の様子だ。

「彦坂様、鈴木様、なんでしたら金流しの十手に誓いますぜ」

宗五郎は笑って神棚の三方《さんぼう》に置かれた金流しの十手を振り見た。

「あれが家光様公認《おゆるし》の十手か」

鈴木がそこまで持ち出されては仕方ないという顔で彦坂を促《うなが》した。

「宗五郎、公金の使い込みじゃ」

外交官たる留守居役には機密費が与えられていた。年に何百両程度の金なら自由に使う裁量を与えられている。

「不明金がかなりの額に上る」

「ただの遊興ではなさそうですな。女、博奕《ばくち》、どちらです」

「両方じゃ」

彦坂が呻《うめ》いた。

「博奕はどちらで」

「留守居役仲間でな」

天明《てんめい》年間（一七八一〜八九）、洲崎《すざき》の升屋《ますや》をはじめ、江戸じゅうに四十余軒の御留守居茶屋ができて、各藩の留守居役同士の華やかな藩外交が繰り広げられた。
彼らが連日連夜の遊興に耽《ふけ》る大義名分としては、
(逸早《いちはや》く幕閣《ばっかく》の方策を察知して、早めに手を打って幕府のお役から免《まぬか》れる)
ことにあった。
だが、名分の半分は自分たちの特権を利しての遊興にあった。
例えば吉原《よしわら》の禿《かむろ》の水揚げは、
一に蔵前の札差《ふださし》
二に魚河岸の旦那衆
三に御留守居役
と相場が決まっていたものだ。
ところが寛政元年(一七八九)に入ると、松平定信《まつだいらさだのぶ》がその三月に奢侈《しゃし》禁止令を発布した。
この年の九月には留守居役寄合停止令が出され、大半の御留守居茶屋は潰《つぶ》れた。
だが、寛政も十年が過ぎるとまたぞろ留守居役たちが幅を利《き》かせ始め、御留守居茶屋と称する料理屋も現われ始めていた。
「一夜に何百金の大勝負でな、織田どのはかなり負けが込んでおる」

と彦坂が言い、

「宗五郎、花札《はなふだ》じゃそうだが、賭博《とばく》仲間は因幡《いなば》鳥取《とっとり》藩の池田《いけだ》様、肥後《ひご》佐賀《さが》藩の鍋島《なべしま》様の同役とお歴々ばかりでな、実態を調べようにもなかなか口を開いてもらえぬ。またわが藩の恥になることとゆえ、強くも聞けぬ。まず賭金《かけきん》を巡《めぐ》っての殺傷沙汰《ざた》ということはあるまいと思うが」

と説明した。

「へえ、わっしもそちらの筋とは思いませぬ」

宗五郎の言葉に彦坂がほっとした顔をした。

「女は吉原ですかえ」

「それが上屋敷の奥方様付きの奥女中でな」

「なんとまあ……」

「親の危篤《きとく》と偽って屋敷を退《ひ》かせ、中屋敷近くの明石町《あかしちょう》に囲っておるのだ。それも最近に分かったことでな、先夜もそちらからの帰りであろう」

「女の名は何ともうされますな」

「浅草の仏具問屋の敦賀屋《つるがや》七右衛門《しちえもん》の娘で奈緒《なお》という、二十三歳の女だ。奥方が可愛がっておられた奥女中を家臣が手折《たお》って囲ったというのでな、奥方様はいたく憤慨しておられる。奥方様から殿に伝わり、殿の逆鱗《げきりん》に触れて謹慎を仰《おお》せ遣《つか》った。その間に調べると出るわ出るわ、織田左京どのの越権、藩金費消が次々にあらわになった。そこで中屋敷に左遷《させん》され、無役に落とされたばかりのことだ。それがこのような事件に遭遇しおって……」

彦坂の口調にはどこかほっとしたところも見えた。

それはそうだろう、長いこと留守居役を務めていれば藩の機密を熟知している。あまり織田を追い詰めれば、藩の機密を外に漏らすと脅《おど》されかねない。

なんとしても越前福井藩としては事を公《おおやけ》にしないまま織田を処分したい。そこへ辻斬りに遭《あ》って死んだとなれば、万々歳《ばんばんざい》ということにもなる。

鈴木用人が懐から袱紗《ふくさ》包《づつ》みを出して、宗五郎の前に置いた。

「宗五郎どの、よしなに頼む」

「鈴木様、彦坂様、そんなことはご無用に願います」

宗五郎がきっぱりと断り、

「なあに藩の御名に傷がつくようなことになりましたら、わっしのほうからお頼みに伺《うかが》いますよ」

と笑って手を横に振った。

鈴木用人が彦坂を見た。

彦坂はすぐに宗五郎の人柄を見抜いたようで、

「宗五郎、探索に手心を加えてもらおうなどと考えたわけではない。われらもちと考え違いを致した。これからも末永く付き合ってくれ」

と笑みを返した。

越前福井藩の二人の家臣が金座裏を出て、半刻《はんとき》（一時間）後、宗五郎は政次を供に、家を出た。

いつもなら龍閑橋から猪牙舟で水路を行くところだが、佃島に渡る常丸たちに彦四郎が同行しているのは知れていた。

「風もない、歩こうか」

宗五郎と政次は本草屋町《ほんくさやちょう》から日本橋川へ出た。

「政次、おまえが拾った紙切れのことをどうして八百亀たちに言わなかった」

「織田様を襲った辻斬りが残したものと未《いま》だ確かめられていません」

政次の答えは慎重だった。

「おまえはどう思っている」

「辻斬りが置いていったものかと思います」

「あらみ七つの意味は何だ」

「もし試し斬りなれば新刀《あらみ》七本か新身《あらみ》七体と考えました。そうなればあと五人の犠牲者が出ることになります」

「おれもそのことを案じていた」

試し斬りに拘《こだわ》る人間には新刀で生身を何体か斬らねば、その刀の真の斬れ味が分からぬなどと愚《おろ》かなことを考える者がいた。

徳川幕府が始まってすでに二百年余、戦《いくさ》がない時代に斬れ味を試すには、首斬浅《くびきりあさ》右衛門《えもん》に頼み、罪人などの死体を斬るしか方法はない。が、これとて生身の人間ではない。

「三番目の被害者が出るようなれば、そのことも分かろう。政次、探索は無闇《むやみ》に世間様を騒がすことじゃない。江戸の人々の日々の暮らしを守ることが大事なんだ」

「はい。ただ……」

「なんだ」

「斬り口と御殿風の書体がどうも一致しません」

「そこだ……」

宗五郎も迷うところだった。

「辻斬りとばかり決めつけないでおこうか」

政次が頷いた。

生まれついての御用聞きとまだ若い手先は、往来する人を追い越して進み、東海道の京橋を渡った尾張町《おわりちょう》で三十間堀《さんじっけんぼり》に架かる三原橋を越えた。するとと大名家の中屋敷が並ぶ一帯に出た。さらにいくつも堀を渡り、江戸湾に突き出した明石橋を渡ったところで、殺された織田左京が囲っていた奈緒の家を探しあてた。

二階屋はぐるりと黒板塀《くろいたべい》を巡らして、小体《こてい》ながら粋《いき》な造りだ。門の中には竹が、玄関先に梅の古木が植えられ、春には鶯《うぐいす》でも鳴きそうな雰囲気だ。

政次が訪いを告げると小女《こおんな》が顔を出した。

「奈緒様はおられましょうか。金座裏で御用を承《うけたまわ》る宗五郎が参ったと取り次いでくださいな」

政次はできるだけ小女を驚かさないように言った。

小女が引き込み、すぐに奈緒が姿を見せた。

大名家の奥女中だった奈緒は二十三というが、丸ぽちゃの顔のせいか若く見えた。

「金座裏の親分さんでございますか」

宗五郎が頷くと、

「何の御用にございましょうか」

と不安げな顔をした。

「おまえさんの旦那は越前福井藩の家臣、織田左京様だな」

奈緒の顔が困惑を見せ、小女に下がるように命じたあと、宗五郎に頷いた。

「昨晩もこちらに見えられたかえ」

「はい、夕暮れ前から五つ（午後八時）過ぎまで」

と答えた奈緒が、

「織田様に何かございましたか」

と聞いた。

「ここの帰り道に越前堀の高橋で辻斬りに遭われてな、一命を落とされなすった」

奈緒の顔が凍りついたように固まった。

感情がどこかに吹き飛んだ、そんな感じだった。

「……ほ、本当にございますか」

「人の生き死にを冗談に言えるものか」

奈緒の顔が崩れて、
ははあっ……

と泣き伏した。

「罰《ばち》が当たりました。奥方様のご信頼を裏切った天罰にございます」

奈緒は泣きながら、自分が選んだ行動を悔いた。

宗五郎は気長に奈緒が落ち着くのを待ってあれこれと問い質《ただ》した。が、どう見ても織田左京の口車に乗せられて屋敷を退かされた奈緒との関わりで殺されたとは思えなかった。

「なんぞ思い出したことがあったら、女中さんでもいいや、金座裏まで使いに走らせてくんな」

宗五郎はそう言い残すと政次を促し、外に出た。

「女の涙に騙《だま》されちゃならねえが、まずはこんどの一件には関わっちゃいめえ」

政次も頷いた。

二人が足を向けたのは越前堀の現場だ。

冬の武蔵野《むさしの》が広がっていた。

しほは芝宮《しばみや》河岸で六人の船頭たちが昼食を摂《と》る光景をさっと描写した。

川越舟運の船頭は六人、一日朝、昼、晩の三度の他に間食と四升の白飯を平らげた。

日当がいいので白米しか口にしなかったという羽振りのよさだ。

枯れ木立ち　船頭の額　汗光る

ともあれ上がり船は力仕事だ。

潮加減と風具合では志木《しき》河岸まで櫓《ろ》を使わずに遡上《そじょう》できた。が、無風となると印半纏《しるしばんてん》を脱ぎ捨て、腹掛け姿になった船頭たちは肩に引き綱をかけて、
えいやえいや……

と七十石の高瀬舟を河岸伝いに引き上げていくのだ。

この先はいよいよ新河岸《しんかし》川の急流、新倉《にいくら》河岸の瀬を引き上げる難所に差し掛かる。

それを目前にして船頭たちは力を蓄《たくわ》えていた。

師走とはいえ穏《おだ》やかな日和《ひより》で鎌倉河岸育ちのしほにとっては、田園風景がなんとものんびり感じられた。

しほの画帳はすでに十七、八の景色や人物が文章入りで素描され、埋まっていた。

「姉さん、うまいな。絵描きかえ」

若い船頭がしほに話しかけた。

「いえ、好きなだけにございますよ」

「虎《とら》、娘さんは川越藩のご重役の知り合いだ。ちょっかいなんぞ出すんじゃねえぞ」

と主船頭が若い船頭に釘を刺した。

「親方、そんなんじゃねえや。まあ、見てみねえ、おれたちの大食いぶりが達者によ、描かれていらあな」

他の船頭や乗合客がしほの画帳を見て、

「おお、これは上手だ。私が船端から顔を洗っているところもありますよ」

「好きなだけとおっしゃるが、なかなかのものだよ」

などと品評した。

「おおい、客の衆よ。天気が気にかかる、そろそろ上がり船が出るぞ！」

船頭の声に河岸のあちこちに散って足を伸ばしていた客たちが高瀬舟に戻ってきた。

冬の空が鈍色《にびいろ》に曇《くも》り始めていた。

そんな中、高瀬舟がゆっくりと河岸を離れた。

三

江戸にも木枯らしが吹き抜けていた。

越前堀の中ほどに何艘《そう》もの漁師船や猪牙舟が横一列に浮いて川面《かわも》から水底を覗いて いた。そんな漁師船の船縁《ふなべり》に水中から頭がにゅうっと出てきた。

岸では褌《ふんどし》一丁の男たちが焚き火《たび》にあたって体を暖めている。

「ご苦労だな」

宗五郎が声をかけた。

「親分、水は冷てえぜ」

唇を紫色にした亮吉も褌姿だ。

「亮吉、おめえも佃島の漁師の真似《まね》か」

「佃島の衆ばかりに水に潜らせるのは気がひけらあ」

亮吉が屈託《くったく》なく答え、

「もうひと潜りだ」

と焚き火から船に戻ろうとした。

「亮吉、おれも手伝わせてくれ」

政次が亮吉のあとを追って、彦四郎の船に降りた。

「どんな塩梅《あんばい》だ、常丸」

「高橋の下から丁寧にさらってきたが、刀も煙草入れも出ませんね」

捜索隊の頭分、常丸が頭を捻った。

「まず高橋の下になければ、水中にはあるめえ」

「下手人が持っていきましたかね」

「その可能性が強い」

「ならばもう一頑張り、死体の浮いていたあたりまでさらって終わりにしてようございますか」

宗五郎は川面に視線を投げた。

すると亮吉と一緒になって政次が水に入るところだった。

「ああ、いいだろう」

と答えた宗五郎は、

「亀島橋際に代助《だいすけ》親父の蕎麦屋《そばや》があったな、一《ひと》っ走りいって二階座敷を借りておけ。火も十分に用意させて、熱燗もすぐに出せるようにしておくんだ」

へえっ、と答えた常丸が河岸を走っていった。

半刻後、富島町《とみしまちょう》の一光庵《いっこうあん》の二階は佃島の漁師と金座裏の手先で一杯になった。座敷のあちこちに火鉢が置かれ、男たちが熱燗をくいっと飲んでは、

「いや、ほっとしたぜ」

「さすがに師走《しわす》だ、水が冷てえ」

などと言い合っていた。階下では、

「親父さんよ、温かい蕎麦ができたら二階にどんどん上げてくれ」

と常丸が店の者たちを督励《とくれい》していた。

主の代助が蕎麦を打ちながら宗五郎に、

「えれえ騒ぎだね。殺されなすったのは松平様のご家中の侍だってね」

と言いかけた。

「なに、もう噂《うわさ》になっているのかえ」

ああ、なっている、なっていると答えて代助が言った。

「川浚《かわさら》いしていたが、なんぞ見つかったか」

「くたびれ儲《もう》けだ」

苦笑いした宗五郎が常丸を呼んで、用意していた紙包みと財布を渡した。

「こいつはご苦労賃だ、佃島の衆に渡せ。華兵衛旦那には改めておれが挨拶に行くと

言付《ことづ》けてくれ」

「へえ」

「夜回りもあらあ、適当なところで切り上げさせろ」

そう言い残した宗五郎は一光庵の外に出た。すると焚き火の始末をしていた政次が水に濡れた髪を光らせて走ってきた。

「政次、一杯飲んでいくか」

「親分がお戻りならば金座裏に一緒して、風呂を沸《わ》かしておきたいと思います」

宗五郎が領き、政次が従うのを常丸が見送った。

鎌倉河岸の石畳の埃《ほこり》を巻き上げて冷たい風が吹き抜けていく。

その風が豊島屋の縄暖簾《なわのれん》を揺らし、引戸をがたがた鳴らした。

その度に清蔵がそちらを見た。

「旦那、そう見たって政次さんも亮吉さんも彦四郎さんも顔を出しはしませんよ」

「┐の中に十の字を染め抜いた豊島屋の前掛けを、相撲《すもう》の化粧回しのように締めこんだ小僧の庄太が言った。

「辻斬りのせいで連日の夜回りたあ、間尺《ましゃく》に合わないね」

「そんなこと言ったって、それが仕事なんですから」

「分かっちゃいるが寂しいやね」

清蔵はまったく老舗の大旦那とも思えない。

初代は馬方やら船頭相手に一杯飲み屋から豊島屋を興《おこ》した。

江戸で名代の大店になった今、兄弟駕籠屋の繁三《しげぞう》や梅吉《うめきち》の相手をしながら、金座裏の亮吉たちから捕物話を聞かせてもらうのがなによりの楽しみなのだ。

「しほ姉ちゃんはどこまで行きましたかねえ、旦那」

「おお、そのことだ。天気が崩れてきたからね、荒川ぞいに雨なんぞ降ってなきゃいいがねえ」

「旅は天気次第で難儀しますからね」

二人の会話を耳にした内儀《かみ》のとせが、

「おまえ様が幼いのか、庄太が大人びているのか。話だけ聞いているとまるっきり二人は同じ年ですよ」

と笑った。

「おまえは寂しくないのかい」

清蔵が口を尖《とが》らせた。

「そりゃ、しほのいない店は明かりが消えたようですよ。でもさ、春になれば戻ってくるんだから、しばらくの辛抱《しんぼう》です」

とせは泰然自若《たいぜんじじゃく》としていた。

「ならばさ、金座裏の連中でも面《つら》を見せるがいいじゃねえか」

清蔵はまたぼやくと溜め息を吐いた。


金座裏では長火鉢の前で火の消えた煙管を弄《もてあそ》びながら、宗五郎が考えに耽っていた。

夜回りを始めたばかりだが、どうも宗五郎には胸につかえるものがあった。

「あらみ七つ」

を新刀七本とか、新身七体だとするならば、三番目の辻斬りが出るはずだ。

最初の辻斬りから二番目の辻斬りまで四日の間があった。次に辻斬りが現われるには今しばらく日にちが要《い》ると見ることもできた。

が、宗五郎の勘がなんとも働かないのだ。

「おまえさん、しほちゃんは川越に着いたかねえ」

行灯《あんどん》の明かりで縫《ぬ》い物をしながら、おみつが言い出した。が、宗五郎は生返事をしただけで迷いの中にいた。

次の朝、羽織を着た宗五郎は、因幡鳥取藩松平相模守《さがみのかみ》三十二万五千石の上屋敷の門前に立っていた。

屋敷は馬場先門、日比谷堀に近いところに添屋敷と合わせ、一万一千余坪の広さを持っている。

この朝、意を決した宗五郎は、まず越前福井藩に留守居役彦坂九郎兵衛を訪ね、織田左京と親しかった留守居役を紹介してくれないかと頼んだ。

彦坂は困った顔をしたが、

「決して御藩《こちら》に迷惑をかけるようなことを致しません」

と宗五郎は約束して説得した。

「親しかったかどうかは知らぬが、因幡鳥取藩の御留守居役間垣資常《まがきすけつね》様と行動をともにすることが多かったと思う」

と渋々《しぶしぶ》ながら添え状を書いてくれたのだ。

各大名は禄高によって、御城での詰めの間が決まっていた。

百万石の加賀中納言《ちゅうなごん》の大廊下から一万石の菊ノ間までいろいろと分かれていた。

大名家の外交官たる留守居役もまた藩主の詰めの間同士で寄合組合を作り、談合や宴席など付き合いを深めていた。

因幡鳥取藩と越前福井藩は同じく大広間詰めである。

宗五郎は厳《いか》めしい顔の門番に訪いを告げ、越前福井藩の留守居役の添え状を差し出して、

「間垣資常様にお目にかかりたい」

と頼んだ。

「その方《ほう》の名は何と申すか」

門番が添え状を手に横柄《おうへい》に聞いた。

「へえっ、金座裏で御用を承っております宗五郎と申します」

「なにっ！　宗五郎とは金流しの十手の親分か」

馬場先門と金座裏はすぐ近くだから、門番は宗五郎の名を知っていたのだ。

「恐れ入ります」

「待っておれ」

門番は玄関番の若侍に添え状を渡して、宗五郎の身分を告げている様子だ。門番が走り戻ってくると、

「親分さん、こちらへ」

と、うって変わった口調で式台のかたわらの内玄関前まで通した。

若侍が用人を伴い、内玄関に戻ってきたのはすぐのことだ。

「留守居役間垣様が会うと申されておられる。身どもに従ってこられえ」

宗五郎は用人に連れられて留守居役の御用部屋に通された。

恰幅のよい間垣資常は四十前か。召しものも結城紬《ゆうきつむぎ》、持ち物も凝《こ》ったものばかりで粋人《すいじん》の趣《おもむき》があった。

「その方が金座裏の宗五郎か」

間垣は興味深そうに将軍家の御目見《おめみえ》が許されている古町町人《こまちちょうにん》の十手持ちを見た。

「お初にお目にかかります」

「織田左京どのが殺されたそうじゃな」

間垣は宗五郎の訪問を辻斬りの件と見たようだ。

「お耳に入っておりますか」

「さるところから知らされた。辻斬りに遭ったそうじゃな」

「そのことでございますよ……」

と前置きした宗五郎は、

「どうも辻斬りとばかりも言い切れないのでございますよ。それで恐縮ではございますが織田左京様のお人柄などを知りたくて参上致しました」

と頭を下げた。

「人柄と言われても他藩の方《かた》だぞ、宗五郎」

「へえ、御留守居役様には寄合組合で親しき交わりがあると聞いております。かえってお屋敷内よりは人柄が表れるものにございますよ」

「宗五郎、かみ砕いて申せ」

「織田様を襲った者はただ一太刀、肩口を袈裟に斬り下げて絶命させております。まずは免許持ちか、剣術自慢の者の仕業にございます」

「なんと一太刀でな、織田どのに抵抗の跡はないか」

「おそらく刀の柄にも手をかけられていないのではと思われます。それほど迅速《じんそく》に斬《ざん》撃《げき》したと推測されます」

「われら留守居役は口は達者でも腕はからっきしだからな」

「間垣様、斬られたあと、織田様は越前堀に投げ込まれておりますが、遺体には、身に付けておられたはずの加賀国金沢の刀鍛冶兼巻の一振りと金唐革の煙草入れが見当たりません。堀に人を潜らせてあたりましたが見つかりませんでした」

間垣は小さく頷くと言った。

「二つとも織田どのの自慢の品だったたな」

「らしゅうございますね」

「煙草入れは何年か前に大金をはたいて求めたものでな、総銀の御召形《おめしがた》六歌仙彫の煙管を自慢にしておられたわ」

銀煙管までは用人の鈴木も後任の彦坂も知らなかったことだ。

「緒締《おじめ》は珊瑚《さんご》玉《だま》だったかな」

宗五郎は一拍置くと、聞いた。

「間垣様、織田様は留守居役を辞めさせられておりますな」

「奥方様付きの女中に手をつけてはまずいな」

「金遣いも大層派手《はで》だったようにございますな」

「まあ、われら留守居役は見栄《みえ》を張り合うのも仕事のうちと心得ておるからな。ただ……」

間垣は言葉を切った。

「織田左京どのはわれらの中でも格別であったかもしれぬ」

「たとえばどんな具合にございますな」

間垣はしばらく口を噤んでいたが、

「そなたが将軍家御目見の者でなければ黙っておるところだが、金流しの親分ではそうもいくまい」

「恐れ入ります」

「遊びに厭《あ》きて手慰《てなぐさ》みに花札博奕をいたしたことがあった。が、織田どのは所持金を費《つか》い果たされるほど熱心にのめり込んでな。しばしば、自慢の煙草入れが賭金代わりに化《ば》けたこともあったわ」

「ほう、煙草入れがね」

「むろん煙草入れが他人に渡ったことはない。後日、清算されたでな」

藩を代表する顔でもあった。たとえ遊びとはいえ、博奕の借金を溜めたとあっては寄合組合の会合にも出られなくなる。

「間垣様、織田様がお使いになる御留守居茶屋はどちらでございますな」

「宗五郎、御留守居茶屋などもはやない」

「隠れ茶屋はございましょう」

「追及がきびしいな」

苦笑いした間垣は、

「鉄砲洲《てっぽうず》のいすゞ屋だ」

「お遊びは留守居役様方ばかりにございますか」

「それではどうも遊びがぎくしゃくするでな、むろん女も呼ぶ。博奕のときは、男芸者を入れることが多い」

「男芸者は流れをつくる役目、勝つことも負けることもございませぬな」

「およそはそうじゃ。ところが男芸者も熱くなることもある……」

間垣はふいに口を噤んだ。

「そうそう、いすゞ屋の男芸者は、女将《おかみ》の男妾《おとこめかけ》と言われておる男だ。織田どのの煙草入れがこやつに渡ったことがあった。織田どのは後日金を届けるのでと煙草入れを持ち帰ろうとしたら、男芸者が、いえ、私はこれでよろしうございますと言い出して、ちょいと諍《いさか》いになったことがあったわ。まあ、客と男芸者じゃ、結末は知れておるがな」

つまり男芸者が折れたということだろう。

「おもしろい話にございますな。男芸者の名は何といわれます」

「たしか三八《さんぱち》と申したか」

宗五郎は間垣に頭を下げて、言った。

「いろいろと面倒なことをお聞きして、恐縮にございました」

「宗五郎、わが藩に迷惑がかかるようなことはないな」

「なんぞ藩に面倒が生じたとき、宗五郎、そなたが働いてくれような」

「ございません」

「わっしでよければ、いつでも駆けつけます」

貸しを作ったという顔で間垣が笑った。

宗五郎は、金座裏に戻ると居合わせた八百亀らを居間に呼んだ。

「親分、柄巻師のほうには血腐りした刀はまだ持ち込まれてないぜ」

頷いた宗五郎は、因幡鳥取藩の留守居役から聞き知った一件を告げた。

「織田様が殺されたのが越前堀、囲った女の家が明石町だ。隠れ茶屋のいすゞ屋というのがちょうど中間の鉄砲洲というのも気にいらねえ」

「おかしゅうございますね」

八百亀が相槌《あいづち》をうち、

「だが、親分、男芸者があの袈裟斬りを決められるかねえ」

と疑問を呈した。

「八百亀が言うのももっともだが、まずは三八の周辺を調べることだ」

そこで宗五郎は初めて政次が拾った紙片を子分たちに見せた。

「男芸者ならこんな御殿風の文字も書けるかもしれねえ。三八の筆跡も探してこい」

「へえっ」

と八百亀らが畏まった。

「それとな、髪結を呼んで、奈緒の家に潜り込ませろ」

「三八とつながりがあると言うのかえ」

「それはなかろうが網は大きく張って損はあるまい」

張り切った子分たちは、八百亀の指図を受けて、金座裏から飛び出していった。

夕暮れ、まず常丸と亮吉が宗五郎の前に戻ってきた。

「親分、三八ってのは御家人の三男坊だぜ」

そう報告する常丸の顔が興奮していた。

「御家人の三男だったか」

「へえ、七十俵五人扶持《ぶち》板倉次春《いたくらつぐはる》の三男で史之《ふみの》介《すけ》、こいつがすらりとした体付きでのっぺりした顔なんだ。部屋住みと言えば格好もいいが、小さい頃から銭に困って、年上の女なんぞを泣かせながら世間を渡ってきた男だ。いすゞ屋の女将も十一も年上だ。こいつも史之介ののっぺりした顔にぞっこんで、べた惚《ぼ》れに惚れ込んでいるらしいや」

「剣術の腕はどうだ」

「そいつは板倉の屋敷のある本所北割下水《わりげすい》で下駄貫の兄いたちが当たっているところだ。だがな、なよっとした体付きから、あの袈裟斬りをやってのける腕前とは思えないがね」

「史之介の筆跡は手に入ったか」

「すまねえ、それもまだだ」

「野郎はいすゞ屋に寝泊まりしてやがるか」

「へえ、そのとおりだ。八百亀の兄いや政次が見張ってますぜ」

「織田左京が殺されてまだ日が経たないがしっかり見張れ」

常丸と亮吉が台所で飯を搔き込んで、また飛び出していった。

その刻限からしとしととした雨が降り出した。

「庄太、暖簾を下ろせ」

豊島屋では清蔵が雨が降り出したのを見て、早仕舞いを命じた。

「これでいよいよ亮吉さんたちは来ませんよね」

「雨で夜回りも大変だろうぜ」

庄太が縄暖簾を下ろした。

しほはのっつけ宿から横殴りの雨が降るのを見ていた。

荒川から新河岸川に入り、高瀬舟は九十九《つくも》曲がりといわれる瀬に差し掛かる。この急流は、六人の船頭の力だけでは越せなかった。そこで新倉の集落のうち、二軒の家が人足宿《にんそくやど》を務め、近隣の百姓衆が舳先《へさき》に曳《ひ》き綱《づな》を張って引き上げる。この曳き人足をのっつけ、宿をのっつけ宿と呼んだのだ。

川越への上がり船は夕刻にこの新倉あたりに到着した。

船頭たちはその二軒ののっつけ宿に泊まり、明朝からの高瀬舟の引き上げにかかる。

しほを乗せた高瀬舟は、この新倉で強い雨と風に悩まされて止まり、乗合客たちも船からのっつけ宿に移っていた。

のっつけ宿といっても旅人を泊める旅籠《はたご》ではない。

普段は船頭たちが仮眠する百姓屋だ。

しほたち六十余人の乗合客と船頭たちが泊まる夜具も用意されていないが、船よりはましだ。行灯の明かり一つが板の間に客たちの所在なげな様子を照らしていた。

囲炉裏《いろり》端　船待つ夜に　雨の音

しほは囲炉裏の火に黒ずんだ田舎家の情景と客たちを画帳に描きながら、夜の雨音を聞いていた。

四

宗五郎が鉄砲洲のいすゞ屋に姿を見せたのは五つ半（午後九時）の刻限だった。

冷たい雨が降る中、八百亀ら金座裏の手先たちが表門と裏口を見通せる町家の軒下《のきした》や網小屋に潜んで、出入りを監視していた。

雨の中の見張りはつらい。傘《かさ》を差せば音がする。桐油を塗った紙合羽《がっぱ》もがさごそと音がした。

宗五郎は半合羽に菅笠《すげがさ》をかぶっていた。

闇が動く気配がして八百亀が顔を出した。

「ご苦労だな、雨じゃ客もいめえ」

「親分、それが大違いだ。駕籠が四丁ほど庭に入ってら」

宗五郎は鉄砲洲河岸、町名でいえば船松町の船小屋に入って、菅笠を脱いだ。

そこにはだんご屋の三喜松と広吉《こうきち》がいた。

船小屋の前の海は大川河口を塞ぐように佃島が浮かび、その隣には寛政四年（一七九二）から火盗改《かとうあらためやく》役長谷川平蔵《はせがわへいぞう》の発案で佃島と石川島の洲を埋め立てて人足寄せ場が出来上がっていた。

宗五郎は船小屋からいすゞ屋を見た。

いすゞ屋は敷地三、四百坪の土地に黒板塀を巡らし、その北側には海から堀が引き込まれて、肥前熊本《ひぜんくまもと》の細川家の上屋敷の表門へと向かっていた。

「八百亀、明日から船を一艘用意して堀に浮かべようか」

「わっしもそれを考えていたとこで」

ふいに門前に明かりが浮かんだ。

傘を差した女が出てくると乗り物が一丁姿を見せた。さほど大きな藩ではないのだろう、それとも隠れ遊びを気にしたか、若党も提灯持ちも連れず、乗り物の棒の先に提灯が揺れて下がっていた。

どこか大名家の御留守居役が隠れ遊びから戻るところか、女将の挨拶を受けて雨の中を稲荷町のほうへ消えていった。

「あれが女将のお稲《いね》なんで」

門前に吊《つる》された提灯の明かりに厚化粧の顔が浮かんだ。愛想を振りまく女将はぽっちゃりした美形だった。だが、年は隠せない、三十七、八の大年増《おおどしま》だ。

「史之介はいるな」

「夕刻には姿を見ています。今のところ出てきた様子はありませんぜ」

立て続けに乗り物がいすゞ屋を出た。

八百亀は三喜松と広吉を船小屋から出して、門を手近で見渡す暗がりから出入りの者を確認させた。

三丁の乗り物が出ると急にいすゞ屋から客の気配が消えた。

そのあと、蛇《じゃ》の目《め》傘《がさ》を差した芸者たちが三味線を手に出てきた。

「女将さん、ありがとうございました」

「辻斬りが出たばかりよ、帰り道に気をつけて」

さらに男芸者が、

「女将さん、また明晩」

と声を残して消えた。

広吉が戻ってきて、

「史之介が紛《まぎ》れている様子はありません」

と言い、三喜松は裏口の常丸らのほうの様子を窺《うかが》いに行ったと報告した。その三喜松が戻ってきて、

「親分、兄い、裏口は猫の子一匹出入りはしてねえそうだ」

と言った。

「確証があってのことじゃねえ、じっと我慢の子だな」

宗五郎が呟き、八百亀が漏らした。

「しほは川越に着きましたかねえ」

「あいにくの天気だ。途中で立ち往生してなきゃいいがな」

「娘の一人旅ですからね」

金座裏の手先の最年長の八百亀がしほの身を案じた。

四半刻《しはんとき》(三十分)、半刻(一時間)とじりじりする時が過ぎていった。

寒さが船小屋に忍び入ってきた。

さらに半刻、海に櫓の音がして、菅笠をかぶった二人の男が河岸へと這《は》い上がろうとした。

「下駄貫の兄いだ」

三喜松が船小屋を飛び出て、下駄貫と稲荷の正太を手招きした。

濡れそぼって船小屋に入ってきた下駄貫が、

「親分、こっちは見当違いだぜ。また出やがった」

と叫んだ。

「なにっ！」

「おれっちがよ、本所北割下水の聞き込みから金座裏に戻ろうと入堀《いりぼり》に船で入ったと思いねえ。高砂橋《たかさごばし》で騒ぐ声がするんでよ、船を下りたら、常盤町の親分と手先が走っていくじゃねえか。小身の旗本屋敷や御家人の家が並んでいる久松町で、また一人袈裟に斬られて殺されたそうだ。襲われたのは無役二百四十石の津田吉五郎《つだよしごろう》、それ以上のことは常盤町が仕切って近付けねえ」

下駄貫は乗っていた船を回して、鉄砲洲に知らせに来たという。

「ご苦労だったな、下駄貫」

そう労《ねぎら》う宗五郎に、

「板倉史之介は違いましたかねえ」

と八百亀が遠慮げに聞いた。

「下駄貫、史之介の剣術の腕はどうだったえ」

「道場通いができるほど銭がねえや。史之介の兄弟は死んだ親父からかたちばかり剣《やっ》

「死んだ親父が教えたと。親父の腕はどうだ」

「永《なが》の貧乏暮らしだぜ、そう腕がいいとも思えない。それに夜中の北割下水だ。通りかかる人もいねえや。親分、それより常盤町に先を越されたぜ」

下駄貫は地団太《じだんだ》踏んで言った。

「引き上げて久松町に回りますかえ」

八百亀が聞いた。

「常盤町が先に手をつけたとなれば、大勢で押しかけても仕方あるまい。八百亀、このついでだ、おめえらはこのまま張り込め。久松町にはおれが行く、下駄貫、案内しろ」

へえっ、八百亀は答えた。が、下駄貫は宗五郎が金座裏の手先をすべて久松町に回さなかったのが不満のように押し黙った。

宗五郎は浜に乗り上げた猪牙舟に乗った。

宗五郎は常盤町の宣太郎に、

「金座裏はどうもこうもあちこちに面《つら》を出してくるぜ」

と嫌味を言われながらも、斬り殺された津田吉五郎の死体を見ることができた。

亡骸は橘町《たちばなちょう》の番屋の三和土《たたき》に置かれた戸板に乗っていた。

先夜と同じく袈裟斬りだが、深い斬り込みではなかった。

貝殻骨を断《た》ち斬って、五寸ほどで止まっていた。そこで止どめに首筋を刎《は》ね斬っていた。

恐ろしく落ち着いた殺人者だ。

「西脇《にしわき》の旦那、ご苦労に存じます」

番屋《ばんや》の奥で茶を飲んでいた南町奉行所定廻同心西脇忠三《ちゅうぞう》に宗五郎は挨拶した。

「宗五郎、おめえのところは夜回りを止めたって話じゃないか。なんぞ手掛かりがあるんなら、宣太郎の事件まで手を伸ばすこともあるまい」

「旦那、それが迷ってますんで」

と正直なところを吐露《とろ》した宗五郎が聞いた。

「ちょいとお尋《たず》ねしとうございます。下手人はなんぞ奪っていきましたかえ」

「財布も煙草入れも両刀も揃っていらあ。入堀を浚う手間は省《はぶ》けたぜ」

嫌味を言う西脇に、

「なんぞ下手人は残していきませんでしたかえ」

と重ねて聞いた。

「宗五郎、なんぞとはなんだ」

西脇の顔色が変わっていた。

「連続して辻斬りを匂《にお》わすような紙切れでございますよ」

「高橋の被害者は持たされていたか」

「とは言い切れません。橋の西の辻に落ちていたんで」

「あらみ七つか」

「へえ」

宗五郎は懐から政次が拾った紙片を出して見せた。

西脇は宣太郎に向かって顎でしゃくった。宣太郎が渋々紙片を出し、宗五郎のものと比べた。

「同じ手だな」

「まずは間違いございません」

「宗五郎、この判《はん》じもの、どう読み解く」

「試し斬りが狙いなら新刀七本か、新身七体と考えております」

「おれもこやつが七人までは試し斬りすると宣告しておるように思える」

「四人目をなんとしても止めないといけませんな」

「金座裏、心配するねえ。おれがしょっ引いてみせるよ」

宣太郎が宣言し、宗五郎はただ頷いた。

江戸に冬晴れが戻ってきた。

宗五郎の居間に寺坂毅一郎が顔を見せた。

「三つ目の仏《ほとけ》が出たってな」

「へえ、常盤町が張り切ってました」

宗五郎があらみ七つの紙片が残されていたことを告げた。

「おまえの勘があたったたな、いよいよ試し斬りの線か」

それがと首を捻った。

「どうした、いつもの宗五郎親分らしくないな」

「どこか胸につっかえがありましてね」

朝、手先たちが金座裏に集まった折り、下駄貫から辻斬りの線に絞るべきだという意見が強く出された。

「下駄貫、おめえはそっちの線で押してみろ。常丸、政次、おめえらは今少し北割下水周辺で板倉史之介を洗い直せ。八百亀、交替でな、いすゞ屋を見張れ」

と、これまで通りの探索を指示していたのである。

「お奉行がこれ以上辻斬りが繰り返されぬよう、しっかり働けと同心の尻を叩かれた。まあ、おまえはおまえの考えどおりに働いてみろ」

と、寺坂は宗五郎の探索を認めた。

しほは高瀬舟の船端から、

「えいこら、えいこら」

と曳き人足《のっつけ》が顔を地面につけんばかりの低い姿勢で曳き綱を引っ張る様子を写生していた。曳き人足たちは男ばかりではない、女もいた。

曳き綱が食い込む肩にはあて布をあて、足袋《たび》はだしだ。だが、昨夜の雨に岸辺はぬかるみ、水かさも増して七十石の高瀬舟を引き上げていくのはつらそうな作業だ。

「姉さん、大したもんだねえ」

川越に行商に行くという客がしほに話しかけた。

「はい、これほどの船をあれだけの人数で曳かれるのですから、大変なお仕事です」

「いや、わたしが言うのはおまえ様の絵だよ」

しほは顔を上げると礼を言った。

金座裏に髪結の新三が道具箱を手に、鬢付《びんづ》け油の匂いを漂わせて姿を見せた。

「親分、奈緒の家に出入りしている髪結に銭を握らせて代わってもらったんだがね、おれの勘じゃあ、あの女が旦那殺しに関わりがあるとも思えない。奥方を裏切ったことを心から悔いていますぜ」

「髪結を潜り込ませる先を間違えたかもしれねえな」

「今度はどこだえ」

「一日二日、動きがねえなら隠れ茶屋のいすゞ屋の女将にあたってくれめえか」

「下《しも》ぶくれした大年増かえ。だれが出入りしているか、調べてみよう」

そう答えた新三は、

「姐《あね》さん、ついでだ。姐さんの髪をあたっていこうか」

と冬の日射しが射し込む縁側に座布団を持ち出した。

「新三の手を煩《わずら》わして悪いね」

と言いながらも、おみつがうれしそうに座った。

髪結新三が手際よく髪を結い直す仕事ぶりを見ながら、宗五郎は考え続けていた。

夕暮れ前、常丸と政次が顔を紅潮させて戻ってきた。

「親分、板倉史之介の家は浅深夢想流《せんしんむそうりゅう》とかいう、戦国武将の七宮伯耆守《しちみやほうきのかみ》なにがしが興した秘剣と居合《いあい》を伝える家柄だぜ」

「よく調べたな」

「菩提寺《ぼだいじ》が五間堀の竜光院《りゅうこういん》って寺でな、和尚《おしょう》に聞いたんだ。なんでも先代までは法要もしっかりしたそうだが、史之介の兄貴は飲んだくれでどうしようもないと、けなしっ放しだ」

「史之介の腕はどうだ」

「亡《な》くなった先代が寺で漏らしたところによると、史之介に浅深夢想流の秘伝を伝えてあるそうだ」

常丸は懐の捕物帳の間から、証文を出した。

板倉家が北割下水の米屋に付けを溜め、史之介が、

「師走三十日までに全額を清算いたし候《そうろう》……」

と約束した一札だ。

柔らかな筆遣いは、

あらみ七つ

と似ていないこともない。

「常丸、政次、ようやった」

と褒めて宗五郎は、二人に命じた。

「鉄砲洲の八百亀に知らせろ」

「へえっ」

「はい」

と若い二人が飛び出していった。

五つ(午後八時)、彦四郎が漕ぐ屋根船が鉄砲洲から引き込まれた堀に入って止まった。すると船小屋から八百亀らが屋根船に移ってきた。

「史之介はいすゞ屋にいるかえ」

「先ほど門前に盛塩《もりじお》をしているところを見掛けましたぜ」

「腹が減ったろう、腹拵《はらごしら》えしねえな」

船にはおみつが拵えた握りめしや煮物が重箱に詰まって載《の》せられていた。

「ありがてえ」

八百亀が握り飯にかぶりついた。

「今晩も盛況かえ」

「ああ、今日は大藩の御留守居役の寄合だ。立派な駕籠が五、六丁も入ってらあ」

「変わったことはねえか」

握り飯を食うのを止めた八百亀が、

「いすゞ屋に好きな女でもいるのかねえ、連日お通いの御仁《ごじん》がいるぜ」

「だれだえ」

「昨日、来ていたお駕籠が今日も一番乗りだ」

「どこの藩の留守居役だ」

それが、と首を捻って八百亀が答えた。

「昨日、親分が見送った駕籠だ」

棒は蒲鉾《かまぼこ》型で両端は細い。屋根は渋張り、総体は近江表《おうみおもて》包みの古いものだった。俗に切棒《きりぼう》駕籠と呼ばれ、身分のある旗本たちが忍びの外出に使ったが、この切棒を留守居役も愛用していた。

(あの切棒、粋な遊びを好む御留守居役の乗り物にしては古びていたな)

「待て」

と宗五郎が叫ぶと、

「今日、切棒が来たのは史之介を見る前か後か」

と聞いた。

八百亀が虚空を睨《にら》んで考え込み、ゆっくりと吐き出すように答えた。

「史之介が盛塩をこしらえる四半刻も前だ」

宗五郎もしばらく考えた後、ゆっくりと言い出した。

「八百亀、野郎は切棒に乗っていすゞ屋を出入りしているぜ」

「まさか……」

「今晩よ、出てこなきゃあ、切棒は野郎のものだ。出てきたら出てきたで、屋敷まで尾《つ》けるまでさ」

どこかの大名屋敷に戻るようなら、宗五郎の考えは当たらないことになる。

「八百亀、飯を食ったらな、いすゞ屋を訪ねてこい」

「どうするんで」

「先夜の辻斬りの聞き込みに行くのだ。史之介におれたちがこの一帯を見張っていることを知らせればいい」

「野郎が嫌《いや》でも切棒で外に出るように仕向ければいいんですね」

「客として入った駕籠は、今晩じゅうに茶屋から出なければならない道理だ」

八百亀が途中で食うのを止めていた握りを猛然と口に突っ込んだ。

四つ（午後十時）前、切棒駕籠はいすゞ屋の女将に見送られて門前を出た。

鉄砲洲の河岸を八丁堀に向かって進む。

その後を付かず離れず宗五郎らが尾行していく。

宗五郎は切棒駕籠の陸尺《ろくしゃく》の腰付きを見ていた。

駕籠は越前堀の口に架かる稲荷橋を渡り、越前福井藩の元留守居役織田左京が殺された越前堀の高橋にかかった。

そのとき、宗五郎が足を速めて駕籠に近付いた。その反対側にも一つの影がぴたりと着いて移動した。

「もし」

駕籠が止まった。

陸尺は立《た》ち竦《すく》んでいる。

「だれじゃ」

「金座裏で御用を承ります宗五郎と申します。大変ご無礼とは存じますが、お顔を拝見させて頂きとうございます」

「無礼者が、町方風情《ふぜい》に命じられる覚えはない」

「へえ、それは承知なんで。どちらの藩の御留守居様でございますな」

「陸尺《おかご》、構わぬ、行け！」

陸尺は橋の四方を見回した。

八百亀ら手先たちが忍び寄り、水上にも彦四郎の漕ぐ屋根船があった。

切棒ががたりと陸尺の肩から落ちた。

その瞬間、宗五郎が声をかけたのとは反対側の戸が押し開けられ、影が転がり出た。

着流しの板倉史之介の手の剣が光り、駕籠脇に控えていた政次の足をなぐように抜き打った。

鋭い斬撃だった。

が、政次はそれを見切ったように虚空に体を飛び上がらせ、手にしていた十手を史之介の額に、
発止《はっし》！

と投げた。

「ううっ！」

額を直撃した十手に史之介の腰が砕けた。

そこへ八百亀たちがどっと覆い被《かぶ》さるように飛びついていった。

宗五郎はがんじがらめに縛られる史之介の腰に金唐革の煙草入れがあるのを見ていた。

翌日の夕暮れ、豊島屋の清蔵は店の戸口を何度も出入りしては龍閑橋のほうに視線をやった。

「旦那、御用が終われば政次さんたちは来てくれますよ」

小僧の庄太が言ったが、なんとも清蔵は落ち着かない。

雨の次の日のことだ、早くから豊島屋は千客万来《せんきゃくばんらい》を見せていた。

そんな中、常丸と亮吉と政次の手先三人と彦四郎が連れ立って顔を出した。

「おお、よく来たな」

清蔵はどんなに客で込もうと店の一角だけは常丸たちのために空けていた。

「さあ、座れ。喉《のど》が渇いていれば茶碗でぐうっといけ、腹が減っていれば田楽をお食べ」

「旦那、そう急《せ》かさないでくんな」

亮吉が言い、庄太の運んできた徳利《とっくり》から自分の茶碗に注《つ》ぐと、くいっと喉を湿《しめ》した。

常丸と政次は茶碗にゆっくり手を伸ばした。

「辻斬りをお縄にしたってな」

「したともさ、清蔵旦那」

「試し斬りか」

「そうとも言えないな」

「じれってえな、早く話せ」

「まださ、お調べが始まったばかりだ。分かったところまでを金座裏の講談師が一席……」

「待ってました！」

清蔵が声をかけた。

「下手人は御家人の部屋住み、板倉史之介二十五歳だ。この男の女《いろ》が隠れ茶屋の女将でね、史之介はこの茶屋で三八って名の男芸者をしていたのさ。ところが客の御留守居役の遊び相手をしているうちに、越前福井藩の留守居役織田左京様と花札博奕のことで諍いになった。史之介は相手から勝ち取った賭金代わりに受け取った金唐革の煙草入れをなんとしても自分のものにしたかった。ところが、織田様はこの煙草入れはそなたのような男芸者が持つものではないと面罵《めんば》されたらしい。そいつを恨《うら》みに思っていたところ、うまい具合に織田様が留守居役を退《ひ》かされた。ところがさ、織田様は平然と鉄砲洲近くの明石町に女を囲って、通っていくじゃないか。それを見た史之介にむらむらと殺意が湧《わ》いた。織田様を殺してさ、煙草入れを奪おうと思ったのさ。だが、織田様を殺して、煙草入れを奪ったのでは自分に疑いがかかる。そこで試し斬りの仕業に見せかけようと思いついた。一夜目は旗本の家来を蔵前で殺した。二番目が織田左京様だ。このときさ、煙草入れと一緒に自慢の佩刀《はいとう》、加賀国金沢兼巻を奪ってきた。この兼巻で三番目の辻斬りに及んだのだが、なにせ留守居役が差す刀だ、細身に造ってあらあ。それで、いつもの斬り込みが出来なかった。そこで二太刀を使うことになったってわけだ……」

亮吉は喉を酒で潤《うるお》した。

「史之介は辻斬りに際して、いろいろ細工していた。まあ、これで足がつくことになったんだがね……」

「細工だと……」

「うん、辻斬りを装《よそお》うためにさ、あらみ七つなんて言葉を書いた紙片を現場に残して、新刀で七人を試すことを匂わせた。さらにいすゞ屋を出入りするのに、どこからか切棒駕籠を誂《あつら》えてきて、そいつに乗って茶屋を出入りしていたんだ。担ぎ手は北割下水の仲間さ」

「なんてこった」

「史之介は貧乏御家人の三男だろ。藩の金を自由に使える御留守居役がうらやましくて、それになりたかった男かもしれないと親分は推量されていらあ」

「なんと愚かな……」

清蔵の感想だった。

「うちの親分にかかればさ、そんな手はお見通しよ」

と胸を張った亮吉が言った。

「それにしても政次は凄いぜ。史之介が駕籠から転がり出ながら抜き撃った一撃をさ、ひらりと躱《かわ》してよ、額に十手を投げ付けたんだからな。神谷道場で毎朝、稽古している成果が出たというもんだ」

幼馴染みの褒《ほ》め言葉を聞きながら政次は、

（しほは、川越に着いたか）

と考えていた。

第二話　回向院開帳

一

しほは川越《かわごえ》藩御番頭《おばんがしら》六百石園村権十郎《そのむらごんじゅうろう》の屋敷の客間に敷かれた布団を畳み、文机《ふづくえ》に絵具や小皿を並べ、画帳を広げた。

障子の向こうはまだ暗かった。

行灯《あんどん》の明かりが、江戸からの船旅の道々描いてきた風景を浮かび上がらせていた。しほは記憶の鮮明なうちに素描画に色彩を載《の》せようとしていた。

机の端には亡《な》くなった父と母の位牌《いはい》が並んでいた。

(父上、母上、お二人の故郷に戻ってきましたよ)

村上田之助《たのすけ》と久保田早希《さき》は安永《あんえい》八年(一七七九)、今から十九年前にこの川越を出奔《しゅっぽん》して、諸国を流浪した後に江戸で仮名のままに亡くなった。

川越を脱《ぬ》けた夜、偶然にも城代家老《じょうだいがろう》根島伝兵衛《ねじまでんべえ》と御用商人の不正を知り、田之助は根島を斬《き》って逃げていた。

城代家老を斬っての出奔である、村上と久保田の両家は取潰《とりつぶ》しに遭《あ》った。

そのとき、早希の長姉幾《いく》はすでに御番頭六百石の園村家に、次姉秋代《あきよ》も勘定奉行《かんじょうぶぎょう》四百六十石の佐々木家に嫁《とつ》いでいた。なんとか咎《とが》めから免《まぬか》れ、しほにつながる久保田の血が継承されたのであった。

しほはその伯母《おば》の屋敷に迎え入れられた。

障子の向こうがわずかに白《しら》んだ。


昨夕、江戸からの高瀬舟《たかせぶね》は一日遅れで川越五河岸の一つ、扇河岸《おうぎがし》に到着した。

一六《いちろく》の文字を染め抜いた帆を満帆《まんぱん》にして上がってきた高瀬舟を出迎える大勢の人々がいた。

しほの従兄弟《いとこ》の園村辰一郎《しんいちろう》と佐々木春菜《ささきはるな》、その許婚《いいなずけ》の静谷理一郎《しずたにりいちろう》が迎えの人の群れにいて、手を振っていた。

「しほ、よう来たな」

江戸で面識のある辰一郎が笑いかけた。

春菜ともむろん知り合いだ。

しほは二人の従兄弟に出迎えの礼を述べ、理一郎に顔を向けた。

「春菜様と夫婦《めおと》になられる静谷理一郎様にございますね、しほにございます」

「そなたがしほどのか。田崎九郎太《たざきくろうた》様や辰一郎から噂《うわさ》には聞いていたが、春菜とよう面立《おもだ》ちが似ておるわ」

磊落《らいらく》な調子で理一郎は笑った。

田崎九郎太は北町奉行所《きたまちぶぎょうしょ》定廻《じょうまわり》同心《どうしん》寺坂《てらさか》毅一郎《いちろう》の剣術仲間、辰一郎や理一郎の兄貴分に当たる人物だ。

若い辰一郎と理一郎は藩主の近くに仕《つか》える小姓組《こしょうぐみ》に属していた。が、今はそれぞれ父親の御番頭、御目付を継ぐべく見習いとして城に出仕していた。

田崎も若い二人も川越藩の改革を推進する中心的な存在で、いずれは藩の中核を担う人物たちだ。

しほは扇河岸の船問屋の中屋《なかや》安右衛門《やすえもん》こと中安《なかやす》に落ち着いたあと、辰一郎が伴ってきた小者《こもの》たちに江戸からの祝いの荷を担がせ、川越城大手門近くの園村の屋敷に入った。

夕刻、佐々木家の家族も園村家を訪れ、しほが江戸から持参した両親の位牌を仏壇に安置して、身内だけで心の籠《こも》った法要を執《と》り行った。

そのあと、しほを正客に歓迎の宴《うたげ》が座敷で行われた。

江戸の町家育ちのしほは武家の宴席に緊張した。

「しほ、ここはそなたの家じゃ、それに同席するのは血が繋《つな》がった者や縁戚《えんせき》の方々ばかり、一切気にすることはありませんよ」

幾が固くなったしほに声をかけてくれた。

伯母の幾も秋代も生来がおっとりした気性、それに辰一郎や春菜らも気にしてくれて、終始和《なご》やかに宴は進んだ。

園村家の当主の権十郎や佐々木利英《としひで》にとって、しほは女房の血縁の者というだけではない。

川越藩城代家老根島伝兵衛親子が二代にわたって御用商人と結託して不正を働くなど、専断されてきた藩政に、改革の糸口をつけてくれたのがしほであり、しほを取り巻く江戸の人々が悪政の弾劾に大いに力になったのだ。

特に金座《きんざ》裏《うら》の宗五郎《そうごろう》親分は川越まで出張って、騒ぎがそれ以上大きくならないように藩主松平大和守直恒《まつだいらやまとのかみなおつね》に直談判《じかだんぱん》したいきさつがあった。

「殿に深夜お目通りするなど、あのような無謀はわれら家臣ではできぬ。若い連中の手引きがあったとはいえ、さすがに家光《いえみつ》公公認《おゆるし》の金流しの十手の親分だ、腹が据《す》わってぃるわ」

「幕府の金座を守り抜いてきた将軍家御目見《おめみえ》の格式じゃからなあ」

「直恒様もいたく宗五郎の人柄を気に入られた様子……」

と騒ぎが一段落した川越家中で噂になったほどだ。

しほの背後にはそのような人々が控えていたのだ。

酒に酔って口が滑《なめ》らかになった権十郎など、

「しほ、うちは辰一郎と龍次郎《たつじろう》の男ばかりで、どうも無粋《ぶすい》でいかん。どうじゃ、うちに養女にこぬか」

など言い出し、幾から、

「江戸の方々にお叱《しか》りを受けますぞ」

とたしなめられていた。

そんな楽しい一夜が過ぎたばかりだ。

しほは行灯を吹き消すと、明るくなった朝の光の中で旅で出会った光景に色を着け始めた。

宗五郎には御用が暇《ひま》のとき、手拭《てぬぐ》いをぶら下げてふらりと朝湯に出かける道楽があった。それも、足の向くまま気の向くままに隣町の湯まで入りにいくのだ。

その朝は、青物市場《やっちゃば》近くの蠟燭町《ろうそくちょう》の弁天湯《べんてんゆ》を訪れた。

「おや、親分さん、うちに来るなんて珍しいね」

番台に座った女主人が宗五郎に笑いかけた。

「八百屋の亀次《かめじ》さんと待ち合わせですか」

「なにっ、八百亀《やおかめ》がいるのかえ」

「親分も手先《てさき》も朝湯をしているようじゃ、江戸は平穏だね」

「そういうことだ」

湯銭を置くと脱衣場で手早く裸になって、洗い場でざっと体に熱い湯をかけた。

ざくろ口を潜《くぐ》ると天井の格子窓《こうしまど》から抜けた朝の光がきらきらと湯に落ちていた。

湯船には三人の客がいて、八百亀は日に焼けた顔を真っ赤《まっか》にして両眼をつぶり、娘《むすめ》浄瑠璃《じょうるり》の口真似《くちまね》をしていた。

「八百亀、ご機嫌だな」

「親分、蠟燭町までのしてきたかえ」

「たまにゃ変わった顔でも拝《おが》もうと遠出してきたが、馴染《なじ》みの面《つら》に出くわした」

「そりゃ気の毒に」

と両手で顔を拭《ぬぐ》った八百亀が、

「親分、しほちゃんはどうしているかねえ」

「そうよな、江戸で苦労した娘だ。きっと皆さんに歓待されていると思うがな」

「川越か」

と遠くを見る目つきをした八百亀が、

「あっ、そうそう青物市場のそばにある千貫床《せんがんどこ》で小僧が一人いなくなって、親父が困ってらあ」

と言い出した。

「その口調じゃ、勾引《かどわかし》というわけじゃなさそうだ」

「行った先はわかっているんだ。為吉《ためきち》っていうその小僧は馬喰町《ばくろちょう》の旅籠《はたご》にいるんだよ」

「床屋の小僧から旅籠の小僧に鞍替《くらが》えか」

いや、違うと答えた八百亀は、

「親分、来年に回向院《えこういん》で信濃《しなの》の善光寺《ぜんこうじ》さんが出開帳《でがいちょう》やるのを知っていなさるか」

「いや、知らないな。善光寺の本尊の阿弥陀《あみだ》三尊は秘仏じゃなかったか」

「本尊は見られねえや。だけど前立《まえだち》の金銅阿弥陀如来は七年ごとに開帳するそうだ。それを回向院で出開帳するんだが、なんでも寺中の坊さんがさ、それに先立って江戸の人々に出開帳を知っておいてもらおうと善光寺建立縁起《こんりゅうえんぎ》を描いた巻き物を入れた厨《ず》子《し》を背負うて、江戸に出てきているんだよ」

「それと千貫床の小僧がいなくなった一件がどう関わるんだ」

宗五郎は格別関心があったわけではない。

湯に浸《つ》かって気持ちがいい。それで八百亀の話に相槌《あいづち》をうっていただけだった。

「坊さんがな、為吉に厨子を背負わせて金銅阿弥陀如来の聖画を一枚三十文だか四十文で売って歩いているんだと」

「どうもインチキ臭《くさ》いな」

とは言うものの、三十文四十文の絵を売って歩いているだけの話だ。

第一、お寺社《じしゃ》に関わることは寺社奉行《ぶぎょう》の管轄、町方では手が出せない。

「坊主が信濃に戻れば、小僧も千貫床に戻ってこよう」

「戻ってくるかねえ」

「戻ってくるさ」

宗五郎は湯船から上がると三助《さんすけ》を呼んで、背中を流させ、ついでに肩を揉《も》んでもらった。湯に入るときの宗五郎の楽しみの一つだった。

脱衣場で着物に帯を巻き付けながら、

「親分、渋茶でも飲んでいくかえ」

と弁天湯の二階に上がる階段を八百亀が指した。

「それもいいが、もう昼時分だ、なんぞ食べようじゃないか」

「しめた」

「なんぞ目当てがあるのかえ」

「青物市場のそばにさ、近ごろ、天麩羅《てんぷら》茶屋ってのが暖簾《のれん》を上げたのさ。四文屋《しもんや》の天麩羅とはだいぶ様子が違うそうだが、おれには近寄りがたいや」

天麩羅は十数年前の天明《てんめい》の初め（一七八一〜八九）に屋台店から広がった。なんでも四文と安価安直なので、四文屋と呼ばれていた。

「そいつは知らなかったが昼間からやっているのかえ」

「ああ、青物市場出入りの御役人や問屋の旦那《だんな》衆が贔屓《ひいき》だ、昼間が賑《にぎ》やかなくらいだ」

「八百亀、ものは知っておいて損はあるまい、案内しな」

「善光寺さんのご利益《りやく》があったぜ。親分、濡《ぬ》れ手拭いをぶら下げていくのも野暮《やぼ》だ。

番台に預けておこう」

八百亀が馴染みの番台に手拭い二本を預けて、下駄をつっ掛けた。

宗五郎は天麩羅茶屋金竜《きんりゅう》の構えにびっくりした。

縄張り内になんとも立派な茶屋が店開きしたものだ。

朝風呂帰りに立ち寄る店とは趣《おもむき》を異にしていた。

「おめえが言うようにちょいと格式ばった様子だがご町内のよしみ、許してもらおうか」

小粋《こいき》な門を潜り、竹が植えられた間の石畳を進むと格子戸が開いて、
天麩羅茶屋　金竜
と染め出した藍染《あいぞ》めの暖簾がかかっていた。

「邪魔するぜ」

空《から》っ元気をつけた八百亀が暖簾を潜った。

「いらっしゃいまし」

三十前か、江戸小紋を着こなした細面《ほそおもて》の女将《おかみ》が八百亀のあとから入ってきた宗五郎に目を止め、

「金座裏の親分さんにございますね」

と、満面の笑みを湛《たた》えた顔で愛想よく迎えた。

「朝湯帰りにうちの者にここのことを聞いてな、ふらりと立ち寄ったんだ。こんな格好でもいいかえ」

「何をおっしゃいますな、金座裏の宗五郎親分を追い返したとあってはご当地で暖簾を上げるわけにもいきませぬ。ようこそいらっしゃいました」

女将が二階の小座敷にするかと八百亀に聞いた。

「一階は入れ込みかえ、気軽がいいや、そちらにしようか」

八百亀がびくついたように相席の広間にすると言った。

五十畳ばかりに囲炉裏《いろり》を設《もう》けて、洒落《しゃれ》た造りの座敷は板衝立《いたづいたて》で仕切られてあった。

二人は囲炉裏端に案内された。

「女将さん、二人して初めてだ。酒と天麩羅は適当に見繕《みつくろ》ってくんな」

宗五郎が注文し、女将が下がっていった。すると衝立がずらされて、真っ赤な顔がにゅっと現われた。

「親分さん、八百亀の兄い」

「なんだえ、遠久《えんきゅう》の仁吉《にきち》さんじゃねえか」

遠久は魚河岸の塩物問屋だ。仁吉はそこの手代《てだい》だった。

「仁吉さんは景気がいいと見えるね」

「いや、米長《よねちょう》の番頭さんに連れてきてもらったのさ。米長が海老《えび》をこの店に卸《おろ》しているのさ」

衝立がさらに開いて、米長の京蔵《きょうぞう》が笑って現われた。

米長のほうは鮮魚問屋だ。

「親分、八百亀の兄い、得意先の味を一度くらい食べて知っておかないと卸すに卸せませんからね」

京蔵が如才《じょさい》なく笑って、

「仁吉さん、親分方の邪魔をするんじゃないよ」

と注意した。すると衝立がぴしと閉まった。

酒がまず運ばれてきた。

箸《はし》休めに白身魚と大根の酢の物が小鉢に盛られていた。

「こいつはなかなか酒落ていらぁ」

女将が宗五郎と八百亀の杯《さかずき》を満たした。

「天麩羅が楽しみだな」

先代以来の子分の八百亀は宗五郎が物心ついたときから金座裏に出入りしてきた手

先だ。

「親分、二人だけで酒を飲むなんて滅多《めった》にねえや、ちょいと聞いておきてえことがあるんだがな、いいかえ」

「八百亀とおれの仲だ、なんでも言いねえ」

「うーん」

と言ったが、八百亀はなかなか言い出さなかった。

「どうした」

親分に促《うなが》された八百亀が思い切ったように、

「親分はゆくゆく政次《せいじ》を後継《あとつぎ》にと考えてなさるようだね」

と訊《き》いた。

「おれの代で金流しの看板を下ろすわけにもいくめえ」

「そのとおりだ」

「政次が不満か」

八百亀が首を横に振った。

「おれはようも松坂屋《まつざかや》さんが政次を手放したものだと驚いているのさ」

「松坂屋の松六《しょうろく》さんと由左衛門《よしざえもん》さん親子の侠気《おとこぎ》があればこそ譲ってもらった」

「政次ならいい十代目になろう」

宗五郎が番頭格の手先の言葉にほっとしながら頷《うなず》いた。

「だがな、親分、亮吉《りょうきち》のようにだれぞに唆《そその》かされて迷う者もこれから出ねえとも限らねえ」

亮吉は、幼馴染《おさななじ》みの政次が金座裏の手先になることを無条件に喜んだ。だが、政次は十代目として松坂屋から譲り受けられたのだと下駄貫《げたかん》に聞かされ、心に迷いが生じた末に数か月家出をしたことがあったのだ。

「亮吉は自分の気持ちによ、決着をつけて金座裏に戻ってきてくれた。あいつにはいい薬だった」

宗五郎は頷いた。

「親分、早い機会に政次を養子にするなりなんなりして、子分たちに跡目だということを披露してすっきりすることだ。一人や二人、政次が親分じゃ嫌《いや》だって手先もいるかもしれまい。だがな、そんなことで金座裏は小揺るぎもしないぜ」

「よう言うてくれた。おれもそのことを考えないじゃねえ。だがな、八百亀、政次はなんといってもまだ半人前だ。政次に今少し経験を積ませてな、自信をつけさせてえ。そう遠いことではあるめえ、しばらく黙って見ていちゃあくれまいか」

「分かったぜ、親分」

そう八百亀が頷いたとき、お待ちどお様と盆に揚げ立ての天麩羅が彩《いろど》りも鮮《あざ》やかに運ばれてきた。

江戸前のサイマキ海老、貝柱、穴子、鯊《はぜ》、めごちなどの魚、蓮根《れんこん》、寒独活《うど》、椎茸《しいたけ》などの野菜が皿に盛られていた。

「おお、これはおみつを連れてくると喜びそうだ」

男二人、二合の酒を分け合って飲み、天麩羅を存分に楽しんだ。

味も四文屋の天麩羅とは大違い、上品な調理だった。

「親分、どうでえ、味は」

また衝立が開いて、仁吉が顔を出した。

「おめえ方が長居するわけが分かったぜ、目当ては女将ばかりじゃあるめえ」

「親分、冗談はなしだ」

と言った仁吉が、

「ちょいと米長の番頭さんが知恵を貸してほしいと言っているんだがね」

「御用の話か」

「いやさ、御用の話になっちゃ困るんだ」

「おめえ方は魚河岸の兄さんだ、ざっくばらんに言いねえな」

仁吉が、番頭さん、と衝立の向こうの京蔵を宗五郎の席に呼んだ。

「すいません、くつろいでおられるところを」

と京蔵は詫《わ》びると、

「親分さん、来年、回向院で善光寺の出開帳が催《もよお》されるのをご存じか」

と聞いた。

宗五郎と八百亀が顔を見合わせ、八百亀が、

「信濃から厨子を担いで宣伝に来ているらしいな」

と言った。

「それを知っているなら、話は早い」

京蔵は座り直した。

「善光寺の方々は宣伝ばかりじゃないんで」

「他に金銅阿弥陀如来の聖画を三十文ばかりで売っているそうじゃねえか」

八百亀が応じた。

京蔵は顔を横に振った。

「来年の出開帳は善光寺挙げての催しだそうで。信濃から江戸まで大掛かりに阿弥陀

行列を組んで寺中一統が揃《そろ》っての出開帳をなさるんです」

「……」

「それについて費用もかかる。そこで善光寺では阿弥陀手形を発行してね、一枚一両、十口を一組にして八両で売りに来られたんで。出開帳が終わったとき阿弥陀手形を十両で買い戻す保証付きだ」

宗五郎と八百亀は顔を再び見合わせた。

「そんな話は聞いてねえぜ」

「八百亀の兄い、そりゃそうだ。八両をぽいと出される旦那衆にしかしない話だ」

「おまえさん、買いなさったか」

「いいえ、私じゃありませんよ。うちの旦那が熱心な善光寺の信徒でねえ、十組買い入れなさった……」

米長の旦那は仕事好きの祭り好き、派手《はで》なことが大好きな房右衛門《ふさえもん》だ。

「うちだけならいいが、魚河岸の旦那衆に熱心に勧《すす》めているんでねえ、ちょいと心配になりましてね。親分さんのお顔を見たもんでつい……」

それが京蔵の相談だった。

二

翌朝、金座裏の居間の長火鉢の前で宗五郎は煙草《タバコ》を吸いながら、開帳について思案していた。

住み込みの手先たちが金座界隈《かいわい》の清掃に精を出している刻限だ。

おみつが熱い茶を運んできたが、宗五郎は生返事で受け取り、思案を続けた。

長年連れ添った相手の癖《くせ》は飲み込んでいるから、おみつもさっさと台所に下がって、大勢の子分たちの朝餉《あさげ》の仕度に戻った。

平安期に始まったという開帳は普段は参拝を許さぬ仏像の帳《とばり》を開いて、信徒に結縁《けちえん》の機会を与えることである。つまりは霊験あらたかな秘仏に接しさせる純粋な宗教行事であった。

が、江戸時代に入ると幕府の宗教政策の引き締めともからんで様相を一変させた。

寺社に対する援助の削減、朱印地《しゅいんち》の増加の限定や寄付金品の制限が行われる中、寺社には維持費、補修費の負担が重くのしかかった。

これらの出費を檀家《だんか》、氏子《うじこ》だけでは背負いきれない。

そこで幕府は二通りの助成を行った。

一は金品の貸し与え、給付
二は募金の認可
であった。

これらの大半は徳川家、源氏に特別の縁のある寺社への助成であった。が、それでもたりない分を、御免勧化《ごめんかんげ》と呼ばれる老中・寺社奉行連印の募金や勧進興行の許しを与えることで補った。

だが、これらの助成を受けられるのは寺社格の高いごく一部、大半の寺社は寺社領、境内に借地したり、家作《かさく》を建てて貸したりして維持費を捻出《ねんしゅつ》した。

だが、本堂を修築するときなど大金が要《い》る際には工面《くめん》がつかない。そこで修復助成を目的とした開帳の認可を幕府に申請することが始まった。

これが開帳の始まりだが、大型寄付の御免勧化が老中・寺社奉行の連印であるのに対して、信徒と結縁を計る開帳は寺社の許しさえあれば比較的簡単に許された。

開帳には芝居興行やら相撲《すもう》興行など見せ物が付き物で、たくさんの見物人が押しかけたから、江戸市中で流行《はや》りもののように繰り返された。

開帳には、居開帳《いがいちょう》と出開帳の二つがあった。

例えば金竜山浅草寺《きんりゅうざんせんそうじ》の秘仏本尊妙見像を本堂修復の目的で参詣《さんけい》に来た人々に堂宇《どうう》の

帳《とばり》を開いて見せる、つまり開帳神仏のある寺社で行われるのが居開帳である。

これに対して、信濃の善光寺が御霊屋《みたまや》と歳宮の修復目的に秘仏を江戸まで運んできて見せるのが出開帳である。

手っ取り早く金が集められる開帳は江戸期、七百数十回も行われている。

さて、田舎《いなか》から花のお江戸に上がってきて出開帳する場所の第一は回向院、第二が浅草寺、これが相場であった。

回向院は明暦《めいれき》の大火の十数万人の被災者を供養するために建てられた寺である。宗派に関係がなくどこの寺も使うことができた。その上、いつも大勢の人が往来する両国橋の東詰、両国東広小路に近い場所にあった。

この二つのことが回向院を出開帳の筆頭とした。

この回向院を使っての出開帳は延宝《えんぽう》四年（一六七六）の近江《おうみ》の石山寺に始まり、慶《けい》応《おう》二年（一八六六）の三河の勝皇寺まで百六十六回も行われることになる。

さて多くが江戸に出張してくる中でも最も人気が高かったのが信濃の善光寺如来の開帳であった。

善光寺の回向院での出開帳は、元禄《げんろく》五年（一六九二）、元文《げんぶん》五年（一七四〇）、安永《あんえい》七年（一七七八）、と寛政《かんせい》十年（一七九八）の暮れまでに都合三回行われ、多くの人を集めてきた。

宗五郎も安永七年の出開帳を、亡くなった父親に連れられて見物していた。そんなことを宗五郎がつらつら思い出していると八百亀が顔を出した。

「早《はえ》えな」

顔が紅潮しているところを見ると、一《ひと》っ働きしてきた様子だ。

「なにせ、きっかけを作ったのはこのおれだ。馬喰町の旅籠にいる坊主の顔くらい拝んでこなきゃ、話にもならないと思ってねえ、行ってきた」

「千貫床の小僧もいたか」

「為吉かえ、いたいた」

八百亀が訪ねたのは公事宿《くじやど》が軒《のき》を連ねる馬喰町の常陸屋《ひたちや》だった。

むろん長年の手先を務める八百亀は常陸屋の主《あるじ》から飯炊《めした》きばあさんまで顔見知りだ。

そこで常陸屋の出入りの者のような風《ふう》を装《よそお》って、密《ひそ》かに見てきたと言った。

そんな前置きが済んだところに住み込みの常丸たちがどっと居間に顔を出した。

その中にはむじな長屋のおっ母さんの許《もと》に戻るより金座裏の二階に泊まることが多い亮吉もいた。

八百亀が朝早くから顔を出したというので、台所に行かずに居間に顔を揃えたのだ。

　宗五郎が昨日からの経緯をざっと話し、話が途中で止まっていた八百亀に譲った。

「親分、厨子を担いで来年の金銅如来開帳の宣伝に来たという坊主は、一組だけじゃないや。二人で組んでよ、三つの組が善光寺建立縁起の絵巻物を入れた厨子を為吉みてえな小僧に担がせて江戸を歩き回っていらあ」

「厨子を自らの背に背負うのも坊主の修行だろう。そいつを江戸で雇《やと》った小僧に担がせるたあ、了見違《りようけん》いだ」

「親分、常陸屋の旦那の名は牛五郎《うしごろう》というくらいでね、餓鬼《がき》の頃から熱心な善光寺信徒だ。これまで何度も善光寺参りに行ってもいる。その牛五郎さんが言うには信濃から出張の普賢《ふげん》様以下、坊様方は善光寺のことをよく知っていなさる。それを偽坊主と疑うなんて金座裏もおかしいと、えらくおかんむりだ」

「ふーん」

　ただな、と八百亀が言い淀《よど》んだ。

「番頭や女中に聞くと、坊主どもは時折り酒の匂《にお》いをさせて戻ってくることがあるそうだ」

「坊主も酒くらい飲もう。阿弥陀手形なんぞというものを欲深い旦那衆に売りつけているんだ、その先で般若湯《はんにやとう》をご馳走《ちそう》になるかもしれねえ」

「うーん、それがさ、常陸屋の若い女中が話してくれたんだが、下《した》っ端《ぱ》坊主の目は好色にいつも光っていやらしいというぜ」

「そいつも見方によるな。第一、好色ってんで捕まるんなら、亮吉なんぞはてめえでてめえの体にお縄を打たなきゃなるめえ」

「違いねえ」

と当の亮吉が笑った。

「親分、笑ってばかりもいられねえぜ。阿弥陀手形が五十数組も売れたというぜ」

「なにっ！　八両で買って、出開帳が終わると来年の秋には十両で買い戻すという阿弥陀手形がそんなに売れたか」

「普賢坊主は近頃では常陸屋から出ねえで金番をしているそうだ」

しばらく沈黙があった。

「八両が一年足らずで十両になりゃ、御《おん》の字《じ》だ。やっぱり金は金持ちのところに集まるようにできてやがるぜ」

亮吉がぼやいた。

「亮吉、そんな商《あきな》いは滅多にあるもんじゃないよ」

松坂屋の手代だった政次が言い出した。

「おれも昨日からちょいと調べていたんだ。善光寺が回向院で出開帳したのが、都合三回だ。一回目の元禄五年には賽銭《さいせん》と御印文で一万二千余両、元文五年には一万千七百余両、おれがお父つあんと一緒に見た安永七年は出開帳も出尽くした。それに伊豆の三原山が火を噴いたり、景気が落ち込んでいたせいであまり集まりがよくなかった。それでも八千九百余両だ……」

「親分、仏様に一万両かえ、呆《あき》れたぜ」

亮吉が口をあんぐり開けた。

「これから考えりゃ、善光寺から阿弥陀行列してくるのに五百両千両と集めたところで二割増しで返せないこともない」

宗五郎が言い、言葉を継いだ。

「だがな、ちっとばかり喉《のど》のあたりにつっかえらあ。相手が本物ならお寺社の関わり、おれたちは手が出せねえ。が、万が一、偽坊主なら放っておくわけにもいくまい」

「どうするね、親分」

八百亀が手配りを聞いた。

「まず回向院に問い合わせることだ」

「こいつは抜かった」

八百亀が常陸屋を探る前にそっちだったなという顔をした。

「それと阿弥陀手形を買った旦那衆を調べ上げろ。魚河岸の米長の房右衛門旦那から糸を手繰《たぐ》っていけばなんとかなろう。厨子を担いで歩く三組にも怪《あや》しまれないように尾行をつけろ」

「親分はどうなさる」

「おれは回向院の一件もあらあ、寺坂の旦那に相談しよう。お寺社との関わりがあるからな」

と言葉を切った宗五郎は、

「事の次第では青山までのして、善光寺の和尚《おしょう》に打ち明けてみようかと思う」

宗五郎の言う善光寺とは、最初、信濃の善光寺の宿寺として谷中に開創され、宝永《ほうえい》二年（一七〇五）に青山の安芸広島《あきひろしま》藩四十二万石の下屋《しもや》敷《しき》に接した場所に移転された南命山《なんめいざん》善光寺別院のことである。

宗五郎は善光寺の隆光《りゅうこう》和尚と知り合いの仲だ。

「ならば、政次、親分の供をしねえ」

八百亀が手配りした。

「お汁も飯も冷えるよ」

おみつの叫ぶ声がして、八百亀を含めた男たちがぞろぞろと台所に入っていった。

宗五郎と政次は、寺坂毅一郎に見送られて北町奉行所を出ると呉服橋を渡り、すぐ道を右手に、御堀に沿って取った。

話を聞いた寺坂は、言った。

「確かにインチキ臭い話だが、近頃では寺社も金儲《かねもう》けにはあくどいからな、決め付けるわけにもいくまい。まずは千貫床の小僧の親父から頼まれたことにしておこうか。千貫床にはおれのほうから小者をやって、かたちばかりの訴え状を取っておく」

寺坂はまず寺社と揉めたときのことを配慮した。

「牧野《まきの》様に頼んで、寺社方にそれとなく問い合わせてみよう」

と請《う》け合ってくれたのだ。

「青山くんだりまでご苦労だな」

と、これから町回りに出るという寺坂は二人を労《ねぎら》ってから言った。

「政次、二、三日前に赤坂田町《あかさかたまち》を訪ねたらさ、神谷先生がおめえが熱心だと褒《ほ》めていなさったぜ。そのうち、おれと手合わせさせるとさ」

政次は黙って頭を下げた。

「剣術は一朝一夕《いっちょういっせき》にうまくはならねえや。だがな、見えねえところで、わずかだが何かが蓄《たま》っているものさ。さぼっちゃならねえ、倦《う》まず弛《たゆ》まず続けることが肝心だぜ」

「ありがとうございます」

政次は神谷丈右衛門道場の兄弟子に頭を下げて礼を言った。


「おい、親分、政次、御用かな」

堀端で松坂屋の隠居の松六が水面《みなも》を泳ぐ番《つがい》の鴛鳥《おしどり》に餌《えさ》を上げているところに出くわした。

「青山の善光寺さんまで行くんですよ」

「そりゃ、ご苦労さん」

と答えた松六は、

「最近どこからかやってきて御堀に住みついたのさ。餌をやっているうちに私の来るのを待っててくれるようになってね、そうなりゃ、可愛《かわい》いや」

と笑った。

「どうだ、御用はおもしろいか」

松六は政次に気を遣《つか》った。

「まだおもしろいと思う余裕はありませんよ、松六様」

「手を抜かず、気を働かせてなんでも覚え込むことだ」

「はい」

「ところでさ、辞《や》めたからといって他人になったわけじゃないや。疎遠にしないで時には顔を見せておくれ」

という隠居の言葉に送られて、二人は御堀を右回りに赤坂表伝馬町まで上った。さらに紀伊中将の居屋敷から丹波《たんば》篠山《ささやま》藩の中屋敷の塀を右に見て、黙々と作事《さくじ》方《がた》定普請《じょうぶしん》同心の拝領屋敷が並ぶ青山百人町を進んでいった。

旗本が多く住む拝領屋敷といっても、金座裏に比べれば随分とひなびていた。それに屋敷内には虫籠《むしかご》造りの材料の竹が干してあったり、麻布を織る機《はた》の音が聞こえたりと実にのどかだった。

が、虫籠造りも機織りもすべて同心の女房たちの内職仕事だ。

善光寺に着いたとき、すでに昼を回っていた。

二人が山門を潜ると墓守りの老爺《ろうや》と住職の隆光が立ち話をしていた。

「金座裏の親分さんがめずらしいな」

「ご無沙汰《ぶさた》しております。和尚さんもご壮健にお暮らしのようでございますな」

「御用かな」

「へえ、ちょいと和尚様に教えて頂きたいことがございましてな、青山まで上がって参りました」

「なにかな」

隆光は話次第では寺内に、という顔をした。

宗五郎はまず聞いた。

「善光寺では来年の秋に出開帳を考えておられますか」

「いや、聞いておらんが」

隆光は不思議な顔をして、墓守りに茶を頼むと本堂の階段に宗五郎を誘った。

そこには冬の日射しがのどかに落ちていた。

「江戸でそんな噂が流れておるのかな」

「いえ、厨子を担いだ普賢という僧侶を頭分の一行が馬喰町に出てきておりましてね
……」

と宗五郎は江戸で起こっていることを話した。

小坊主が茶を運んできた。

隆光と宗五郎は階段に座って茶碗を受け取り、政次は立ったままで茶を口にした。

「金座裏の親分、本山からは来秋の出開帳のことも、阿弥陀手形を売り出して金を集めることも、愚僧には知らせてはきておらぬ」

「ということは普賢は偽坊主ですかえ」

隆光はしばらく黙って考えた。

「偽坊主と言い切ってよいか。というのはな、確かに善光寺には普賢という者がいる。それに安永の出開帳からだいぶ経《た》ったので、またという話もないではない」

善光寺本山の意向がすべて青山の宿寺に伝わってくるわけではないらしい。

「この青山を宿舎にして江戸市中に勧進して回るのは確かに不便だ。そこで馬喰町の旅籠に泊まって寄進を募《つの》って歩くこともあるかもしれない。だがな、金座裏……」

隆光は茶を飲んで舌を潤《うるお》した。

「阿弥陀手形なるものを八両で売りつけて、出開帳の折りに十両にして返すというのはどうも信じられぬ。ちと仏門に携《たずさ》わる者のやり方ではない」

隆光はすぐに信濃の善光寺に問い合わせると約束した。

「和尚様、善光寺建立縁起なる絵巻物は信濃にあるのでございますか」

「それはある。だがな、あくまで一巻、それを三組が厨子に担いで勧進に回るとは、これも解《げ》せん」

結局はっきりした確証が得られないまま、宗五郎と政次は善光寺を辞した。

青山百人町を梅窓院《ばいそういん》門前まで戻ると、
菜飯《なめし》　田楽《でんがく》　そば
の古びた暖簾《のれん》が風に吹かれていた。

「政次、たまには鄙《ひな》びた在《ざい》の食いもんも話の種によかろうぜ」

「はい」

二人は縁台に腰を下ろした。

手に皹《ひび》を切らした小女《こおんな》が注文を取りにきた。

宗五郎は冷や酒と蕎麦《そば》を、政次は菜飯と田楽を頼んだ。

菜飯は油菜の葉を蒸して細かく刻んだものを飯に炊き込んで味をつけたものだ。田楽との取り合わせで江戸中で食べさせた。

酒が運ばれてきた。

宗五郎は一口喉に落とした。甘みの強い酒だった。

「政次、善光寺の一件、どう見る」

「偽坊主のいんちき仕事と思えます」

政次は言い切った。

「おれも九分通りは詐欺《さぎ》と見た。だがな、おれたちの仕事は残りの一分の疑いを明らかにすることだ。焦《あせ》っちゃならねえ。特に今度の一件には寺社が絡《から》む、となると念には念を入れなきゃならねえ」

「はい」

政次は噛《か》んで含めるような宗五郎の言葉をしっかり肝《きも》に留めた。

菜飯と味噌《みそ》田楽が運ばれてきた。

田楽は豊島屋のものを食べつけた政次には辛《から》すぎた。

宗五郎の蕎麦は黒っぽい、歯応《はごた》えのしっかりした田舎蕎麦だった。

二人はのどかに散る師走《しわす》の昼下がりの陽光を受けながら、菜飯を食い、蕎麦を啜《すす》って、腹を満たした。

二人が御堀端まで戻ってくると、柳の下に置かれた駕籠《かご》のかたわらから、

「親分」

と声が掛かった。

豊島屋の常連の兄弟駕籠屋、繁三《しげぞう》と梅吉《うめきち》の兄弟だ。

「金座裏に戻るのなら、乗ってくれまいか」

「ほろ酔いで歩いていたとこだ。おおきに世話になろうじゃねえか」

「しめた、これで験直《げんなお》しができらあ」

この兄弟、兄の梅吉は無口、その分、弟の繁三が埋め合わせをするほどお喋《しゃべ》りだ。

宗五郎が乗り込み、繁三が宗五郎の脱ぎ捨てた草履《ぞうり》をぽんぽん叩《たた》いて、駕籠の敷き物の下に突っ込んだ。

「なんぞ験直しをすることがあったか」

繁三が先棒に肩を入れながら答えた。

「大川端《おおかわばた》からそこそこの身なりの武家を乗せたと思いねえな。この先の牛啼坂《うしなきざか》の近くの屋敷までだ。するとよ、駕籠代の持ち合わせがねえから、屋敷から取って参ると言うじゃねえか、おれもおかしいなとは思ったが、慣れた様子で門を入っていくからよ、待っていたと思いねえ。ところが待てど暮らせど戻ってこねえや」

「騙《だま》されたか」

繁三が忌《い》ま忌《い》ましそうに顔を横に振った。

「おれが掛け合いに行くと、そのような者は当屋敷におらぬと用人が怒鳴りやがってよ、追い返されたのさ。近ごろの御家人は始末が悪いぜ、屋敷ぐるみで駕籠代をちゃらにしやがった」

「そりゃ、災難だったな」

「親分は御用かえ」

「青山の善光寺まで行って戻ってきたところだ」

「ははあ、阿弥陀手形の一件か」

「ほう、もうおめえの耳に入ったか」

「いやさ、常陸屋に泊まっている坊主を、吉原田圃《よしわらたんぼ》から乗せたことがあらあ」

「善光寺の坊さんは女郎買《じょろうか》いかえ」

「いや、あの近辺に女を囲っているぜ」

「なんだと、確かか」

「おれの勘は大したものだ」

「繁三、御家人に乗り逃げされた駕籠代、おれが払ってやろうか」

「ほんとかえ」

「嘘《うそ》と坊主の髷《まげ》は結《ゆ》えねえよ。おれと政次をそこまで連れていけ」

「あいよ」

繁三の声が元気よく答え、駕籠が小走りに走り出した。

三

夕刻、宗五郎と政次が金座裏に戻ったとき、八百亀以下手先たちはすでに顔を揃えていた。

「青山でのんびりしなすったか」

番頭格が笑いかけた。

宗五郎は長火鉢の前にどっかと座り、小女が運んできた温《ぬる》めの茶を飲んだ。

「こっちのほうはあとで話そう。まずは八百亀、そっちの首尾はどうだったえ」

八百亀が頷き、答えた。

「回向院だがね、善光寺の出開帳が決まったわけじゃないそうだ。だがよ、信濃から打ち合わせに人を派遣するという手紙が来ているそうだ。回向院じゃ、それを待っているところらしい」

「まんざら何もねえところに阿弥陀手形じゃねえな」

宗五郎はゆったりとした動作で煙管《キセル》に刻み煙草を詰めた。

「その阿弥陀手形だがね、米長の房右衛門旦那の口利きもあって魚河岸一帯で、二十四組百九十二両、それに南鍋町の大工の棟梁《とうりょう》の貞吉《さだきち》親方から始まったのが十六組百二十八両、二丁町の中村座の親方らが二十一組百六十八両と都合四百八十八両、おれたちが知らない信徒が買った例もありそうだ。まだまだ何倍にも増えそうだぜ」
「信心深いのか、欲深いのか」
「両方だな」
八百亀は懐《ふところ》から阿弥陀手形を出した。
手漉《てす》きの封筒の表に、
信濃善光寺　金銅阿弥陀如来開帳記念
と刷り込んであった。そして、童《わらべ》が牛に乗って遊んでいる図が封筒の下に描かれていた。宗五郎は手形を引き出した。
金銅阿弥陀如来開帳奉仕　阿弥陀手形
十口阿弥陀手形一金八両
寛政十一年九月、回向院で催される縁起開帳の折り十口十両にて申し受け候《そうろう》
信濃善光寺管主　本田日玄僧頭
とあった。
「房右衛門旦那から借り受けてきたんだが、どう思うね」
「善光寺の創建者は本田善光《ほんだよしみつ》と伝えられる、日玄はその一族のことかねえ。ただな、

これを見ただけじゃなんとも言えねえな」

長火鉢の上に置いた宗五郎は、

「今日も阿弥陀手形を売り歩いたか」

「へえ」

と下駄貫がそれに応じた。組んだのは稲荷《いなり》の正太《しょうた》だ。

「千貫床の小僧を連れた南澄坊《なんちょう》と清弦坊《せいげん》はさ、上野、浅草の老舗《しにせ》を回って歩いたがね え、聖画三十文は売れてもよ、阿弥陀手形はなかなかはけねえや。浅草門前の小間物屋の信濃屋《しなのや》の隠居が屋号の縁もあらあ、一組買ったくらいだ」

だんご屋の三喜松《みきまつ》と広吉《こうきち》は、四谷御門付近を一人で回って歩く坊主についたという。

こちらも聖画が十一枚売れたきりだという。

「常丸《つねまる》、亮吉、おめえらはどこを引き回されたえ」

「品川宿を、若い豊念《ほうねん》と量覚《りょうかく》が回って歩いたんだがね、こっちは自分たちが御厨子を担いで、東海道を下りやがった」

「感心だな」

「それがさ、かたちばかり東海道筋の大店を寄進を募って歩き回ったのは昼過ぎまでだ。あとは御厨子を担いで、品川宿の松喜楼《しょうきろう》に二人して上がりやがった」

「なんてこった、罰当《ばちあ》たりめが……」

「親分、色欲もときには役に立つね」

「坊主どもは女郎に功徳《くどく》を与えたか」

「違う違う。亮吉の奴《やつ》がさ、松喜楼にはちょいと無理が利《き》く。あやつらの隣部屋に上がり込んで話が聞きたいというんで、許したと思いねえ」

亮吉がにやりと笑った。

「なんぞ獲物がひっかかったか」

「親分、あいつら、予定した金を集めたんでよ、近々信濃に引き上げる気だ。二人が喋ったところによると阿弥陀手形は百組は軽くさばけたらしいぜ」

「ほう八百両か」

「そいつを普賢が一人で抱き込んでいるそうだ。二人は文句たらたらよ」

「ふーん」

宗五郎は煙管をふかした。

「豊念と量覚はさ、馴染みの女郎と最後の昼見世《ひるみせ》を楽しみにきたんだよ。親分、あやつらは間違いねえ、偽坊主だ」

「亮吉様のご託宣《たくせん》だが、今一つ決め手に欠けるな」

宗五郎は火皿の灰を煙草盆にはたき落とした。

「亮吉、ところでおめえの馴染みはなんという名だ」

亮吉はつい親分の口調に釣り出されて、

「お市《いち》だが、それがどうかしたかえ」

とすらすら喋った。

「お市か。しほが帰ったら教えてやろう」

「お、親分!」

亮吉が絶叫した。

「なんぞ不都合か」

「おりゃ、御用ってんで体を張ったんだ。それはなしだぜ」

「よく銭を持っていたな」

「だからさ、常丸兄いに借りたのさ」

「そんなことだろうと思った。まあいい、常丸にはおれから返しておこうか」

宗五郎が上機嫌に言った。

「親分のほうは青山でなんぞ引っ掛かりましたかえ」

八百亀が聞いた。

「善光寺別院のほうは出開帳も阿弥陀手形も知らないそうだ。だが、そんな話もあるにはあるそうで、こちらも今一つしっくりこねえ」

「別院の和尚に江戸まで出張《でば》って、馬喰町の普賢坊主らの面《つら》を見てもらえねえかね」

「そのことも思案しないじゃなかったが、まあ、まだ余裕もあろうと戻ってきたら、亮吉の話だ」

宗五郎は帰り道に御堀端で兄弟駕籠の繁三と梅吉に会ったことを告げた。

「繁がさ、浅草裏から馬喰町まで普賢坊を駕籠に乗せたというじゃないか。繁はどうも野郎が女を囲っている風だと言うんでさ、そこまで案内してもらったのさ……」

繁三と梅吉の兄弟駕籠が連れていったのは浅草寺領の花川戸《はなかわど》河岸近くの辻だ。

「普賢ってのかえ、あいつは七つ（午後四時）過ぎにここに立っていたんだ。それでさ、小股《こまた》の切れ上がった細面《ほそおもて》の女が五、六間先の、ほれ、あそこの路地口に立ってさ、おれたちが駕籠を止めたら、すうっと奥に消えたんだ。間違いねえ、ありゃ、妾《めかけ》が普賢を見送りに外に出てきたところだ」

繁三が早や傾き始めた西日に照らされた楠《くすのき》の大木のあたりを指した。

宗五郎は駕籠の垂れを片手で上《は》げて見ていたが、

「政次、だれの家作か聞いてこい」

と命じた。

政次が表にすっ飛んでいった。

繁三も手伝うつもりか、政次のあとを追った。

残ったのは梅吉と宗五郎だ。

宗五郎は自分で草履を出して履《は》いた。

楠を師走の風が揺らした。

すると鳥が残った実を啄《ついば》んでいるのが見えた。

「親分」

梅吉が珍しく声をかけてきた。

振り向くと濡れた髪を蝶結《ちょうむす》びにした女が小女に桶《おけ》を持たせて戻ってきた。

綿《わた》入れの半纏《はんてん》の下の、勾配織《こうばいおり》にかけられた白襟《えり》が細面のほてった顔を浮かび上がらせていた。

女二人はちらりと宗五郎らに視線をやって奥の長屋に消えた。

「あの女だ」

そこへ政次と繁三が戻ってきた。

「親分、長屋は米屋の越後屋《えちごや》の家作の一つでした。二階に八畳と六畳二間、下に八畳と板の間に住んでいるのはお千《せん》という名の女に小女の二人です」

「今、湯の帰りの二人に会った」

「ならば話が早い。長屋を借りるとき、お千は普賢を兄と紹介したそうですが、この近所じゃあ、だれも信じちゃいません。越後屋の番頭が言うには、お千は吉原の女郎だったそうですよ」

「普賢が身請《みう》けしたんだな、いつのことだ」

「今年の春先です」

「普賢の他に他の坊主どもも出入りするか」

「いえ、普賢一人が日の高いうちに二日か三日に一度の割で訪ねてくるだけで、他の坊さんは見掛けた者はいないようです」

「吉原に回ろうか」

宗五郎は繁三と梅吉の駕籠で吉原の大門《おおもん》前まで乗りつけさせた。

兄弟駕籠を待たせて、二人は大門の右手にある四郎兵衛《しろべえ》会所《かいしょ》を訪ねた。

町奉行所が管轄する吉原二万七百六十七坪は、隠密廻《おんみつまわ》り与力同心が大門左手の門番所に詰めて、楼《ろう》内を監督していた。

だが、これはあくまで町奉行所の管轄下にあるという形式であって、実際の警備は四郎兵衛会所の自治組織が行っていた。

宗五郎は政次を伴い、当代の四郎兵衛に面談したのだ。

「普賢は、茶の宗匠《そうしよう》ということで吉原に出入りしていたのさ。身請けしたのは揚屋町糸目楼《いとめろう》の局女郎《つぼね》初瀬《はつせ》、本名お千という二十二の女だ。身請け代は四十二両……」

「善光寺の坊主がやることじゃないぜ、親分」

八百亀が呆れたように言った。

「こうなりゃ、八百亀、仕掛けようじゃねえか」

「なんぞ、思案がありなさるか」

「亮吉、お市に会ってこい」

宗五郎がふいに亮吉に言った。

「親分、蒸し返さないでくんな」

「御用だ」

「お市が役に立つかえ」

「豊念と量覚の馴染みの女郎、どちらでもいいや。誘いの手紙を書いてもらうんだ」

「文面は何だえ」

「客から小耳にはさんだがと前置きしてさ、普賢が浅草の花川戸に女を囲っていることを告げて、大事な話があると誘い出すんだ」

「仲間割れをさせようというのかえ」

「そういうことだ。手紙ができたら、帰りに馬喰町の旅籠に寄って、手紙を番頭か古手の女中に言付《ことづ》けろ。そいつをそっと豊念か、量覚に渡させるんだ」

亮吉が手を出した。

「今度はおれの懐をたかって遊ぼうという魂胆か」

「親分、私も一緒に行きます」

政次が言い出し、宗五郎が財布を政次に渡した。

「ありがてえ」

亮吉が叫び、宗五郎が、

「遊び代じゃねえ、女が手紙を書いてくれるご苦労賃だ」

と釘《くぎ》を刺した。

「ほい、きた」

亮吉が身軽に立ち上がった。

二人が消えたあと、

「今晩すぐということもあるまいが、お千の長屋に見張りを立てようか」

と宗五郎が八百亀に言った。

「へえ」

八百亀が、常丸と三喜松に一番手の見張りを命じた。


政次と亮吉は東海道を一気に下って、品川宿の松喜楼に到着した。

だが、お市の部屋には客が上がっていた。二人は布団部屋で待たされた。

「しほちゃん、どうしているかねえ」

亮吉が言う。

「きっと温かく迎えられているだろうよ」

「そうだな、お父つあんとおっ母さんの故郷だもんな」

ふいに障子が開いて、下ぶくれした顔立ちの遊女が顔を出した。

「あら、亮吉さん、また来たの」

お市は政次を見て、

「友達なの」

と聞いた。

「私、亮吉さんよりこっちがいいな」

お市はあっけらかんと言う。

「今晩は御用だよ」

亮吉は、お市に身分を明かしているのか、そう言うと、

「昼間上がった坊主の相方の女を連れてきてくれないか」

「玉栄《たまえ》さん、それとも松風《まつかぜ》さん」

「どっちでもいいが字が書けるほうだ。化粧代くらいにはなる話だぜ」

「ならば松風さんね。亮吉さん、私にも口利き料くれる」

亮吉が政次を見た。

政次が頷いた。

お市がすいっと立って背の高い大女を連れてきた。

「豊念さんの相手の松風さん」

お市が紹介した。

政次が松風に御用の事と断って、豊念を誘い出す手紙を書いてほしいと頼んだ。

「豊念さんが来たらどうするの」

「ああ、幼馴染みだ」

政次は懇切《こんせつ》に応対の口上《こうじょう》を教え込むと二分ずつを松風とお市に渡した。

「分かったわ」

松風はすらすらと誘いの手紙を書き終えた。

政次と亮吉は馬喰町の常陸屋に回り、すでに閉まっていた通用口を叩いた。しばらくすると、臆病窓が開いて、亮吉の顔見知りの番頭の橋三《はしぞう》が顔を覗《のぞ》かせた。

「きんざ……」

と言いかけた番頭の口を止めた亮吉は、橋三を外に呼び出し、松風に書いてもらった手紙を、豊念か量覚のどちらかにそっと渡すように頼んだ。

「口上はあるかい、亮吉さん」

「品川の遊び帰りの男が渡していったと言ってくんな」

あいよ、と受けた橋三の、

「外は寒いや、風邪など引かないようにお戻り」

という声に送られて、金座裏に向かった。

「この刻限じゃ、鎌倉河岸は店仕舞いだろうな」

「豊島屋か、とっくに大戸を下ろしているよ」

「仕方ねえ、金座裏の台所で盗み酒だ」

二人の幼馴染みの影法師が、うすく通りに映り、木枯らしが地面を掃《は》いて吹き抜けていった。

その刻限、常丸と三喜松は浅草花川戸の越後屋の長屋の入り口に聳《そび》える楠の大木の幹元で大川から吹き上がってくる冷たい風を受けて、お千の長屋の二階の明かりを見守っていた。

二人が金座裏から花川戸までのしてきたのは五つ（午後八時）前のことだ。

小女が台所の片付けでもしている物音がしていた。二階は闇《やみ》に沈んでいた。

そして、暗かった二階に明かりが点《とも》ったのは、四つ半（午後十一時）過ぎだ。

しばらく話し声や含み笑いが外まで漏れてきたが、ついには男と女が立てる嬌声《きょうせい》が流れてきた。

常丸と三喜松は顔を見合わせた。

「普賢が来ているのかね」

三喜松が密やかな声で聞いた。

「いや、違うな。お千は情夫を引き込んでいるんだよ。普賢もいい面《つら》の皮だ」

三喜松が二階の窓近くに差しかけた楠の大木の枝を見上げた。

「兄い、肩を貸してくんな。話を聞いてくらあ」

「艶《つや》っぽい声を聞かされるだけかもしれないぞ」

「女ってのはな、男に抱かれた後にさ、一番不用意にあれこれとくっ喋《ちゃべ》るんだよ」

だんご屋の倅が知ったかぶりで言った。

苦笑いをした常丸は楠の幹に両手をかけて、

「なんぞ仕入れてこねえと下ろしてやらねえぞ」

と腰を落とした。

その腰に草履を脱いだ足をかけた三喜松が器用にもするすると登っていった。

風に葉っぱが鳴って少々の物音はそれに紛《まぎ》れた。

常丸が見ていると三喜松は枝を伝って、二階の屋根に下り、さらに物干し場に姿を見せた。そして、常丸の見えないところで姿を没した。

よがり声は高く低く続いていた。

それが途絶えたのは四半刻《しはんとき》（三十分）もしたあとだ。

それから半刻（一時間）、酒を飲み合っている様子の話し声が漏れてきて、明かりが再び消えたのは、九つ（午前零時）近くだ。

さらにしばらくして頭上の枝が揺れた。そして、常丸のかたわらに三喜松が飛び下りてきた。

　二人は長屋から離れて、大川端の岸辺に行った。

「兄い、寝床《ねや》のむつ言ではっきりはしねえところもあるが、普賢は仲間を裏切って金を独り占めする気らしい。ところがよ、お千と情夫《いろ》はさらにその上前《うわまえ》をはねようって肚《はら》だぜ」

「おもしろい。集めた金はここにあるのか」

「男は吉原以来の馴染みの御家人《ごけにん》だ。こいつがさ、金を気にしているんだが、お千もしたたかだ。まだ普賢は運んできてない、せっつかせているんだがね、とごまかしていたぜ。ひょっとしたら、阿弥陀手形の金はもうこの長屋のどこかにあるかもしれないな」

「男の名は……」

「春之丞《はるのじょう》様と呼んでいたが、それ以上のことは分からないや」

「明日の朝には分からあな」

　二人の手先は身を切らせる寒さの中の張り込みに戻っていった。

四

しほは、庭で清冽《せいれつ》な朝の空気の中に立っていた。

川越城下近くの氷川《ひかわ》神社の境内である。

社殿を、冷たさを秘めた朝の光が浮かび上がらせようとしていた。かたわらを流れる新河岸川から靄《もや》が玉砂利の上を這《は》うように流れてきて、社地の樹木と絡んだ。

ここは父の村上田之助が母の久保田早希に呼び出され、手に手を取り合って川越を逐電《ちくでん》した場所だ。

年が明ければ、母が決断したと同じ年を迎えるしほにはその激しい血が流れていた。

(私に母ほどの勇気があるだろうか)

そう思いながら、しほは用意してきた筆を口に銜《くわ》え、画帳を広げた。

今しも一条の光が大木の間を縫《ぬ》ってきて、拝殿を射た。

朝靄が、たゆたうように浮遊して光に溶けて消えていく。

しほは若き日の父と母の幻をそこに見た思いで、筆を走らせ始めた。

金座裏の広間には常丸を除いた住み込みの手先たちが顔を揃えていた。

だんご屋の三喜松が、昨夜の手柄話を親分の前でもそもそと報告した。

「だんご屋、ようやった」

宗五郎がまず褒め、

「一件が片付いたら、なんぞ褒美《ほうび》を考えようか」

と笑いかけると、三喜松の緊張していた顔が笑みに崩れた。

「常丸は、間男《まおとこ》の御家人を尾行していったんだな」

「へえ、明るくなる前にお千に起こされて、追い出された感じでしたぜ」

「常丸のことだ、相手の屋敷は探り出してこよう」

宗五郎の視線が政次と亮吉に向けられた。

「おまえらは朝飯を掻き込んだら常陸屋に戻れ。豊念と量覚の動きをぴったり見張るんだ」

「はい」

「へえっ」

と二人が返答した。

「親分、動きがあったようだな」

八百亀が顔を出した。

「おお、三喜松が手柄だ」

と言って、お千の長屋で得た話を知らせた。

よくやった三喜松、と八百亀も褒め、

「親分、いよいよ網を絞り込みますかえ」

「相手は坊主どもだ。急《せ》いては事を為損《しそん》じる」

「どうするね」

「念には念を入れようか。稲荷の正太、おれの手紙を持って南命山善光寺に上がれ。和尚の隆光様を駕籠で馬喰町までお連れするんだ」

「普賢坊主の面通しだね」

「そういうことだ」

「合点承知《がってんしょうち》だ」

稲荷の正太が応じた。

だれもが三喜松に負けまいと張り切っていた。

「八百亀、おめえは残った連中と普賢を取り逃がさないように目の先にぴったりおいておけ」

「へえ」

手先たちが台所に向かい、朝飯を腹一杯に食べると江戸の町に飛び出していった。

常丸が金座裏に戻ってきたのは、仲間たちが消えて四半刻の後のことだ。

「ご苦労だったな」

「親分、お千の情夫は、下谷七軒町《したやしちけんちょう》の組屋敷に住む御家人市橋《いちはし》春之丞だ。お千が吉原に出ていた頃からの馴染みでね、お互い、どっちもどっちの悪《わる》だぜ。お千は普賢の上前をはねるときに市橋の力を借りようと思ってやがるのさ」

「市橋の腕はどうだえ」

「剣術かえ、素人《しろうと》相手に喧嘩《けんか》の場数は踏んでそうだが、若い時分にかたちばかり道場通いした程度だ」

「普賢といい勝負かもしれねえな」

宗五郎が笑った。

公事《くじ》旅籠《はたご》や旅人宿が軒を連ねる馬喰町は、すでにすっかり目を覚ましていた。

公事を終えた人々は江戸土産《みやげ》を手に、東海道や中山道の第一の宿場に差し掛かっているころだ。

帰郷する旅人が去って一段落した旅籠の玄関前は掃除が終わり、水がきれいに打たれていた。

政次と亮吉が常陸屋の裏口に回ろうとすると、千貫床の小僧の為吉とばったり顔を合わせた。

「おや、おめえは千貫床の小僧さんじゃないかえ」

亮吉がとぼけて聞いた。

「おれはもう床屋は辞めたんだ」

「ほう、商い替えかえ、今度は何だね」

「信濃善光寺の建立縁起の絵巻が入った御厨子を担いでお坊様に従い、ありがたい御《お》札《ふだ》を売って歩く仕事だ」

「手間賃がいいのかえ」

にんまり笑って為吉は答えた。

「一日に五十文にもならあ。その上、飯も食わせてもらえるんだぜ」

「それはなかなかだ。だがな、そんな仕事はいつまでも続くめえ」

「信濃に連れていってくれるって、普賢様が約束したぜ。それに来年の秋の出開帳にも雇ってくれるとさ」

「そいつはなによりだ。今日も御厨子を担いで江戸回りだね」

ああ、と答えた為吉は、裏口から常陸屋に入っていった。

政次と亮吉は、常陸屋の表口を見張れる飛脚屋十二屋《じゅうにや》に目をつけた。亮吉が店先にいた番頭に断りを入れた。

「政次さん、亮吉さん、御用かい」

この界隈を遊び場にしてきた二人には、どこも馴染みのところだし、知った人間ばかりだ。

「そうそう、政次さん、おめえは松坂屋から金座裏に鞍替えしたんだったな。ちっとは慣れなすったか」

「それがまだ毎日戸惑《とまど》うことばかりですよ」

「だろうね。片方は友禅《ゆうぜん》だ、紬《つむぎ》だ、と柔らかなものだ。金座裏が相手するのは箸《はし》にも棒にも掛からない悪ばかりだからね」

「番頭さん、だからよ、この亮吉様が引き回しているところさ」

「むじな長屋の独楽鼠《こまねずみ》が師匠《ししょう》格かい。そりゃ政次さんも災難だ」

「ちぇっ！」

番頭にからかわれた亮吉が舌打ちした。それでも番頭は女中に命じて、二人に茶を出してくれた。

そんなところに八百亀が、下駄貫と広吉を伴って顔を見せた。

「なんだか十二屋は金座裏に乗っ取られたようだね」

番頭が笑った。

「すまねえ、これだけ広いところはねえや。しばらくおれたちもおいてくんな」

「好きなようにするがいい」

番頭が答えたとき、常陸屋の玄関口に豊念と量覚が二人連れ立って姿を見せた。

そろそろ五つ半（午前九時）の刻限だ。

量覚が御厨子を背負っていた。

「八百亀の兄い、行ってくらあ」

「抜かるなよ」

八百亀に気合を入れられた政次と亮吉は、十二屋の番頭に目顔で礼を言うと外へ出た。

豊念と量覚は馬喰町の通りを一気に十軒店本石町《ほんこくちょう》まで西進し、左に曲がって日本橋川にかかる日本橋へ向かった。どう見ても東海道を下って品川へ直行する気配だ。

「おれが親分にひとっ走りいって知らせてこよう。なあに、すぐに追いつくさ」

亮吉はそう言ったときにはもう何間も先を金座裏へと走り出していた。

十軒店本石町は金座のすぐ東側の通りだ。
政次は半丁（約五十五メートル）ほど間をおいて二人の僧侶を尾行した。
豊念も量覚も無警戒に先を急いでいた。
東海道は京橋を越えたあたりで草履の音がばたばたして亮吉が追いついてきた。
「ご苦労さん」
「やっぱり品川へ一直線だな」
二人は御厨子をがたがたと音をさせながら進む僧侶たちの行く先を確信した。
常陸屋では残りの二組が阿弥陀手形の販売に出ていった。
一人だけで回る組には千貫床の小僧の為吉が御厨子を担いで随行していた。
常陸屋に残ったのは頭分の普賢だけだ。
八百亀たちは動かない。
ひたすら普賢が動くのを待った。
品川でも同じように、政次と亮吉がじっと相手が動くのを待っていた。
昼前の遊郭は気怠《けだる》さを漂わせてひっそりとしていた。

目当ての松喜楼も、二人の若い僧を潜らせた通用口だけを開けて大戸は下ろしていた。

遊郭の一角にわずかに店を開けて、仕込みをしていたのは台屋《だいや》だ。

台屋とは、妓楼《ぎろう》に料理を仕出しする商いのことだ。

亮吉と政次は黙々と魚を煮る匂いのする仕事場の格子窓から松喜楼の表口を眺めて、二人が出てくるのを待っていた。

「すぐに出てくると思ったがな」

亮吉がぼやいたのは、ようやく松喜楼の大戸が開いた昼の刻限だ。

「あいつら、事のついでに遊んでやがるぜ」

亮吉の口調はどこかうらやましげだ。

「亮吉、お市に会ってこないか」

政次が言い出した。

声音《こわね》に不安があった。

「あいつらの様子を見てこいと言うのかい」

「念のためだ」

「ほいきた」

亮吉が尻にからげた二棒縞の裾《すそ》を下ろして、お店者《たなもの》の格好に髪も撫《な》でつけ、気軽に出ていった。が、すぐに飛び出してきた。その血相を見た政次は、しくじったのを悟《さと》って飛び出した。

「あいつら、裏口から出ていったとよ」

「しまった！」

「ともかく常陸屋に戻ろうぜ」

走り出そうとする亮吉を押し止《とど》めた政次は、

「亮吉、松風に会って二人の様子を聞いておこう」

と松喜楼に向かった。

常陸屋の玄関に普賢が重そうな御厨子を担いで立ったのは八つ（午後二時）前のことだ。金剛杖をついている。肩に御厨子の紐《ひも》が食い込んでいた。

「八百亀の兄い、ありゃ、尋常《じんじょう》な重さじゃねえぜ」

「善光寺建立縁起の絵巻物よりは小判臭いな」

馬喰町を出た普賢は浅草御門に出ると、浅草橋下から猪牙舟《ちょき》を雇って乗った。

八百亀らも少し間をおいて、猪牙舟を雇い、先を行く普賢の船を追った。

二艘《そう》の猪牙舟は神田川から大川に出ると上流へと向かった。

「花川戸だな」

「まず間違いあるまい」

下駄貫と八百亀が言い交わした。

元左官の職人だった広吉は黙って舳先《へさき》に座り込んで、先行する船を睨《にら》みつけるように眺めていた。

御厨子を担いだ政次と亮吉が馬喰町の常陸屋の表口から飛び込んできたのは、広吉が普賢の乗る猪牙舟を睨んでいた刻限だ。

「橋三さん、豊念と量覚の二人は帰ってきたかえ」

番頭の橋三に亮吉が聞いた。

「いや、戻ってないよ」

「普賢坊はどうしている」

亮吉が二階を指した。

「めずらしくさ、御厨子を担いで出かけられたぜ」

亮吉が、政次の考えを窺《うかが》うように振り見た。

「橋三さん、善光寺の坊さん方の部屋を見せてくれまいか」

御厨子を背負った政次が番頭に言い出した。

「客の部屋にはさ、ちょいと無理だよ」

「分かっている。普賢さんの部屋だけでいい」

政次は必死で頼んだ。

「仕方ない、何もいじっちゃならないよ」

橋三はそう言うと、自ら二階の角部屋に案内していった。

部屋は八畳で、床の間もあった。

そこには車簞笥《くるまだんす》がおいてあって、頑丈な錠がついていた。が、錠は下りていなかった。

亮吉が素早く扉を開けた。

「亮吉さん！」

橋三が注意したときには亮吉は中を覗き込み、

「空《から》っぽだ、逃げやがった！」

と叫んでいた。

「逃げたって、どういうことだい」

橋三の問いを背中で聞いた二人は常陸屋の階段を駆け下りて、草履をつっ掛けるのももどかしく表に飛び出していった。

金座裏に真《ま》っ青《さお》な顔で戻ってきた政次と亮吉を宗五郎が出迎えた。

居間には旦那の北町奉行所定廻同心寺坂毅一郎がいた。

「親分、すまねえ！」

寺坂に挨拶《あいさつ》するのも忘れて二人は宗五郎の前に這いつくばった。

「しくじったな」

宗五郎がじろりと、御厨子を背負ったままの政次を睨み据えた。

政次の顔が引きつり、亮吉は身震いした。

「おまえら、寺坂様に挨拶もなしか」

二人は慌《あわ》てて素知《そし》らぬ顔の寺坂に頭を下げて、

「ご苦労様にございます」

と挨拶した。

「政次、背の御厨子を下ろしてわけを話せ」

政次が豊念と量覚に逃げられた経緯を告げた。

「普賢は常陸屋を引き上げやがったか」

宗五郎は御厨子の中を開いて、善光寺建立縁起なる絵巻物を出して寺坂の前に広げた。

　稚拙《ちせつ》な絵だった。

「これに引っ掛かる者がいやがるか」

　寺坂が呻《うめ》いた。

　宗五郎が政次に顔を向け、

「松風から話を聞いた豊念が、達三郎《たつさぶろう》の野郎、と思わず叫んだというのだな」

　と念を押した。

　豊念たちに逃げられたあと、政次と亮吉は、松風から、

「豊念さんたら、とてもお坊さんとは思えない言葉付きで罵《ののし》ったわよ。私は達三郎ってだれと聞いたんだけど、うるさいって怒鳴られたの。そんで、凄《すご》い勢いで階段を下りると裏口から飛び出していったのよ」

　という話を聞いていたのだ。

「尻尾《しっぽ》を見せやがったな」

　寺坂毅一郎が笑った。

「最後の幕は花川戸だな」

「どうもそんな塩梅《あんばい》で……」

そう答えた宗五郎は、
「政次、亮吉、常陸屋に戻って残りの三人をそれとなく見張れ」
と、二人を花川戸の捕物《とりもの》から外した。

寺坂毅一郎を伴った金座裏の宗五郎が花川戸の越後屋の長屋に姿を見せたのは、五つ（午後八時）の刻限だ。

長屋を囲むように八百亀以下の金座裏の手先たちが潜んでいた。

だが、青山の善光寺に隆光和尚を迎えにいった稲荷の正太はまだ戻っていなかったし、豊念と量覚に逃げられた政次と亮吉は、常陸屋で戻ってきた残党を見張っていて姿がなかった。八百亀が寺坂と宗五郎のところに顔を出した。

「お千の奴、普賢を酔い潰《つぶ》させるつもりか、夕暮れ前からあの手この手で飲ませている様子ですぜ」

「お千の情夫の市橋春之丞はまだかえ」

「幕が開くにはもう少し時間がかかりそうだ」

時間がゆるゆると過ぎていった。

四つ（午後十時）の鐘が東叡山寛永寺《とうえいざんかんえいじ》から響いてきたとき、まず豊念と量覚が現われた。二人は酒の力を借りて普賢に掛け合おうと考えたか、だいぶ酔っている様子だった。

長屋の前で何度も往きつ戻りつしたあと、格子戸を押し開けた。

戸はするりと開いて錠も下りてなかった。

二人が押し入ってすぐに騒ぎが始まった。

「なんだ、おまえたちは！」

普賢の怒鳴り声がして、

「頭《かしら》、汚いぜ。阿弥陀手形の金を独り占めにする気か」

豊念の叫びが応じた。

「だれがそんなことを言った！」

「この女はだれだ」

「だれだろうとおまえらの知ったことか」

八百亀が宗五郎に押し込みますかという顔で見た。

そのとき、
げえっ！

という悲鳴が聞こえて、宗五郎たちは長屋の玄関と裏口から突進していった。

翌日の昼下がり、鎌倉河岸の豊島屋に常丸と亮吉と政次の三人が姿を見せた。

「なんだい、花川戸で偽坊主一味を縄にかけたという手柄と聞いたが元気がないな」

清蔵が、政次と亮吉の二人の顔を見た。

「この二人はさ、しくじって親分に捕物の場に加わらせてもらえなかったのさ」

兄いの常丸が苦笑いした。

亮吉がどさりと空樽《あきだる》に腰を落とした。

「じゃあ、見てきたように講釈もできねえのかい」

清蔵が言い、

「弟分の代役に頼もうか」

と常丸を見た。

「旦那、信濃善光寺から来秋の回向院出開帳の宣伝に来た六人の坊主は、普賢をはじめすべて偽坊主だ。普賢は善光寺の寺侍で、二十何年も寺の内外の警護にあたっていた島崎達三郎という四十男でね、残りは寺小姓上がりだ。島崎は賽銭をちょろまかしていたことがばれて、寺社方に通告されようとした寸前に江戸に逃げてきて、ちょろまかしていた金で吉原の初瀬を身請けした。ところが遊び暮らすうちに金を使い果たした。そこで考えたのが善光寺の出開帳話をでっちあげて一儲けすることだ。いったん信濃に戻った島崎は、善光寺から追放された寺小姓どもを集めた。取り締まる側の人間だった男だ、そんなことはお茶の子さいさい、簡単なことだ。まずは善光寺建立縁起絵巻の写しをいくつも造り、信濃から江戸の回向院に出開帳の相談に僧侶を出向かせるという偽の手紙を書き送った。自分たちが阿弥陀手形というインチキな手口で金集めをする間、ばれなければいいだけの小細工だ。そして、御厨子に写しの絵巻物を入れて、江戸に上がってきた……」

「馬喰町の常陸屋に逗留《とうりゅう》していたそうだな」

「うん、ここを宿に三組が阿弥陀手形を八両で、金銅阿弥陀如来の聖画を三十文で売り歩いて、なんと九百両以上も金をかき集めていた……」

「欲深い人間が、よくもそれだけいたもんだ」

「島崎達三郎は最初から豊念らに分け前を渡す気はなかった。身請けしたお千のことを豊念らに知らせてなかったのもそれがあったからさ。ところが独り占めしようとした島崎の上前をはねようとした者が出た。お千だ……」

「なんと……」

「お千は島崎に阿弥陀手形で稼いだ金を長屋に持ってこさせ、情夫に島崎を殺させる考えを立てた。ところがさ、宗五郎親分を先頭におれたちが長屋に乗り込んだときさ、予想もしない展開にさすがの親分もしばらく言葉も出なかったぜ……」

悲鳴を聞いた宗五郎たちがお千の長屋に飛び込むと板の間に豊念と量覚が血まみれで倒れ、島崎達三郎の仕込みがお千の情夫市橋春之丞を突き上げて、串刺しにしていた。

宗五郎たちは普賢がまだ偽坊主と決め付ける証拠は持っていなかった。が、こうなれば町方も寺社もない。

「なにしやがる！」

宗五郎が金流しの十手で普賢の仕込みをはたき落として、常丸たちがのし掛かるように縄をかけた。

「豊念と量覚は大した傷じゃなかった。だがな、二階に隠れ潜んで、島崎が酔い潰れるのを待っていた市橋春之丞は島崎達三郎の突きに鳩尾《みぞおち》から心臓を刺し貫かれて、お千が泣き叫ぶ中、死にやがった。おれたちは縄をかけたり、浅草門前の草庵《そうあん》先生のところに怪我《けが》人を運んだりと大忙《おおいそが》しさ……そんな最中に稲荷の正太が青山から善光寺の隆光和尚を連れてきてさ、島崎が馬庭念流《まにわねんりゅう》の剣の達人と分かったのだが、あとの祭りだ」

常丸の話が終わった。

「和尚様は朝から法事と弔《とむら》いの掛け持ちで、どうにも動きがつかなかったのさ」

亮吉が溜め息を吐《つ》いた。

それを聞いた清蔵が言った。

「亮吉、なんで親分がおまえたちを捕物の場から外されたか分かるか」

「そんなこと」

「……しくじりをしたからじゃないぞ。失敗をしっかりと体にたたき込んでいてほしいからだ。おまえら、その親心を忘れちゃならねえよ」

「分かってら」

亮吉の声が小さく豊島屋の店に響いた。

第三話　神隠し

一

しほは佐々木《ささき》春菜《はるな》のたおやかな面立《おもだ》ちを今一度確かめるように見ると、画帳に筆先を落とした。

一気に筆が走り、近々花嫁になる娘の輝きを描き出した。

勘定奉行《かんじょうぶぎょう》四百六十石《こく》の佐々木家の座敷には障子越しに柔らかな光が射し込み、衣桁《いこう》にかけられた白無垢《しろむく》の打掛《うちかけ》を浮かび上がらせていた。

佐々木の屋敷に招かれたのは旅の徒然《つれづれ》に描いてきたしほの絵を見て、春菜が、

「しほさん、嫁《とつ》ぐ前の私を描いて」

と頼んだからだ。

「しほさんの絵の才はだれから継いだの」

春菜が聞く。

「画才なんてないわ。両親の遺品を整理していたら、母が暮らしの合間に描き残した絵が出てきたの。父と流浪の旅を重ねながら、描きためた絵なの。母は川越《かわごえ》を出たことを後悔はしていなかった。でも、寂《さび》しさを紛《まぎ》らすために絵筆をとって、春を待つ竹林や寒雀《かんすずめ》を描いてきたのだと思うわ」

「うちの母や園村《そのむら》の伯母《おば》は、いつも早希《さき》叔母《おば》さんのことを話すとき、姉妹の中でも一番おとなしかったと言うわ。だから、どこにあんな無鉄砲をする胆力があったのかって……」

春菜がしほを見た。

「しほさん、あなたのお母さんが選んだ道は無鉄砲なんかじゃない。幼いときから好きだった人と一緒になるためにどうしてもそれしか方法がなかったの。私、早希叔母さんのことを尊敬するわ。母たちはただ両親の決めた道を選んだだけ、そして、私も……」

「春菜様、静谷理一郎《しずたにりいちろう》様が嫌いなの」

ううんと顔を横に振って春菜が答えた。

「好きよ。でも、私たちは親や兄弟に見守られて、当たり前の祝言《しゅうげん》を挙げようとしているわ」

「それが一番幸せだと思うな。それに静谷様は川越藩のために命を投げ出して、藩の改革を進めておられる方よ。春菜様はわざわざ私の父や母が取った道を選ぶことはないの。好きな人のそばで一緒に暮らすことが大事なことなの」

「早希叔母さんが選んだ道を女はだれもが夢見ているわ。でも勇気がなくて、母たちのように決められた道を歩む。そして、年をとって飛べなかった自分をどこかで悔やみながら、早希は無鉄砲な妹だったなんて呟《つぶや》くしかないの」

(春菜様には理解のつかないことだ)

としほは思った。

明日のあてもない旅暮らしがどんなものか。

雨が降り続く江戸の裏長屋の絶望がどんなものか。

母は川越出奔《しゅっぽん》を悔いるような素振《そぶ》りは意地でも見せなかった。

だが、父はどこかで納戸役《なんどやく》七十石を捨てたことにこだわりを持ち続けていた。

晩年、賭碁《かけご》に没入し、ついにはその諍《いさか》いから斬《き》り殺されるような目に遭《あ》った背景には、そのことがあったのではないか。

母はそのことを知っていたから、寂しい折り、悲しい折りに絵で気持ちを紛らわしたのだ。

「そうね、そうかもしれない。こうして、娘の私の胸に抱かれて父も母も川越に戻ることができたんですもの」

しほは気持ちとは裏腹の言葉を告げると春菜に笑いかけた。

同じ昼下がり、龍閑橋《りゅうかんばし》際の船宿綱定《つなさだ》に三十三、四の実直そうな男が姿を見せて女将《おかみ》のおふじに言った。

「平松町の太物《ふともの》問屋備後屋《びんごや》の番頭にございます。隅田村の別邸まで屋根船を一艘《そう》お願いしとうございます」

「はいはい、毎度ありがとうございます」

愛想よく応対しながら、おふじは船頭はだれにしようかと頭で考えていた。すると相手が言い出した。

「女将さん、うちの旦那《だんな》が申しますには、こちらの彦四郎《ひこしろう》さんの櫓捌《ろさば》きは実にお見事、一度乗せてもらったが、まるで雲に乗っているようで楽だったと申します。彦四郎さんにぜひお願いしたいと言付《ことづ》かって参りました」

「彦四郎ですか。生憎《あいにく》出払ってましてねえ、四半刻《しはんとき》（三十分）も経《た》たないと戻ってこないのでございますよ」

「待たせてもらいます」

番頭はきっぱりと言った。

彦四郎を贔屓《ひいき》にする旦那衆は多い。

六尺を越えた大きな体でゆったりと漕《こ》ぐ櫓は猪牙舟《ちょき》でも屋根船でも滑るように操れる。それでいて、船足は速いのだ。

「彦四郎の漕ぐ船では、お猪口《ちょこ》の酒が一滴だってこぼれませんよ」

と彦四郎を前もって指名する客は多い。だから、おふじも格別に不思議とは思わず、

「ならば、ちょいとお待ちを……」

と、火鉢のそばに番頭の座を造り、茶を供した。

彦四郎が戻ってきたとき、八つ半（午後三時）を回っていた。

「彦四郎、おまえをご指名のお客様がお待ちだよ」

川端からおふじが、猪牙舟を河岸につけた彦四郎に叫んだ。

「どちらさんでございます」

彦四郎ののどかな声が堀に響いた。

「平松町の備後屋さんの旦那のお迎えに屋根船を隅田村まで出しておくれな」

備後屋の旦那ってだれだっけ、と思いながら彦四郎は猪牙舟を舫《もや》うと屋根船に乗り

移り、準備を始めた。すると綱定から番頭が姿を見せて、

「私が案内しますのでよろしく……」

　と頭を下げた。

「番頭さんかえ、ちょいと待ってくんな」

　彦四郎は大きな体を軽《かろ》やかに動かすと、屋根船の準備を終えた。

「番頭さん、お待たせしましたね」

　おふじが障子戸を開いて、番頭を船室に案内した。

「提灯《ちょうちん》は持ったね」

「あいよ、今から隅田村までとなると帰りは日が落ちるからな」

「彦四郎、気をつけてお行き」

　おふじに見送られて流れに出た。

　御堀から日本橋川へ出ると、荷足船《にたりぶね》が忙《せわ》しげに往来していた。

「師走《しわす》だね」

　彦四郎が、船室にぽつねんと座る番頭に話しかけた。

　本来、屋根船には舷側《げんそく》の鴨居《かもい》から冬でも御簾《みす》が下げられる。

　町人の乗る屋根船は内部が覗《のぞ》けるようにしておく定めがあったからだ。が、近頃《ごろ》で

は上方《かみがた》の屋根船のように障子を引き回す船がお目こぼしで営業されていた。

番頭からは返答がなかった。

彦四郎も、返事をあてにして声をかけたわけではない。

日本橋川を往来する船に気を遣《つか》いながら、ゆったりと日本橋川の下流にあたる新堀に入った。

大川《おおかわ》へ出る前に最後に潜《くぐ》るのが豊海橋《とよみばし》、別名乙女橋《おとめばし》だ。

「彦四郎!」

橋の上から声がした。

彦四郎が顔を上げると金座裏《きんざうら》の手先《てさき》の亮吉《りようきち》が一人立っていた。

「御用という面《つら》じゃねえな」

「ああ、おっ母さんの用事で大川端《ばた》まで使いの帰りだ」

「おれはこれから隅田村行きだよ」

「気をつけて行け」

「あいよ」

冬の陽光は、今きた日本橋川の向こう、御城の上の空に傾いていた。

大川に出たせいで筑波《つくば》おろしが上流から吹き下ろしてきた。

まずは元禄《げんろく》九年（一六九六）に五代将軍綱吉《つなよし》の五十の誕生を祝って造られた永代橋《えいたいばし》を潜る。

逆風が川面《かわも》に縮緬皺《ちりめんじわ》を造っていたが、彦四郎は大きな体を器用に使いながら、漕ぎ上がっていった。

新大橋、両国橋、御厩《おうまや》の渡し、吾妻橋《あづまばし》、竹屋の渡し、白鬚《しらひげ》の渡し、さらには橋場の渡し、と大川の両岸を結ぶ橋や渡しを潜ったり、横切ったりしながら彦四郎は寺島村から隅田村へと上がっていった。

「番頭さん、備後屋さんの御寮はどこだえ」

彦四郎が声をかけたのは、水神《すいじん》の森《もり》に差し掛かるあたりだ。

「船頭さん、この先を木母寺《もくぼじ》のほうに入ってくれますか。うちの別邸は木母寺裏川に面してます」

番頭は障子の隙間《すきま》から外を窺《うかが》っていたらしく即答した。

「あいよ」

木母寺は、人買いに連れさられてこの地に死んだ梅若丸《うめわかまる》を葬り、塚を築いたのが始まりだ。

慶長《けいちょう》六年（一六〇一）には家康が梅柳山《ばいりゅうざん》木母寺と号して朱印《しゅいん》五石を与えた。その後、追加の朱印二十石になっていた。

大川が荒川と名を変える辺りは荒川が大きく蛇行《だこう》して、そこへ綾瀬川が流れ込み、複雑な中州や湿地を造っていた。

彦四郎は木母寺と隅田村飛地《とびち》の間の堀に入り込み、梅若山王社を樹間に見ながら、屋根船を進めた。

陽《ひ》が、すとんと沈んだ。

あたりが暮色に包まれ、舳先《へさき》に現われた番頭が、

「船頭さん、あの船着場に寄せてくださいな」

と葦原《あしはら》に伸びた渡り板だけの船着場を指した。

「へえっ」

彦四郎が、屋根船の舳先を着ける前に番頭が裾《すそ》を翻《ひるがえ》して渡り板に跳んだ。

その姿はとても大店《おおだな》の番頭とも思えなかった。

「ちょいと待っててくれますね」

「あいよ」

番頭は梅林に囲まれた山家《やまが》風の家に入っていった。

彦四郎は提灯に明かりをいれて、舳先と部屋に点《とも》した。

四半刻、半刻と過ぎて辺りは暗くなった。腹も減ったし、催促《さいそく》に行こうかと彦四郎が考えたとき、梅林の家から人の話し声がして四人ほどが歩いてきた。

番頭と三人の侍だった。

「船頭さん、ちょいと事情が変わりましてね。旦那様はもう一泊こちらにお泊まりになるというので、私どもを日本橋際まで送り届けてくださいな」

「へえっ、ようがすよ」

三人の侍たちは羽織袴《はおりはかま》を身につけていたが、大名《だいみょう》家の家臣や旗本《はたもと》の奉公人でないことは一目で分かった。

彦四郎は道場主と弟子かなと思いながら、

「備後屋では無粋《ぶすい》な者を出入りさせているな」

と思った。

四人が屋根船に乗り込んだ。

彦四郎は舫いを解くと、竿《さお》で船着場の杭《くい》を押し、裏川に押し出した。

川底を何度かついた竿を屋根に置くと、櫓に替えた。

舳先に吊《つる》した明かりが流れを教えてくれた。

彦四郎は明かりなどなくとも大川筋から江戸の堀についてそらんじていた。

悠然と闇《やみ》に沈んだ木母寺の杜《もり》を見ながら、大川の流れに出した。

木枯らしが相変わらず北から吹きつけていた。

そのせいで櫓に力をかけるまでもなく屋根船は河口へと進んでいく。

立て切った障子戸の向こうで四人はぼそぼそと話していたが、彦四郎にははっきりと聞こえなかった。

（こりゃ、祝儀《しゅうぎ》もなしだな）

彦四郎はそんなことを考えていた。

「船頭、どの辺りだ」

「橋場の渡しを過ぎた辺りですぜ」

右岸は浅草裏の寺町、左岸は須崎村だ。

明かりがぽつんぽつんと見えるくらいだ。

「白鬚の渡しに差し掛かったら教えてくれぬか」

「へえ、承知で」

（変なことを聞く侍だぜ、吉原《よしわら》にでも繰り込もうというのか）

彦四郎が考えたとき、屋根船が揺れた。

客が移動したのだ。

彦四郎には船の中での客の動きは手に取るように分かった。どこかに無理な力がかかっている。

(なに考えてやがるのか)

障子戸から漏《も》れる明かりが一瞬陰った。

「船頭……」

障子戸が開き、白刃がきらめいて、いきなり突きが彦四郎の下腹部を襲った。

「なにしやがる!」

彦四郎はそう叫びながら、櫓をぐいっと引き寄せて、屋根船をくるりと回転させた。

彦四郎の大力と船を熟知した技がなせる動きだ。

抜き身を翳《かざ》して低い姿勢で突っ込んできた侍が空《くう》を切って、水面に落《お》ちていった。

「てめえら、何者だえ!」

彦四郎は櫓を激しく操りながら屋根船を流れの中でぐるぐると回し、船室の男たちに反撃の機会を与えなかった。

「殺せ、都筑《つづき》!」

彦四郎が道場主と見た侍が叫び、自分は床を這《は》うと舳先側から外に出た。

屋根に摑《つか》まりながら、舷側を彦四郎のほうに迫っていこうとした。

彦四郎の足許《あしもと》では都筑と呼ばれた侍が番頭風の男に腰を支えられて、彦四郎に襲いかかろうとした。

彦四郎は屋根船を流れに対して横に向け、左右に揺らした。

屋根船が大きく揺れ動いて、今にも転覆しそうになった。

舷側に摑まっていた道場主風の剣客が、水面に振り落とされまいと必死で屋根に縋《すが》った。それがかえって屋根船を不安定にした。

それでも彦四郎のそばにいた都筑が艫《とも》に這い出てきた。

「それっ!」

彦四郎は櫓に縋ると屋根船を下流に向かって横倒しに寝かせた。

屋根船が安定を失って大きく傾き、右の船端《ふなばた》を水面につけた。

彦四郎は足許の都筑が流れに転がり落ちるのを確かめて、自分も水中へ飛んだ。

師走の水が全身を包み込んだ。

(冷てえ!)

とは思ったが、恐怖はない。

水はお手のものだ。

水面に顔を上げた彦四郎は、横倒しになっていた屋根船に番頭風の男が必死で摑まっているのを見た。

侍たちは水面に投げ落とされて流されたらしい。

彦四郎はゆったりと泳いで番頭風の男に背後から接近した。

屋根の縁《ふち》に両手をかけて上体を引き上げようとした番頭の片足を彦四郎はぐいっと摑んだ。

「おまえはだれだえ、おれになんの恨《うら》みがあってこんな細工をしたかえ」

彦四郎が海坊主のように水中から現われたのに仰天《ぎょうてん》した男は、

「わああっ！」

と叫びながらも片手を放して懐《ふところ》の匕首《あいくち》を抜くと彦四郎の額《ひたい》に斬りつけた。

ふいを食らった彦四郎の眉間《みけん》に痛みが走った。

「野郎！」

彦四郎は怒りにまかせて、男の足を水中に引っ張り込んだ。

「お、泳げねえんだ！」

と絶叫を残した男を屋根船から引きはがすと流れに押し出した。

「た、助けてくれ！」

闇に声が響いて消えていった。

彦四郎は転覆した船に泳ぎつくと、横倒しになった船に体を押し上げた。

金座裏の格子戸が叩《たた》かれた。

宗五郎《そうごろう》とおみつ夫婦も、手先たちも、眠りについて一刻《いっとき》(二時間)もした刻限だ。

政次《せいじ》がまず飛び起きて玄関に出た。

「政次さん、親分に相談ごとができた」

綱定の主の大五郎《だいごろう》が頭に白布を巻いた彦四郎を伴い、立っていた。

「彦四郎」

政次はそう言いながらも二人を中に入れた。

騒ぎに宗五郎も二階の手先たちも、おみつが行灯《あんどん》を点《つ》けた居間に顔を揃《そろ》えた。

「彦四郎、船強盗に襲われたか」

宗五郎の問いに彦四郎は何か答えようとしたが震えてすぐに言葉が出ない様子だ。

「親分、彦の奴《やつ》、長いこと大川に浸《つ》かっていたんで、体が縮《ちぢ》こまっていてね」

よく見れば髷《まげ》も濡《ぬ》れていた。

「亮吉、彦四郎に一杯飲ませろ」

亮吉が台所に飛んでいって徳利《とっくり》と茶碗を持ってきた。

「彦四郎、飲め」

亮吉が、がたがたと震える彦四郎の両手を支えて、茶碗酒を飲ました。

おみつもどてらを持ってきて、彦四郎に着せかけた。

大五郎が彦四郎に代わって事情を話し出した。

「今日の昼下がり、平松町の太物問屋備後屋の番頭というのが来てね、彦を名指しで隅田村まで旦那を迎えに行くと屋根船を借りたんだ……」

大五郎が話す間にちびちびと酒を飲んだ彦四郎の血色が戻ってきた。

通りかかった船に助けられた彦四郎は、這々《ほうほう》の体《てい》で龍閑橋に送られてきた。綱定では額から血を流す彦四郎の怪我《けが》を治療すると風呂に入れて着替えをさせ、その間になんとか話を聞き出したという。

「備後屋め、ふてえ野郎だ。なんの理由《いわれ》があって彦を殺そうとしやがったか。平松町に駆け込もうと思ったが、親分、まずはおまえさんのところと思って戸を叩いたんだ」

「そいつはよい思案だったな」

とあらましを飲み込んだ宗五郎が言った。

「大五郎さん、こりゃ、備後屋の仕業《しわざ》じゃないね、名を騙《かた》っただけだよ」

「そうかね、うちのおふじもあんな番頭は見たこともないと言うんだがね」

　宗五郎は彦四郎に聞いた。

「彦四郎、具合はどうだ」

「も、もう大丈夫ですよ。一刻も水に浸《つ》かっていたんで寒くて寒くて、どうにもならなかったが、酒とどてらで人心地《ひとごこち》を取り戻しましたよ」

「隅田村まで行けるか」

「出来るとも、櫓だって漕げらあ」

「彦、おれが漕ぐ」

　と大五郎がびしりと言い、

「船の用意をしておくから、おまえは親分を案内して後から来い」

　と飛び出していった。

　鎌倉河岸育ちの大五郎も若い頃はちょっとした遊び人だった男だ。飲み込みも動きも早かった。

「常丸《つねまる》、政次、亮吉、供をしろ」

「へえっ」

宗五郎の身支度はすでにおみつが整《ととの》えていた。

宗五郎はすぐに寝間着から外着に着替え、羽織の下に一尺六寸の金流しの十手《じって》を斜《なな》めに差し落とした。

玄関先に立った親分とどてらの彦四郎、そして手先たちを、おみつが切り火で、

「気をつけて」

と送り出した。

二

龍閑橋の綱定から屋根船は、旦那の大五郎と彦四郎の兄貴分の次七《つぐしち》の二丁櫓で大川を押し上がった。

屋根船はおふじが手あぶり火鉢を二つ入れてくれたので、外の風にもかかわらず暖かだった。

「彦四郎、おまえを襲ってなんの得がある」

亮吉が不思議そうにどてらの主に聞いた。

「おれもよ、水に浸かりながらああでもねえこうでもねえと考えてみたが、どうにも思いあたらねえんだ」

彦四郎の答えはあくまでのんびりとしていた。

「番頭に覚えはないか」

彦四郎は顔を横に振り、

「ありゃ、商家の番頭を装《よそお》ってやがる。だってよ、隅田村の船着場に裾を翻して跳んだときの格好ったら、ありゃ、堅気《かたぎ》じゃないや」

と言い切った。

大店の旦那から番頭と、何人も贔屓にもつ彦四郎だ、宗五郎はその観察は当たっているなと思った。

「彦四郎の懐を狙《ねら》うったってな、大した銭は持つめえ」

「おめえに酒をおごるくらいの銭だ」

「彦四郎、おまえは最近どこかで何かを見なかったか。おまえは気にとめないことでも、相手には見られてはいけないことなんだ」

政次が代わって聞いた。

幼馴染《おさななじ》みが襲われたので、亮吉も政次も憤慨していた。

「何かってなんだ」

「それが分からない」

「それじゃあ、思い出しようもねえな」

彦四郎は首を傾《かし》げた。

「備後屋は彦四郎の贔屓客かえ」

宗五郎が聞く。

「親分、それがさ、おれも綱定も、備後屋さんとは縁がないんだ。備後屋に出入りの船宿は江戸橋際の一番屋《いちばんや》でね。番頭はおれの船に乗ったみたいなことを言ったらしいがさ、おぼえが全然ないや」

なんとも不思議な話だった。

「彦四郎、ひっくり返した船はどうしたな」

「おれが柳橋《やなぎばし》の権太《ごんた》兄いの船に見つけられたのは吾妻橋下だ。そんでよ、権太兄いはおれを引き上げて、船は竹町の渡しの駒形《こまがた》河岸側に引っ張っていってつないでくれたんだ」

「帰りに調べてみようか」

「親分、あいつら、どうなったかねえ」

彦四郎は襲撃者たちの身を心配した。

「闇夜の、それも寒中の大川で命が助かったのは彦四郎くらいだろう。四人とも溺《おぼ》れ

「死んでやがるな」

「そいつらの死骸《しがい》を調べれば、彦四郎がなんで襲われたか分かるかな」

亮吉が言ったが、今度は宗五郎が首を捻《ひね》った。

「それにしても河童《かっぱ》船頭の彦四郎を船で襲うたあ、考え違いも甚《はなは》だしいな」

「亮吉、相手は彦四郎を知らねえ連中だ」

「ともかくよ、おれを殺そうなんて奇妙な話だぜ」

いつもの顔に戻った彦四郎があくまでのんびりと言ったものだ。


二人船頭の屋根船は木母寺裏川の船着場に着けられた。

提灯を亮吉と政次が持って、梅林の中にひっそりと建つ山家風の別邸に近付いた。

夕暮れ時、彦四郎は遠くから見て、風情《ふぜい》のある別邸と見た。

が、近寄って見れば、人気《ひとけ》が感じられなかった。

「だれぞが住んでいる様子はないな」

宗五郎が呟いた。亮吉が戸に力をかけると、がたぴしと開いた。

亮吉が提灯を翳して中に入り、明かりを回した。

廃屋《はいおく》というわけではない。

凝《こ》った造りの隠居所《いんきょ》か保養所のようだ。だが、しばらく使っていない様子だ。

「だれぞいるかえ」

亮吉がそう言いながら、三和土《たたき》を奥に進んだ。

すると囲炉裏《いろり》のある板の間に徳利やら茶碗が転がって、火を燃やした跡があった。

常丸が囲炉裏の灰に手を突っ込んだ。

「親分、冷えきってはねえや」

「彦四郎が始末されたという報告を待っていた者がいたんじゃないか。あまり連絡がないんで不首尾と判断して、逃げ出した」

「そいつが彦四郎を殺せって命じた奴かねえ」

亮吉の問いに宗五郎は、

「今のところ、なんともな……」

と答え、

「朝を待とうか」

と言った。

空が白《しら》んで隅田村一帯の百姓屋が起き出した。そこで常丸、亮吉、政次の三人が手分けして、聞き込みに回った。

最初に戻ってきたのは亮吉だ。

「親分、この家は蔵前《くらまえ》の札差《ふださし》伊勢屋《いせや》七兵衛《しちべえ》の隠居所だ。先代の隠居が二年も前に亡《な》くなって、この一年は無人だったそうだ」

「そんなところだろうな」

次に常丸が帰ってくると報告した。

「ここ何日も前から出入りがあったそうで、一昨日《おととい》の夕刻に町人が浪人者を船に乗せて連れてきたそうだ。その町人というのが彦四郎を船頭に名指しした番頭だな。その他に絹物を着た、年配の町人が出入りしていたようだ」

「彦四郎、伊勢屋と関わりがあるかえ」

「親分、札差なんぞとは縁がねえや。客でもない」

彦四郎は困惑《こんわく》の体《てい》だ。

「備後屋とも伊勢屋とも縁がないか」

最後に政次が戻ってきて、常丸と亮吉の調べとおよそ同じことを報告した。そして、最後に、

「どうやら彦四郎を迎えにいった番頭は勇次《いさじ》、もう一人の羽織の男は神楽《かぐら》の伯父《おじ》とか、兎之助《うのすけ》伯父とかいう名のようです」

と報告した。

「ほう、名が分かったか」

「二人が最初に伊勢屋の隠居所に姿を見せたとき、川漁師の弘吉《こうきち》さんが船着場のそばで網《あみ》の手入れをしていたんですよ。二人には漁師船の陰にいた弘吉さんが見えなかったようで、不用意に二人の名が繰り返されたそうです」

「弘吉は他に何か耳にしなかったか」

「お頭《かしら》が急いでなさる、という言葉が耳に残ったと言ってました」

「お頭が急いでなさる、か……」

宗五郎はそう言うと、戻ろうかと立ち上がった。

「親方、彦四郎の奴、屋根船をおしゃかにしやがったぜ」

「命が助かっただけでも御《おん》の字《じ》だ」

竹町の渡しでは綱定の船頭たちが横倒しになった屋根船を河岸に引き上げていた。

大五郎親方が悪態をついた船頭の一人に、

「なんぞ残っていまいな」

と叫んで聞いた。

「親方、櫓も障子も底板も流されていらあ、何もねえな」

大五郎が宗五郎に顔を向けた。

「親分、修理に出していいかい」

「ああ、それは構わないが、親方、猪牙を貸してくれまいか。流れに消えた四人を常丸たちに捜させる」

宗五郎は小回りの利《き》く猪牙舟を水死体捜しの捜索に差し向けようと考えたのだ。

「親分さん」

綱定の船頭の一人が、

「御厩河岸の渡しに水死体が流れついているそうだぜ」

と言い出した。

「親方、おれが猪牙を漕いでいいかえ」

彦四郎が仲間たちの乗ってきた猪牙舟に飛び乗った。

「その元気なら大丈夫だろう」

その場に残るという大五郎らを残して、金座裏の宗五郎ら四人が彦四郎の漕ぐ猪牙舟に乗り移った。

竹町の渡しのすぐ下流が御厩河岸の渡しだ。

渡し船の船頭に、流れついた死体のことを聞くと、三好町の自身番《じしんばん》に運ばれたと教えてくれた。

猪牙舟を渡しのそばに舫い、五人は自身番に向かった。

所在なげに番太《ばんた》のじいさんが検死役人が来るのを待っていた。

「じいさん、死骸を見せてもらうよ」

「金座裏の親分さんか。早く死骸《しげえ》を引き取ってくれまいか。うちの土間に、こう二つも骸《むくろ》が転がっていちゃあ、身動きもつかないや」

とじいさんがぼやいた。

土間に筵《むしろ》をかけられた死体が二つ並んでいた。

亮吉と政次が筵を剝《は》ぐと、町人と年配の侍らしい水死体が現われた。

「あっ、番頭とさ、頭分だぜ」

彦四郎が大声を上げた。

彦四郎が道場主のようだと見た侍のそばには、脇差《わきざし》が置かれてあった。それが持ち物のようだ。

宗五郎が顎《あご》をしゃくり、亮吉と政次が持ち物を検《あらた》める。

「流されたかね、財布もなければ何もなしだ」

勇次の死体を調べた亮吉が言い、

「こっちも水中でもがいたときに懐中物を落としたようです」

と道場主の身許《みもと》を示すようなものがないかと政次が宗五郎を見た。

「亮吉、勇次を裸にしてみねえ」

親分の命に政次も手伝い、縞《しま》の袷《あわせ》を脱がすと、まず左の二の腕に入墨《いれずみ》が現われた。

横線一本がぐるりと巻き、それに短い帯が直角に交差していた。

「入墨者か、彦四郎の見方が当たったたな」

「ねっ、言ったでしょ、堅気じゃないって」

彦四郎がまるで手先みたいに胸を張って威張った。

「親分、日光《にっこう》の代官所で彫られてますね」

入墨の模様を確かめた常丸が言った。

「寺坂《てらさか》様のほうから日光に問い合わせてもらおう」

と答えた宗五郎が言った。

「しほがいるならば、二人の人相を描き写しておくんだがな」

「親分、代役にはなるまいが、おれが描こう」

常丸が捕物帳《とりものちょう》に、几帳面《きちょうめん》に二人の特徴を書き留めた。

「常丸、おまえらは残りの死体を捜せ」

「親分はどうなさるね」

「伊勢屋に寄ってな、隠居所のことを確かめて金座裏に戻ろう」

三好町の番屋《ばんや》で二手に分かれた。

宗五郎は蔵前通りの札差伊勢屋七兵衛の店先に立った。

「おや、金座裏の親分さんだ」

番頭が目敏《めざと》く宗五郎の訪問に気がついた。そして、奥へ入れるかと迷う風情を示した。

「番頭さん、ちょいと聞くだけだ」

「ならばこちらで」

上がりかまちに手代《てだい》が座布団を持ってきた。

「すまねえ」

礼を言った宗五郎が聞いた。

「こちらの隅田村の隠居所のことだが、近頃だれかが行きなさったか」

いえ、と番頭が怪訝《けげん》な顔をした。

「先代が亡くなられてそろそろ三周忌《さんしゅうき》、この一年はほったらかしで、留守番もおいてませんよ。親分、それが何か……」

宗五郎は、入墨者と浪人たちが悪巧《わるだく》みに隠居所を使っていたことを知らせた。

なんとそんなことが、と驚いた番頭は、

「いやはや不用心なことにございましたな。旦那様に申し上げて、なんとかしなければいけません。今日にもだれぞを差し向けます」

と答えた。

「こちらは平松町の太物問屋の備後屋さんと付き合いがありますかえ」

「いえ、うちは商売がらお武家様との付き合いはございますが、太物問屋さんとは縁がございません」

と番頭は言い切った。

宗五郎が金座裏に戻ると、寺坂毅一郎《きいちろう》がおみつを相手に茶を飲んでいた。

「旦那が半刻前からお待ちかねだよ」

おみつはそう言うと台所に立った。

「彦四郎がえらい目に遭ったって」

「そうなんで……」

宗五郎は掻《か》い摘《つま》んで事情を話した。

「人のいい船頭を入墨者と浪人が狙うなんて、おだやかじゃないな」

「そうなんで」

「勇次についちゃ、すぐに日光に問い合わせをしよう」

と寺坂は請《う》け合った。

おみつが茶を二人に運んできた。

「旦那のほうはなんぞありましたかえ」

「彦四郎の一件もある、宗五郎に頼む話じゃないが……」

寺坂は遠慮して話そうとはしなかった。

「寺坂様と私の仲だ、遠慮は無用に願いますぜ」

うーん、と一つ唸《うな》った寺坂が決心したように切り出した。

「おれが出入りのお屋敷に小笠原左京大夫《おがさわらさきょうだゆう》様があるのを宗五郎も知っているな」

「へえ、うちの目と鼻の先が上屋敷《かみやしき》だ」

幕府の九州探題《たんだい》と称された豊前《ぶぜん》小倉《こくら》藩は十五万石、当代は忠苗《ただみつ》だ。

その屋敷は北町奉行所《きたまちぶぎょうしょ》の真裏、金座とは御堀をはさんで対岸にあった。

各大名方は江戸の家臣たちが江戸市中で揉《も》め事《ごと》を起こしたときなどのために出入り

の同心を持っていた。幕府の手前、内々に済ませるものは同心や奉行所の力を借りて済ませたかったのだ。その代わり、盆暮れに大名家から町方に付け届けがいく習わしだ。

豊前小倉藩は寺坂とつながりを持つ大名家の一つだ。

「今日、ご用人《ようにん》の下村小左衛門《しもむらこざえもん》様から呼ばれてな……」

寺坂は下村に付き添わされて、留守居役《るすいやく》前田伝之丞《まえだでんのじよう》に会わされた。

二人の藩重役が同席する中で打ち明けられたのは、宿下がりした奥女中の菊乃《きくの》が屋敷に戻ってこないという一件であった。

「十八歳の菊乃は、露月町《ろげつちよう》の紅屋《べにや》の玉屋《たまや》新兵衛《しんべえ》の次女でな、母親が病《やまい》に臥《ふ》せっておるというのでお暇《いとま》をもらって宿下がりしたんだ。ところが屋敷に戻る日になっても帰らぬ。玉屋に問い合わせたところ、予定通りにお屋敷に戻ったという返事でな、新兵衛も女房もびっくりしているというのだ」

紅家の本家は京の四条通麩屋町《ふやちよう》にあって、

青丹《あおに》よし　ならぬ籬《まがき》の　小町紅
茶は喜撰《きせん》　蜆業平《しじみなりひら》　紅小町

などと川柳《せんりゆう》に歌われる小町紅を売り出していた。

玉屋はこの小町紅を京の紅屋から直接仕入れて、どこよりも早く売り出すというので女たちの評判をとった店だ。

「男ですかえ」

「さあてな、菊乃はなかなかの美形で、藩主の奥方様だか側室《そくしつ》様のお気に入りの女中だそうだ。そなたは金座裏の宗五郎と親しき間柄、金流しの十手を振り回す話じゃないが、なんとか行方《ゆくえ》を捜してはくれぬかと頼まれたのだ」

「わっしの名も出た話ですかえ」

「そういうことだ」

「なんぞ曰《いわ》くがありそうですね」

「宗五郎、すまぬが下村小左衛門様に会ってはくれまいか」

「へえ、今日の夕刻にも屋敷に参ってみましょうか」

宗五郎は二つ返事で引き受けた。

「助かった」

女中捜しを宗五郎に引き受けさせた寺坂が正直な言葉を吐《は》いたとき、常丸たちが戻ってきた。

寺坂に挨拶《あいさつ》した三人の手先が長火鉢の前に座り、常丸が報告を始めた。

「もう一体が石川島《いしかわじま》の人足寄場《にんそくよせば》に流れついていましたぜ。彦四郎に確かめますと、一瞬のことではっきりしたことは言えないが、まず都筑と呼ばれた者に間違いあるまいとの返答にございました」

「持ち物はあったか」

「それが両刀どころか衣服もまともに着てない有様《ありさま》でしてね、上げ潮に揉まれてはぎ取られたらしゅうございます」

「身許を確かめようもないか」

「残る一人も江戸湾に流されているとすると、死骸を捜すのも難しいですぜ」

宗五郎はしばらく思案して聞いた。

「彦四郎はどうした」

「綱定に戻しました。昨日の今日だ、二、三日は大五郎親方も休ませると言っておいでしたよ。ともかく行動には気をつけろと言いおいてきたんですがね」

「相手がだれだか分からないんじゃ、彦四郎もおれたちも手の打ちようがないな」

親分、と亮吉が言い出した。

「あいつがさ、仕事に戻るようになったらさ、おれか政次が船頭見習いって格好で船に乗っちゃいけないかね」

「亮吉、彦四郎の身が危ないのは水の上じゃねえ、むしろ陸《おか》の上だぜ。今度の一件を見てみろ、四人を相手に額にかすり傷を負っただけだ。一方相手は皆、土左衛門《どざえもん》だ」

「ちげえねえ」

「まあいい、大五郎親方が許してくれるんなら、友達甲斐《がい》に付き合ってやれ」

宗五郎が亮吉の申し出を了承した。

三

寺坂毅一郎が金座裏を去って四半刻後、宗五郎は政次と亮吉を連れて、日本橋を渡った。まず宗五郎が訪ねたのは東海道筋の中橋広小路にある、桜梅香《おうばいこう》という鬢付油《びんつけあぶら》を商う美香堂《びこうどう》という老舗《しにせ》だ。むろん紅も白粉《おしろい》も扱っている。店先に化粧の香りがしているのはそのせいだ。

「おや、金座裏の親分さん、めずらしゅうございますね」

女相手の商売の番頭嵯吉《さきち》が優しい口調で応じた。

「ちょいとおまえさんの知恵を借りたいのだがな」

「ならば奥に」

と、宗五郎たちは店の裏の小座敷に通された。

嵯吉は自ら茶を淹《い》れると、宗五郎から差し出しながら、どうしましたという顔をした。

「露月町の玉屋新兵衛の女房が病だって聞いてね。同業に尋《たず》ねるのがなんでも詳《くわ》しいや」

「玉屋さんのお内儀《かみ》さんが病気ですって、聞いたことはございませんね。つい先日もお得意先でばったり顔を合わせたくらいでね」

呉服と一緒で、化粧小間物も上得意は番頭手代が屋敷に出向いて、流行《はやり》物を披露したのである。

「玉屋じゃあ、内儀さんも商《あきな》いに出るのかえ」

「京生まれの内儀さんは商い上手、玉屋は内儀の麻智《まち》様でもっていると噂《うわさ》が飛ぶくらい、物腰がやわらかで女方の気持ちを摑《つか》むのが上手なんですよ」

「そうかえ、そいつは知らなかった」

宗五郎らにとって、紅や白粉は馴《な》染《じ》みがない。

「ところで次女の菊乃は評判の小町娘だそうだな」

「お屋敷奉公に出られておられるお嬢様にございますな」

「小笠原様の奥女中だそうだが、嵯吉さん、なんぞ噂を聞かないか」

「噂と申されますと」

「屋敷奉公を辞《や》めてすぐにも一緒になりたい許婚《いいなずけ》がいるとかさ」

「お内儀さんがしっかりと躾《しつけ》られたというお嬢様方です。長女は、茅場町《かやばちょう》の下《くだ》り傘屋の十條屋《じゅうじょうや》様に嫁《とつ》がれておられます」

傘もまた京、大坂のものが江戸の地傘より上等なものとして珍重されていた。

とくに十條屋の蛇《じゃ》の目《め》などは、女たちが目の色を変える傘だったが、その嫁が玉屋の長女とは、宗五郎もついぞ知らなかった。

「男に走るようなふしだらな娘じゃないのだな」

「へえ、菊乃様は気配りのできる、気立ても優しいお嬢様にございますよ。そんな話は噂にも聞いたことはございません」

と嵯吉は保証した。

「玉屋の商いはどうだ」

「出が京の方《かた》にございます。それは手堅い商いで、小町紅だけでもなかなかの売り上げと思いますよ」

嵯吉は羨《うらや》ましげに言った。

「番頭さん、時間を取らせたな。今日のことはおまえさんの胸の内に仕舞っておいてくんな」

と頼んだ宗五郎は桜梅香の店をあとにした。

「親分、玉屋の娘がどうかしたのかえ」

亮吉が聞いた。

「宿下がりした娘の姿が消えたそうだ……」

宗五郎は、亮吉と政次に寺坂から頼まれた一件を話した。

「親分は菊乃が好きな男のところへ逃げたと踏みなさったか」

「どうやら見当が違ったようだ」

「おりゃ、十條屋の嫁の顔を覗きに行ったことがあらあ。桜子《さくらこ》様もしっとりした色白の美人だが、妹の菊乃はさらに一段と美しいと評判だ」

姉は桜子というらしい。

「美香堂の嵯吉をわずらわすよりはうちの亮吉で事足りたな」

宗五郎は苦笑いした。

政次は黙ったままだ。

京橋を渡った三人は、玉屋新兵衛の店先に立った。

間口はさほど広いものではない。

女客が相手の商いだ。通りから覗き込めないように工夫された造りといい、明かりの取り方といい、京の雰囲気を江戸に移した趣《おもむき》が漂っていた。

「ごめんよ」

男三人の風体《ふうてい》を一目で見抜いた番頭がすぐに上がりかまちに寄ってきた。

「金座裏で御用を務める宗五郎という者だ」

女客たちの耳を気にして宗五郎は小さな声で番頭に名乗った。

「これは金座裏の親分さんで。知らぬこととはいいながら失礼をば致しました。ささ、どうぞ奥に……」

宗五郎たちは奥に通されると、

「親分さん、ご用向きは……」

と確かめられた。

「菊乃様の一件だ」

番頭は頷《うなず》くと、ちょいとお待ちを、と言い残して奥に消えた。

宗五郎たちはしばらく待たされた。が、すぐに戻ってきた番頭が、

「親分さん、奥へご足労《そくろう》願います」

と宗五郎に声をかけた。

「待ってろ」

宗五郎は二人に声をかけておいて、奥に向かった。

間口は広くはなかったが奥行きが深かった。

坪庭《つぼにわ》や部屋のかたわらを凝《こ》った造りの廊下が通り、所々に明かりが配置されて、足許を照らしていた。

暮色《ぼしょく》の庭に白い寒椿《かんつばき》がおぼろに浮かんでいた。

その庭に面した座敷に玉屋新兵衛が待っていて、隣座敷で衣桁《いこう》にかけられた加賀友《かがゆう》禅《ぜん》を眺めていた内儀の麻智が出てきた。

宗五郎は加賀友禅の模様、古木の枝に咲いた梅をちらりと目に留めた。

座敷には火鉢の火が赤々と照っていた。

が、夫婦の顔には憂愁《ゆうしゅう》と緊張が漂っていた。

「宗五郎親分、ご苦労にございます」

恰幅《かっぷく》のいい新兵衛が挨拶した。

麻智は黙って頭を下げた。

「お屋敷から頼まれたと言えば説明もいるまい。宿下がりをされたお嬢様が行方を絶たれたというんで、事情を聞きに来た」

「親分のお手を煩《わずら》わして申し訳ございません」

どこか困惑した様子が窺えた。

「旦那、お内儀さん、お前様方の嫌《いや》なことをほじくり出そうと邪魔したわけじゃない。相談ごとがあるのなら正直に言ってくれまいか。おれでよければ相談にのろう」

はい、と返事した新兵衛が、

「嫌なことも何も、屋敷に戻ったはずの菊乃が屋敷には戻ってないというお話に、私どももただ仰天しているようなわけでございますよ」

「そうかい。ならば、最初から話を聞かせてもらおうか」

と言葉を切った宗五郎は聞いた。

「お内儀さん、病はどうだえ」

「はっ、はい」

と慌《あわ》てて返事した麻智は、

「私が風邪《かぜ》をこじらせたばかりに菊乃をこんな目に遭わせまして」

と顔を伏せ、すぐに視線を宗五郎に戻した。

「菊乃がお屋敷から戻ったのが、ちょうど十日前のことでした……」

道三橋《どうさんばし》の北側の豊前小倉藩から乗り物で送られてきた菊乃は、母親の麻智が思ったよりも元気そうなので、ほっと安堵《あんど》したという。

急な宿下がりだが、よい機会だからと姉の桜子と会ったり、芝居を見物したり、買い物をしたりと年頃の娘がしそうなことを楽しんだ。

短い宿下がりが終わり、六日前、屋敷からの迎えの乗り物が来た。そして、その翌々日に屋敷から、

「母親の病気はどうか」

という問い合わせがあった。そこで屋敷に出向いた新兵衛は菊乃が屋敷に戻っていないことを知ったというのだ。

「私どもも狐《きつね》に摘《つま》まれたようで、最初はお屋敷で何か隠し事をなさっておるのではないかと疑ったくらいでございます」

新兵衛は重い溜《た》め息を吐《つ》いた。

「乗り物が迎えにきたと言われたが、送ってきた乗り物といっしょかえ」

「大名屋敷のお駕籠《かご》は私どもにはどれも同じように見えますし、娘も疑う様子はさらさらございません。家族や店の者や通りがかりの近所の方々に見送られて、日本橋の方角へ行きました」

「菊乃は奥向きの女中ということだが、どなたに仕《つか》えていたんだえ」

「お部屋様のお紋《もん》の方様《かた》にございます。今度のこともお紋の方様がご心配なさって、問い合わせてこられたのでございます」

宗五郎は頷くとしばらく思案する体《てい》で言葉を切った。

「親のおまえさん方に尋ねるのは心苦しいが、娘を捜すためだと思って我慢してくれ」

「親分さん、なんでも聞いてくださいな」

麻智が応じた。

「菊乃様には許婚《いいなずけ》や好きな男はいなかったかえ」

「屋敷奉公に上がったのは十四の年でございましたが、そのような者はおりません。親の目を盗んでということも世間にはあろうと思いますが、姉の桜子に聞いても知らぬと申しますし、なんとも不思議なことにございます」

「まさかとは思うが、金を無心するような手紙は来てないな」

「ございません」

新兵衛がきっぱり答えた。

「これはという当てもないか」

夫婦が顔をまるで申し合わせたように横に振った。

「そいつは困った」

宗五郎は当惑した顔を夫婦に見せると、

「邪魔《じゃま》をしましたな」

と立ち上がった。

麻智がさっと立ち上がり、廊下に出ると店に向かって、

「番頭さん、親分さんがお帰りですよ」

と声を張り上げた。

すでに中庭は夜の気配で、寒椿は闇に沈み、花の香りだけがわずかに漂っていた。

麻智が見送りに出た。

先程の部屋にはもはや政次も亮吉も姿はなかった。表で待っているらしい。

「親分さん、ご苦労にございました」

名も知らない番頭が腰を屈《かが》めてすいっと宗五郎に近付き、宗五郎の羽織の袖《そで》に紙包みを入れようとした。

宗五郎の手が番頭の手を押さえ、

「番頭さん、だれの指図か知らないが、痛くもねえ腹を探られることになるよ」

と押し戻した。

「いえ、これはほんの駕籠代にございますよ」

「露月町から金座裏までわずかな距離だ。陸尺《おかご》の担ぐ乗り物だってこうはかかるまいよ」

宗五郎がじろりと睨《にら》んだ。

番頭がびくつき、麻智が、

「番頭さん、金座裏の親分になんという失礼を……」

と慌てて執《と》り成《な》す振りをした。

「お内儀さん、気にするこっちゃありませんぜ」

宗五郎はそう言い残すと玉屋を出た。

政次と亮吉が黙って後に従った。

東海道筋の店々が暖簾《のれん》を下ろす刻限だ。

「亮吉、政次、ちょいと玉屋の態度が気にかかる。おれに鼻薬《はなぐすり》を嗅《か》がせようとしやがった」

と前置きすると、立ち話で玉屋の夫婦に聞いた話を二人の手先に告げ、

「玉屋のことでもいい、菊乃のことでもいいや、二手に分かれてなんでも当たってこい」

と命じた。

「あい、分かったぜ」

亮吉が答え、政次は黙って頷き、二人はまた元の道に引き返していった。

道三橋から北側には御普請《ごふしん》奉行、御作事《おさくじ》奉行、小普請奉行の三屋敷が並び、その裏手に豊前小倉藩十五万石小笠原左京大夫の上屋敷があった。

すでに屋敷門は扉を閉めていたが、通用口で訪《おとな》いを告げると門番が、

「待っておれ」

と横柄《おうへい》にも中に没した。が、すぐ草履《ぞうり》の音がして初老の用人、下村小左衛門が顔を出し、

「おおっ、そなたが金座裏の宗五郎どのか。ささっ、入ってくれ」

と邸内に招じ入れられた。

「寺坂様の命《めい》で参じました。なんなりと申し付けてください」

「宗五郎どの、手をわずらわせてすまぬな」

人の好《よ》さそうな下村に宗五郎が案内されたのは御留守居役前田伝之丞の御用部屋だ。

脂《あぶら》ぎった顔立ちの前田は四十前か。

「造作《ぞうさ》をかけるな」

膝《ひざ》の書類を文机《ふづくえ》に置くと、宗五郎と向き合った。

ご挨拶は抜きにお伺いさせて頂きます、と断った宗五郎は、どちらへともなく聞いた。

「菊乃の迎えに乗り物を出すのは決まっておりましたか」

「宿下がりは三晩の予定でな、四日目の夕刻には露月町まで迎えに出ることになっておった」

下村が答えた。

「お迎えに行かれましたか」

「いや、それが玉屋から使いが参ってな、母親の具合が思わしくないによって、一晩二晩長滞在させてほしいと断ってきよった。そこで知らせを待っていたところだ」

「玉屋では予定した四日目には乗り物が到着して、家族や近所の人にまで見送られて出たと申しておりますな」

「聞いた。が、当屋敷では断じて乗り物など出しておらぬ」

下村が心外な、という顔で言い切った。

「菊乃を可愛《かわい》がっておられたのはお部屋様だそうで」

「そうなのだ。お紋の方様がいたく菊乃を気に入っておられてな、なぜ戻って参らぬとやいのやいのと矢の催促《さいそく》でな、我らもいささか参っておるところだ」

前田もうんざりした顔で言い、

「お紋の方様は忠苗様のご寵愛《ちょうあい》のお部屋様なのだ」

と打ち明けた。

宗五郎はしばし考えたあと聞いた。

「お屋敷内で菊乃どのが密《ひそ》かに心を寄せる若侍はおられますまいな」

「そのような者がおろうはずはないわ」

下村が手を顔の前で激しく振った。

「菊乃どのが露月町を乗り物で出て、五日目ですか」

「まさか道中で危難に及ぶというようなことはあるまいな」

「下村様、夕暮れ時の江戸の町中でございます。乗り物ごと神隠しにあったなどということはありますまい」

「そうよな」

と応じた下村が言った。

「宗五郎、なんとか手を考えてくれぬか」

「へえっ。前田様、下村様、人間がしたことなら、この宗五郎、なんとしても捜し出してご覧に入れます。ですが、神隠しとなると……」

「そなたは神隠しなどではあるまいと申したではないか」

「世の中には不思議なこともありますのでな」

曖昧《あいまい》な返答をした宗五郎は、

「ともかく手先たちの尻《しり》を叩いて走り回らせますので」

と請け合って、二人の重役の前を辞去してきた。

金座裏に宗五郎が戻ったとき、六つ半（午後七時）の刻限に近かった。

「おまえさん、徹夜だもの、疲れたろ」

おみつが言い出した。

「そうか、彦四郎の水難騒ぎで、うちは徹夜だったたな」

宗五郎が思い出したとき、亮吉がつむじ風のように戻ってきた。

「菊乃は評判どおりの娘だぜ。悪く言う奴なんていねえや」

「そうかい」

「それにさ、確かに乗り物に乗って屋敷に戻っていったのは菊乃だったそうだ。小煩《こうるさ》い近所の女たちが何人も見送ってらぁ」

「となると乗り物はどこへ消えたえ」

「そこだ。まるで神隠しみてえだよ」

亮吉が首を捻った。

「政次はまだか」

「まだだな」

宗五郎は長火鉢の引き出しから二朱出すと言った。

「ご苦労賃だ、豊島屋《としまや》の清蔵《せいぞう》さんの知恵を借りてこい。ただし、客なんぞに話すことじゃねえぞ」

「分かってらあな」

亮吉は身軽に立ち上がると玄関から飛び出していった。

政次が戻ってきたのは五つ半（午後九時）を回った頃合だ。

住み込みの手先の常丸たちは徹夜明けのこと、早寝する者もあり、豊島屋に出かけている者もあって、居間には宗五郎とおみつの夫婦だけが残っていた。

「遅くなりました」

政次の顔に疲労の色と一緒に困惑が漂っていた。

「菊乃の行方を見つけたか」

宗五郎がずばりと聞いた。

「およその見当はつけました」

政次はその問いに驚きも見せなかった。

宗五郎もそう予想していると確信していたからだ。

「政次、どうして菊乃が自ら姿を消したと考えたな」

はい、と頷いて政次は答えた。

「松坂屋では豊前小倉藩の奥向きの御用を言付かっておりました。私も何度か番頭様のお供でお屋敷に伺ったことがございます」

「…………」

「菊乃様を可愛がっておられたのがお紋の方様とお聞きして、二年も前に奥向きのお女中が自裁《じさい》した事件を思い出したのでございます」

そんな事件がなあ、と呟いた宗五郎は聞いた。

「お紋の方は若い女中をいたぶる癖があったか」

「いえ、その……」

政次は言い淀《よど》んだ。

宗五郎はしばらく考えて、

「お紋の方は両刀使いか」

政次がこっくりと頷いた。

「殿様の寵愛の一方で若い女中を寝間に引き込む性癖を持っていたのだな。それを嫌がった女中が自裁した……」

「この一件、豊前小倉の藩邸では固く口止めがされておりました。が、こういうことは何となく女衆の口から漏れるものです」

「菊乃もお紋の毒牙《どくが》にかかるのが嫌さに、宿下がりを機に逃げ出したってわけだな」

「私はそう睨みました」

「政次、おれもちと臭《くさ》いと考えていた。この話、家族か、藩ぐるみでなければできねえ相談だ。玉屋の番頭め、お内儀の麻智の見ている前でおれの懐にお目こぼし料を入れようとしやがった。明らかに後ろめたいことがあるからだ。それとな、奥の部屋に通されたとき、隣座敷で麻智が衣桁にかけられた加賀友禅を物思いに耽《ふけ》る様子で見ていた。ありゃ、まだ袖を通してないものだ。玉屋は二人姉妹、長女は十條屋に嫁にいっているというじゃないか。あの友禅を着そうな娘は差し当たって、菊乃しかおるまい。行方を絶った娘を思って、呉服屋から届けられた友禅を眺めていたとも考えられる。だがな、おれにはどこかそれが引っ掛かってな。玉屋では菊乃を行方不明にして、どこか江戸の外に逃そうとした。その娘に母親は加賀友禅を持たせようと考えたとしたら、と思ったのよ」

政次が頷いた。

「政次、菊乃がどこにいるか見当がついたと言ったな」

「はい」

「どこだえ」

「親分、一つだけお聞きしてようございますか」

「菊乃を見つけたら、屋敷に知らせるか、と言うのかえ」

「はい」

「二年前の悲劇を繰り返すこともあるまい。若い身空《みそら》を自殺に追い込んじゃならねえ」

「どうなさるので」

「そいつをさ、おれとおめえだけで相談しようじゃないか」

政次の疲れた顔に笑みが浮かび、

「はい」

と元気よく返事した。

四

その昼下がり、金座裏の宗五郎は、風呂敷包みを両手に抱えて豊前小倉藩の藩邸に、用人下村小左衛門と留守居役前田伝之丞を訪ねた。

通されたのは前田の御用部屋だ。

「宗五郎、なんぞ分かったか」

「へえ、どうやら菊乃は神隠しにあったようにございます」

「そ、そのようなことがどうして分かった」

下村が急《せ》き込んで聞いた。

宗五郎は自ら持参した風呂敷包みを開いた。

畳紙《たとうがみ》が二つ現われた。

「宗五郎、なんじゃな」

「へえ」

畳紙を開くとまず京友禅の歌絵文様の小袖が、二枚目からはあでやかな綸子《りんず》の打掛《うちかけ》が見えた。

「うちの手先が奇妙なことを聞き込んで参りましてね。菊乃がお屋敷に戻るために露月町の玉屋を出た翌朝、御蔵前近くの鳥越《とりごえ》神社に黒塗りの乗り物が放り出されているのが見つかったというので。それでわっしもしやと思って、駆け付けてみますと神社にありました。神官様に聞くと夜明け前、社殿の前に乗り物が置かれて、中に歌絵模様の小袖と打掛が脱ぎ捨てられていたというじゃありませんか。鳥越神社は白雉《はくち》二年（六五一）に創建されたという古い神社だ、祭神は日本武尊《やまとたけるのみこと》と東照権現にございます。はておかしなことがあるものだと神官様に断って、この二つを玉屋まで見せに行ったのでございますよ。そしたら、なんと母親が菊乃のために新しく仕立てて、着せたものだというじゃありませんか。いやはや、母親の麻智は狂ったように泣き出すし、新兵衛は屋敷奉公に出すのではなかったとぼやくし、まあ、大変な騒ぎでございましたよ」

「宗五郎、ほんとのことか」

下村と前田が宗五郎の説明に顔を見合わせた。

「わっしもこの世の中に神隠しなんぞがあろうとは思いもしませんでしたが、鳥越神社の神官様は、『宗五郎、人の世のことわりの多くが神様のご意思、人間に分からぬことのほうが多い』と申されましてな、わっしもそんなものかと納得《なっとく》させられたのでございますよ」

下村が深い溜め息を吐いた。

「宗五郎、そなたはそのようなことを申すが、お紋の方様がご納得されるかどうか」

「しかし、こうやって召しものも残されていますしねえ。菊乃様は神隠しに遭ったとしか考えられません」

前田が口を開いた。

「下村、お紋の方様に宗五郎を引き合わせて、説明させてはどうじゃ」

「それはようございますな」

と答える下村を慌てて制した宗五郎は、

「滅相《めっそう》もございません。殿様のお部屋様に町方風情がお目にかかるなんて」

と遠慮した。

「何を申すか。そなたは将軍家御目見《おめみえ》の古町町人《こまちちょうにん》ではないか」

前田が強引に押し切った。

「宗五郎、行きがかりじゃ。それがしに同道してくれぬか」

小袖と打掛を持った宗五郎は下村に従い、屋敷奥へと曲がりくねった廊下を案内された。

「お紋の方様」

と、下村が廊下に正座したのは庭の上方に千代田の城の櫓《やぐら》がちらりと見える一角であった。

「小左衛門か、何用か」

「菊乃の行方が分かってございます」

「おおっ」

お女中の手によって障子が開けられた。

そこではお紋の方が文机《ふづくえ》に向かって、書き物をしていたようだ。
二十八、九の年増《としま》ながら、抜けるような透明感を持った肌はしっとりして、容貌《ようぼう》は一点の非の打ちどころもない。それほど端麗《たんれい》な顔の持ち主だった。
その完璧《かんぺき》さが、お紋の方にどこか狂気に憑《つ》かれたような凄《すご》みを与えていた。

お紋の方の目が軽く平伏する宗五郎に止まった。

「お紋の方様、菊乃探索に従事しました金座裏の御用聞き、宗五郎にございます」

「家光《いえみつ》様差し許しの十手を持つ町方とはそなたか」

お紋の方は宗五郎の名を知っていた。

「恐れ入ります」

「菊乃はどこにおったな」

「浅草鳥越神社の社殿前に誘い込まれて神隠しに遭ってございます……」

宗五郎は下村と前田に説明したことを再びお紋の方の前で繰り返した。すると話の途中からお紋の方のきりりとした眉《まゆ》が逆立ち、歯ぎしりが繰り返された。

「……この小袖と打掛が乗り物に脱ぎ捨てられていた具合は、まったくもって菊乃がその場からすっぽりと消えていなくなったという格好で崩れておりましたそうな」

「宗五郎！」

「はっ」

「そなたは菊乃が神隠しに遭ったと大まじめに申すか」

「はっ、はい」

「見せよ、その打掛と小袖」

下村が宗五郎の手から受け取ると、お紋の方ににじり寄って差し出した。

お紋の方はしばらく睨みつけるように二品を見ていた。が、ふいに手にした小袖に顔を埋めるとくんくんと匂いを嗅《か》いだ。

顔が上げられたとき、端整な容貌は一変していた。

両の眉毛が上がり、目が険《けわ》しい光を放っていた。

「宗五郎、神隠し話をでっち上げて、このお紋をたぶらかすつもりか！」

「いえ、そのような……」

「ええい、下がりおろう！」

手にした小袖と打掛が宗五郎の面体《めんてい》に投げ付けられた。

「恐れ入ってございます」

二人は早々に前田の御用部屋まで戻った。

「逆鱗《げきりん》に触れてきたようだな」

前田が呟くように漏らした。

「当分、ご機嫌が悪うございましょうな」

下村も溜め息を吐く。

「前田様、下村様、お役に立ちませず申し訳のないことで」

「宗五郎、このような仕儀じゃ、何も礼もできぬ」

「礼なんて恐れ多うございますよ」

と言った宗五郎は、

「一つだけお願いがございますので」

「なんじゃな」

「神隠しとはいえ、玉屋ではお屋敷奉公のままいなくなったのは親として寂《さび》しい。出来れば、露月町の家から神隠しに遭ったことで思い切りたいと申しております。親の気持ちが分からないではない」

「…………」

二人が訝《いぶか》しい顔をした。

「菊乃の暇状《いとまじょう》を書いていただくわけには参りませぬか」

「なんと……」

と下村が言いかけ、前田がじろりと宗五郎を睨んだ。

宗五郎は平然と見返した。

「宗五郎、真意は何か」

前田が鋭い語気で迫った。

「真意も何も親心に宗五郎は絆《ほだ》されただけにございますよ」

前田と宗五郎はしばし睨み合った。

目を逸《そ》らしたのは前田伝之丞だ。

「宗五郎、そなたには借りはこれでないな」

「お互い一文の貸し借りだってございませぬよ」

「よし、書こう」

と前田が文机に向かった。


夕暮れの刻限、代々木村《よよぎ》一帯には茜色《あかね》の光が降っていた。

代々木村を南北に流れて、渋谷川《しぶやがわ》に注ぐ細流の一つ、河骨川《こうぼねがわ》を渡った宗五郎は、背の風呂敷包みを背負い直した。

行く手に代々木八幡の森が見えた。

建暦《けんりゃく》二年（一二一二）、元代々木に創建された八幡宮は寛文《かんぶん》十一年（一六七一）頃、この地に代々木八幡宮として移されていた。

別当天台宗福泉寺《ふくせんじ》と並ぶ代々木八幡の切り通しを抜けると、代々木野の向こうの西空は濁《にご》った赤に染まっていた。

宗五郎は、代々木野台地から何本もの小川がより合わさるように流れる低地へと下りた。すると一本の流れのそばにこんもりした雑木林があって、長屋門《ながやもん》を持つ百姓家が見えた。庭先には駕籠が何丁か見えて、大勢の人の気配がした。

「親分」

かたわらの地蔵堂から政次が姿を見せた。

「あれが十條屋の内儀の実家かえ」

「はい、ここいらあたりの名主《なぬし》、勧右衛門《かんえもん》様の屋敷にございますよ」

「菊乃の姿は見たか」

「いえ、それが……」

政次が不安そうに顔を横に振った。

「だが、玉屋の夫婦も、十條屋に嫁いだ姉と亭主も、その舅《しゅうと》夫婦も、あの屋敷に集まっているのだな」

「はい」

「政次、おまえの推量が当たっているかどうか、訪ねてみようじゃないか」

頷いた政次が宗五郎の背の荷を下ろして、風呂敷包みを包み直すと両手に抱えた。

長年松坂屋に奉公してきたのだ、着物の扱いは慣れていた。

宗五郎も帯にからげていた裾を下ろすと、ぱたぱたと埃《ほこり》を払った。

「お屋敷では納得していただきましたか」

「お紋の方様がえらい立腹のしようだ。若い娘が逃げ出しても仕方あるまいよ」

長屋門の軒《のき》に提灯を吊していた作男が二人を見た。

「勧右衛門様はおられような」

「へえ、どちらさんで」

「なあに、ちょいとした知り合いだ」

ずんずんと門を潜って敷地に入った二人を玄関先に立った男が呆然《ぼうぜん》と見た。

「おや、玉屋新兵衛さん」

「金座裏の親分さん……」

新兵衛が絶句して、恐怖の顔に変えた。

「新兵衛さん、どうなされたな」

屋内から初老の男が顔を見せた。

「おや、お客様で」

「勧右衛門様、初めてお目にかかります。私は江戸は金座裏で御用を承《うけたまわ》ってきました宗五郎という者にございますよ」

「金座裏の親分……」

とこちらも絶句したが、すぐに事情を飲み込んだようだ。

「新兵衛さん、こうなったらもはや隠し事はできませんよ。親分さんに奥に通ってもらって、お情けに縋《すが》るしかありません」

と新兵衛に言い聞かせた。

「はっ、はい」

新兵衛は言い、宗五郎と政次は仏間に通された。

屋敷では宴《うたげ》でも催《もよお》されようとした様子で座敷には膳が並んで、女たちが右往左往《うおうさおう》していた。が、江戸から御用聞きが姿を見せたというので、一瞬のうちに屋敷じゅうが凍り付いた。

仏間に麻智をはじめ、菊乃の姉の桜子と亭主の利一郎や、十條屋の主夫婦たちが沈《ちん》鬱《うつ》な顔を揃えた。

「金座裏の親分さん、今さら御用は何でございますとお聞きするのもふざけた話にございましょうな」

勘右衛門が口火を切った。

頷いた宗五郎が言った。

「新兵衛さん、お内儀さん、わっしがお店に訪ねたときになんぞ相談事があれば、この宗五郎に打ち明けてくださいと言ったはずだ」

「はっ、はい」

「だが、将軍家御目見の御用聞きを信用しては頂けなかった。番頭の一存かどうかはしらないが、鼻薬でこの宗五郎をごまかそうとなされた」

「申し訳ないことにございます」

新兵衛と麻智が頭を擦《す》り付けた。

「わっしがさ、こりゃおかしいぞと思ったのはそのときと、お内儀さんが衣桁に掛かった友禅を物思いに耽《ふけ》るように眺めておられた、その光景の二つだ。そもそもさ、露月町を出た乗り物が道三河岸までの道中で行方を絶つのがおかしいや、まだ人の往来もはげしい刻限だからな。となれば乗り物は屋敷に無事着いたがそのあとで何かが起こり、屋敷のほうで菊乃が戻ってないことにする事情ができたか、玉屋さんの都合で乗り物ごと姿を消す算段をしたかの二つに一つだ……」

一座の者が固唾《かたず》を飲んで、宗五郎の話に聞き入っていた。

「菊乃の探索を出入りの北町同心寺坂毅一郎様に相談されたのは屋敷の用人どのだ。で、この宗五郎にお鉢が回ってきたが、どう見ても屋敷では真剣に菊乃に帰ってほしい様子だ。となれば二引く一の答えは、明らかだ。玉屋新兵衛の一家眷属《けんぞく》が菊乃隠しに奔走《ほんそう》したということだ」

新兵衛が頭を、さらに畳に擦り付けた。

「だがな、菊乃が屋敷を嫌う理由が分からねえ」

「待ちねえな、江戸からわざわざ足を運んだんだ。ちったあ、宗五郎にも見得《みえ》を切らしてくんな、新兵衛さん」

「はっ、はい」

「ここに連れてきた手先の政次は、長年松坂屋に奉公していた男だ。おれが隠居の松《しょう》六《ろく》様から貰《もら》いうけた男でね、この政次の口からあっさりと答えが割れた。菊乃を可愛がってくれるお部屋様には、変わった性癖があるそうな。二年前にお女中が自裁して果てたことも分かった……」

麻智と桜子が泣き出した。

「新兵衛さん、先程な、お紋の方様に会ってきたぜ」

新兵衛が蒼白《そうはく》の顔を上げた。

「新兵衛さん、乗り物はどこで都合なさったえ」

「は、はい。お名前は申しあげられませんが、さるお旗本の用人様から陸尺《おかご》ごとお借りしたものにございます」

金で借りたということか。

「どこで乗り物から降りなさったな」

「芝口橋下《しばぐちばし》の汐留橋《しおどめばし》に屋根船を用意しておりました」

「なんとねえ、乗り物から船に乗り換えなすったか」

と苦笑いした宗五郎に、

「お紋の方様はなんと仰《おお》せでございましたか」

と怖々《おずおず》新兵衛が聞いた。

「宗五郎、神隠しをでっち上げて、ええい、このお紋をたぶらかすつもりか、とえらい剣幕で怒鳴られたわ」

「神隠しにございますか」

「おうさ、えらい目に遭わされたぜ」

宗五郎が政次と二人で筋書きを考えた鳥越神社に始まる神隠しの話を聞かせた。

聞き終えた一座は森閑《しんかん》として、言葉もない。

「金座裏の親分さん、菊乃は神隠しに遭いましたか」

勧右衛門が聞いた。

「神隠しに遭って、江戸から消えた」

宗五郎は豊前小倉藩の江戸留守居役と用人連名の暇状の一札を新兵衛の前に広げた。

それを読んだ新兵衛が、

「親分さん、ありがたいことで」

と瞼《まぶた》を潤《うる》ませて、暇状を押し頂いた。

隣室の襖《ふすま》が開いた。

そこには若い娘が座して、涙にくれていた。

「金座裏の親分さん、ありがとうございました」

「おまえさんが菊乃か」

「はい」

「どこへ行こうとなさったのかえ」

「両親が京の出にございます。京の親戚《しんせき》の家にて新しい生き方をと考え、私が浅知恵を出して、父母に頼み込んだ細工にございます」

「京に上がるおまえさんに京友禅もおかしかろうが、贈り物がある」

政次が風呂敷包みを解くと、さらに畳紙《たとうがみ》を開いた。

小袖と打掛が出てきた。

「菊乃、おまえさんが鳥越神社で脱ぎ捨てていった忘れ物だ」

「一生大切にいたします」

涙にくれた顔に笑みが浮かんだ。

「なあに、そう礼を言われても困る。これはな、政次が奉公していた松坂屋で借りてきたものだが、お紋の方様がああいじられては、売り物にもなるまい。お父つあんにお代を払ってもらおうか。金座裏の宗五郎が着物を押し売りするのはこれが最初で最後だ、新兵衛さん」

「はいはい、こんな押し売りなら何枚でもお買いしますよ」

と新兵衛の顔にもようやく笑みが浮かんだ。

「宗五郎親分、明日は菊乃が京に発《た》つというので家族縁者が顔を揃えて、別れの宴を催そうとしていたのでございます。これから江戸に帰られるのはいくらなんでもしんどうございます。山家《やまが》料理ですが一緒に祝ってくれませんか」

勧右衛門が言った。

「正直言って金座裏まではと考えていたところだ、世話になろうか」

との宗五郎の言葉を聞いた女たちが急に賑《にぎ》やかに、

「酒だ、料理だ」

と立ち騒ぎ始めた。

その刻限、鎌倉河岸の豊島屋では亮吉が、額に包帯を巻いた彦四郎と大旦那の清蔵相手にぼやいていた。

彦四郎が襲われた事件を放ったらかしで、宗五郎と政次が姿を消していた。

「親分も政次もどこに行ったんだよ」

「神隠しの探索なんだろう。そうは簡単にいくまいよ」

「旦那、神隠しだなんて、そんなことがあるものか」

「亮吉、おまえはまだ若い。宗五郎さんくらいになればな、世の中、理不尽《りふじん》なことがいくらもあることが分かろうよ」

「旦那、亮吉は駄目駄目《だめ》、神信心より目先の欲だ」

彦四郎の言葉に、

「ちぇっ」

と吐き捨てた亮吉が冷えた田楽《でんがく》にかぶりついた。

第四話　日和下駄

一

寛政《かんせい》十年（一七九八）の師走《しわす》がゆるゆると、が、確実に残り少なくなっていた。

武州川越《ぶしゅうかわごえ》城下の佐々木家では新年早々に娘の春菜《はるな》の祝言《しゅうげん》が催《もよお》されるというので、いつにもまして多忙な年の瀬を迎えていた。

その祝言に招かれ、伯母《おば》の嫁《とつ》いだ園村《そのむら》家に滞在するしほは、この日、喜多院《きたいん》の境内《けいだい》にならぶ五百羅漢《ごひやくらかん》を素描していた。

喜多院は天長《てんちょう》七年（八三〇）、慈覚《じかく》大師円仁《えんにん》によって創建された古刹《こさつ》である。慶長《けいちょう》四年（一五九九）に天海《てんかい》僧正が第二十七世住職になると、将軍家の厚い信仰を得て栄《さか》えた。徳川家とは縁が深い寺だ。

この日、川越を張り詰めた冷気が支配していた。

内緒話でもするように訴える羅漢の表情を写すしほの手がかじかむほどの厳しい寒《かん》

の到来だ。

無心に仏の世界に没入していたしほは、人の気配を感じた。

顔を上げると紫の袈裟《けさ》の老僧がしほを見ていた。小坊主を連れて外出から戻ってきた様子だ。

「おお、邪魔《じゃま》をしたかな」

「和尚《おしょう》様にございますか」

「住職の天想《てんそう》でな」

「邪魔をいたしておりますのは私にございます」

笑みを返した天想は小坊主を先に行かせた。

「絵を見せてもろうてよいか」

「素人《しろうと》の絵にございます」

「よいよい」

しほは天想に画帳を渡した。

そこには五百羅漢のいろいろな喜怒哀楽《きどあいらく》の表情が描写されていた。

「ほっほほ、そなたの気持ちが羅漢様のお顔に乗り移ってあらわれてござる」

と天想が呟《つぶや》き、

「そなたは城下の者か」

と聞いた。

「いえ、江戸の者にございます」

しほは御番頭《おばんがしら》の園村家に滞在していることを述べた。

「園村権十郎《ごんじゅうろう》様の客人か。区切りがついたら、庫裏《くり》に見えられぬか。この寒さを忘れるような熱い茶など差し上げるでな」

「少々、疲れを感じておりましたところにございます」

その足で天想についていった。

しほを南天《なんてん》の赤があざやかな庭の見える座敷に案内した天想は、供の小坊主を呼んだ。

「このお方にな、寺内を案内して差し上げよ。私はその間に着替えをするでな」

「はーい」

しほは小坊主さんに連れられて、思いがけぬ寺見物をすることになった。

本堂に案内した小坊主は、寺の建物とは趣《おもむき》が異なる場所に案内した。

「この客殿と次に案内致しますご書院は、江戸城の紅葉山《もみじやま》から移築されたものにございます」

客があると案内係を命じられているのか、慣れた口調で説明をしてくれた。

「江戸城の建物がこちらにあるのでございますか」

「はい、うちは将軍様の篤《あつ》いご信頼を受けておりまして、三代将軍家光《いえみつ》様が誕生なされたお部屋も春日局《かすがのつぼね》様のお化粧の間もございます」

しほは、普段堀越しに見ていた御城の内部に入り込んだようで、興味深く江戸城から移築された建物を見物した。

とくにしほが足を止めて素描したのは、家光の姿が描かれた一幅の掛《か》け軸《じく》だ。

金座《きんざ》裏《うら》の宗五郎《そうごろう》親分の先祖と家光とは縁があった。

後藤家から贈られた金流しの十手《じって》に公認《おゆるし》を与えてくれたのは家光だった。

そんなことを思い出しながら、しほは旅の思い出に家光像を模写したのだ。

庫裏に戻ると、すでに普段着に着替えた天想がくつろいでいた。

「お待たせいたしましたようで申し訳ございません」

「なんのなんの、そなたが関心を持とうかと案内させたまでな」

天想は時間がかかるのは承知だったと言った。

姿を消していた小坊主が煎茶《せんちゃ》と煉切《ねりきり》を運んできて、

「どうぞお上がりください」

としほに供してくれた。

「ありがとう」

しほは案内の礼に、と早描きした一枚の絵を渡した。

「和尚様、私の顔が羅漢様に……」

驚いた小坊主は絵を和尚に見せた。

小さな羅漢の顔は好奇心にきらきらと輝く小坊主そのものであった。

「おお、よいものを描いてもろうたな」

小坊主はうれしそうに絵を胸に抱くとしほに礼を述べ、二人の許《もと》を去っていった。

「そなたは久保田《くぼた》修理《しゅり》太夫《だゆう》どのの孫であったか」

天想はそのことを寺僧のだれかに聞いたのであろうか。

「はい、この度、祝言を挙げられる佐々木春菜様とは従姉妹《いとこ》にあたります」

「じゃそうな、そなたの父の村上田之助《むらかみたのすけ》どのは正直覚えておらぬ。だがな、母上の早希《さき》様の幼き頃《ころ》の顔は残っておる。十いくつかの折りかな、姉妹三人で寺に使いに来られたことがあった。その顔がそなたの面立《おもだ》ちと重なるわ」

天想はしほを見ながら、そう言った。

しほは川越に来て、何人もの人から、

「おお、早希様にそっくり生き写しじゃ」

「生きて戻られたような」

と言われたものだ。

「江戸の裏長屋で町人同然に暮らして参りました私が、お武家様の祝言に出てよいものかと不安を抱いて川越に参りました。が、来てようございました。江戸で亡《な》くなった父も母も私の川越訪問を自分たちの帰郷と考えてくれているような気がします」

うんうんと頷《うなず》いた天想が聞いた。

「なんぞ父母の形見を持参なされたか」

「位牌《いはい》を持って参りましたが……」

しほはそう答えると、川越を出奔《しゅっぽん》した村上田之助と久保田早希は、武州浪人江富文《えとみぶん》之進《のしん》、その妻房野《ふさの》として亡くなり、その名で上野の善立寺《ぜんりゅうじ》に葬《ほうむ》られている経緯を話した。

「江戸で別の名でな……」

「こちらに参って園村様のお屋敷で身内ばかりの法会《ほうえ》を致しました」

「そなたはどう考えられるな」

「父と母は川越出奔の意地を貫《つらぬ》き通したのでございましょう。一方で母は私に二人の出自を書き残していたのでございます」

　そうであったかと頷いた天想が言った。

「そなたが川越に滞在しておる間に位牌を持って、もう一度この寺を訪ねてこぬか」

「はい」

「そなたとな、この天想で、村上田之助様と久保田早希様の弔《とむら》いをしようではないか」

「喜多院ででございますか」

　喜多院は川越藩の中でも家格の高い家臣の菩提寺《ぼだいじ》である。とてもとても納戸役《なんどやく》七十石《こく》の下僚であった村上家が法会を営んでもらえる寺ではない。

「父は川越藩を逐電《ちくでん》した身でございます。藩の中には気にされる方もございましょう」

「だからじゃ、ご家中のだれも交えずにな、そなたと天想だけの法会だ。だれが文句をつけるものか」

「ありがとうございます」

　しほは思わず天想の前に平伏した。

　瞼《まぶた》が潤《うる》むのを感じながら頭を下げていた。

翌朝、その冬一番の寒気が関八州《かんはっしゅう》を覆い、江戸に雪を降り積もらせた。

夜が白《しら》んでも、風花《かざばな》のような雪が日本橋一帯を舞っていた。

それでも日本橋川を何艘《そう》かの漁師船が江戸湾のあちこちから、獲物を載《の》せて魚河岸《うおがし》へと漕《こ》ぎ上がってきた。

だが、悪天候である。水揚げ高も普段の一割ほど、魚河岸は早々に店仕舞いしようとしていた。

そんな中、堀江六間町の裏長屋に住む鮮魚の棒手振《ぼてふ》りの安吉《やすきち》は、いつものように長屋を出て親仁橋《おやじばし》、荒布橋《あらめばし》と堀に架かる橋を渡って本船町《ほんふなちょう》の河岸に着いた。

そのとき、草履《ぞうり》の鼻緒が切れた。

雪道を踏み締めて歩いてきたせいか。

「ちぇっ、朝っぱらから験《げん》が悪いぜ」

そう言いながらも草履の鼻緒をすげ替えようと、日本橋川の岸に引き上げられていた荷足船《にたりぶね》に体を寄せた。天秤《てんびん》を船縁《ふなべり》に立て掛け、板台《ばんだい》を船の上においた。

手拭《てぬぐ》いを引き裂き、鼻緒を替えた。

「これでよし」

板台を手にしようとして奇妙なものを見た。

船中にこんもりと小山が盛り上がっていた。

この朝、江戸の町に雪が四、五寸は降り積もっていた。なだらかな曲線を描く小山を安吉は何気なく見ていたが、真ん中あたりに真っ赤なものが滲《にじ》んでいた。

（なんだえ、この赤は……）

ふと視線を転じると、目を見開いて歪《ゆが》む顔が目に飛び込んできた。眉毛《まゆげ》に雪が乗った顔に朝の光が当たり、苦悶《くもん》の表情を晒《さら》していた。

（なんてこった、朝っぱらから仏様だぜ……）

安吉は振り向いた。

すると知り合いの安針町《あんじんちょう》の魚問屋大善《だいぜん》の旦那《だんな》正次郎《しょうじろう》が傘に雪を積もらせて、安吉を見ていた。

「旦那、死体《してえ》だ」

「なんだって！」

正次郎が荷足船を覗《のぞ》き込んで、言った。

「安吉さん、ついでだ。金座裏まで走って宗五郎親分に知らせてくんな。おれはここいら辺りに人が立ち入らないようにしておく」

「ほいきた」

鼻緒をすげ替えたばかりの草履を突っかけた安吉は芝河岸を走り出していった。

安吉が金座裏に駆け込んできたとき、常丸《つねまる》たちは通りの雪を路傍に寄せていた。

「兄さん方、雪かきなんぞしている場合じゃないぜ。人が死んでいらあな」

安吉が叫び、亮吉《りょうきち》が、

「どこだえ」

と聞いた。

「魚河岸の荷足船の中だ」

「政次《せいじ》、亮吉、魚河岸に走れ。おれは親分に知らせてから行く」

住み込みの手先の兄貴分の常丸が指図をして、家に飛び込んだ。

安吉は亮吉たち手先を伴い、魚河岸に走り戻っていった。

宗五郎が魚河岸に着いたとき、雪は止《や》み、死体の発見された荷足船に朝の光がきらきらと当たっていた。

「親分、殺しだぜ」

荷足船の上から亮吉が叫んだ。

「寺坂《てらさか》様にはお知らせしたか」

宗五郎が、懐《ふところ》を奇妙に膨《ふく》らませた常丸に聞いた。

「広吉《こうきち》を走らせています」

常丸が答えた。

宗五郎は手先たちの手配りに頷くと、顔だけを捩《ね》じり上げた、長身の死体を覗いた。

苦悶の形相《ぎょうそう》の男は三十そこそこか、堅気《かたぎ》の人間とも思えなかった。

縞《しま》の袷《あわせ》に草鞋《わらじ》履きというのが奇妙に見えた。

体の上に降り積もった雪が朝の光にゆっくりと溶け出していた。

「親分、体を調べますか」

常丸が聞いた。

「寺坂様もおっつけ来られよう。それを待とうか」

「へえ」

「周りは調べたか」

「下手人《げしゅにん》は女かも知れませんぜ」

常丸が懐から手拭いに包んだ日和下駄《ひよりげた》の片方を出して、宗五郎に見せた。

「向こうの船縁の下に落ちていました」

利休形《りきゆうがた》と呼ばれる桐の二枚歯はまだ新しく、前の歯が折れ、天鵞絨《びろうど》の鼻緒は濡《ぬ》れていた。桐といい、天鵞絨の鼻緒といい、安いものではない。

もし普段履いているときに歯を折ったというのなら、歯入れ屋に頼んで差し替える代物《しろもの》だ。それが真新しい片方だけが残されていたという。

「船から飛び下りて逃げようとしたとき、歯を折ったか」

「そんな塩梅《あんばい》で」

「雪はどうだえ」

「降り積もっていましたぜ。それに下駄の下にも幾分雪もあり、濡れてもいた」

「つまりは雪が降り始めた昨夜の四つ(午後十時)の刻限に諍《いさか》いがあったたか」

「朝の早い魚河岸のことだ、この辺りはだれも通りませんぜ」

「荷足船の持ち主はだれだえ」

「魚問屋の伏見屋《ふしみや》さんの船だ」

宗五郎はあたりを見回した。

大善の正次郎と棒手振りらしい男が立って、宗五郎を見ていた。

「親分さん、ご苦労だね」

正次郎が声をかけてきた。

「棒手振りの安吉さんが仏を見つけて、大善の旦那が安吉さんをうちに走らせてくれたんですよ」

常丸が事情を告げた。

「そりゃ、手間を取らせたね」

宗五郎はまず安吉に聞いた。

「よう船の中の死体に目が行きなすったねえ」

「いやさ、草履の鼻緒が切れたのさ、それで船に体を寄せてすげ替え終わったときに仏様と鉢合わせだ」

「朝から商《あきな》いを台無しにしたようだな」

「この天気だ、魚の上がりも少ないや。今日は時化《しけ》だと思って商いを休まあ」

安吉はうんざりした顔で言った。

「おまえさんの住まいを、うちの奴《やっ》は知っているかえ」

「親分、安吉さんは芝居町近くの書き割り長屋だ」

そばに立っていた亮吉が言った。

「ちぇっ、あれでも孝平長屋《こうへいながや》ってれっきとした名があるんだぜ。だれだか知らねえが芝居の書き割りみてえにうすっぺらな長屋だってんで、こっちのほうが通りがいいや」

「安吉さん、手先の口の利き方の悪いのはおれが謝《あやま》ろう。そのうち奉行所《ぶぎょうしょ》から呼び出しがあるかもしれねえ。そんときは付き合ってくんな」

宗五郎は、商いを休ませた分だと二朱を安吉の手に押しつけた。

「親分、すまねえ。商いするより得をしたぜ」

安吉がその場を立ち去った。

「金座裏も物入りだねえ」

正次郎が苦笑いしたとき、寺坂毅《き》一郎《いちろう》が姿を見せた。

「魚河岸たあ、八丁堀と目と鼻の先だぜ」

寺坂は大善の旦那と挨拶《あいさつ》を交わし、荷足船に来た。

荷足船の上に亮吉と三喜松《みきまつ》が上がっていた。

いよいよ死体の上の雪が解ける早さが増していた。

「亮吉、三喜松、ゆっくりと起こせ」

常丸と政次も船の上に飛び乗り、頭と足先に立った。

亮吉と三喜松が肩や腰に手をあてて、捩じれて倒れた死体をあお向けに起こした。

翁格子縞《おきなごうしじま》の河内木綿《かわちもめん》の袷の胸に小出刃《こでば》が柄元《つかもと》まで刺さり込んでいた。

「親分、小判が……」

亮吉が体の下から一枚の小判を拾い上げた。

「さて何の意だえ」

宗五郎が呟き、寺坂が言った。

「思い切って刺し込んだものだぜ」

「旦那、下手人は女かもしれないんだ」

「女だと……」

寺坂は刺さり込んだ出刃を見た。

宗五郎は歯の折れた日和下駄の話をした。

「なんとなあ。女は最初から殺すつもりで突き刺したというわけか」

宗五郎が常丸に懐を調べるように命じた。

懐には手拭いに包まれた匕首《あいくち》を隠し持ち、縞の財布が出てきた。

常丸が内を調べると二朱が一枚に銭が十数枚現われた。

「財布には二朱足らずで足許《あしもと》に一両か」

宗五郎は独白した。

「親分」

と常丸が、結び文を摘《つま》んで引き出した。

「広げてみねえ」

常丸が手際よく広げると、
こんや四つすぎ、じびきがしでまつ
と下手《へた》な字で書いてあった。

魚河岸は城近くから芝《しば》、中《なか》、地引河岸《じびきがし》と三つの河岸が連なっていた。地引河岸は江戸橋に近い河岸のことだ。

「男は女に金の無心をしようとした。女はそれに応《こた》える様子で呼び出し、殺した……」

寺坂がそう言いながら、苦悶と驚愕《きょうがく》の表情を残した男の顔を見ていたが、

「宗五郎、どこかで見掛けた顔じゃないか」

と言い出した。

「確か、四年も前に賭博《とばく》と傷害で百叩《ひゃくたた》きの上に江戸十里四方所払《ところばら》いを命じられた野郎だ」

「思い出しました。宿毛《すくも》の治助《じすけ》といいませんでしたか」

「親父が土佐《とさ》藩の中間《ちゅうげん》でお長屋育ちだ。博奕《ばくち》が好きで親父が死んだあと、藩邸を追放された無宿者だ」

「親父の出が土佐の宿毛でしたね」

「道理で草鞋を履いているわけだ」

江戸十里四方所払いは日本橋を基点に、半径五里以内への立ち入りを禁じる刑であった。

が、この追放刑には、その地に住むことはできないが旅であれば許されるという抜け道があった。つまりは草鞋履きは旅の途中ということでお目こぼしになったのだ。

「江戸十里四方所払いになった治助が魚河岸とつながりがあったかえ」

「さあ」

と二人が首を捻《ひね》ったとき、

「親分、この小出刃、魚河岸の魚包丁ですぜ」

と血に染まった柄を差した。

確かに使い込んだ出刃の柄には、

佃屋《つくだや》

と焼き印が押してあるのが見えた。

「抜いてみねえ」

宗五郎が手拭いを差し出し、常丸がそれを柄に巻いて抜いた。

雪が積もった朝の光に、小出刃の先が曲がっているのが見えた。

それほどの力を込めて突き刺したのだ。

「宗五郎、女は怖いぜ」

寺坂が呟いた。

二

朝千両、昼千両、夕千両という言葉は江戸の商いの三大繁盛地を表す。昼は芝居町に落ちる金、夕は吉原遊郭《よしわらゆうかく》に散在される千両。そして、朝は魚河岸の景気を謳《うた》ったものだ。

江戸誕生から三代将軍家光の御代《みよ》にかけて江戸の町政ははっきりとしたかたちを持つようになっていた。

和州《わしゅう》桜井生まれの大和屋《やまとや》助五郎《すけごろう》は元和《げんな》二年（一六一六）に江戸に出て、魚問屋の大《おお》和田《わだ》に奉公をして、後年出見世《でみせ》（仲買）を分けてもらって、大和屋を起こした。

当時の幕府の献上魚は白魚《しらうお》から、めでたい魚の鯛《たい》に変わっていた。

助五郎は江戸湾で採れる鯛だけではお上へ安定して差し出せぬと主張すると、駿州《すんしゅう》の江《ごう》の浦《うら》に走り、活鯛場を見つけて、江戸へ送る手筈《てはず》を整《ととの》えた。

助五郎は幕府献上を最大の名目に諸国の漁場の収穫物を江戸に集め、魚の供給先と江戸という最大の消費地を直結させたのだ。

献上魚という錦《にしき》の御旗《みはた》を武器に、諸国の鮮魚を一手に江戸に集中させようとした策士である。

魚問屋の増加は自然に魚会所を誕生させ、御城近くに幕府公認の魚河岸を発展させた。最初、日本橋川の小田原河岸で始まった魚市場は、本船町、本材木町《ほんざいもくちょう》、安針町と拡大し、水揚げされる魚も江戸湾を筆頭に、上総《かずさ》、下総《しもうさ》、常陸《ひたち》、伊勢《いせ》、駿河《するが》、岩代《いわしろ》、陸前《りくぜん》、陸中《りくちゅう》、陸奥《むつ》、羽後《うご》から入荷されるようになってきた。

魚会所とも称される問屋組合は、

本船町組　　三十四株
本小田原町組　六株
本船町横店組　三株
安針町組　　六株

であった。

つまりは朝千両の市場を四組問屋が牛耳《ぎゅうじ》っていたのだ。

佃屋与五郎《よごろう》は本船町組の一問屋だ。

その佃屋は喧騒《けんそう》ともいえる賑《にぎ》わいの中にあった。

常丸と政次は熱気を帯びた魚の売り買いの光景に目を留めていたが、ねじり鉢巻きの兄いに、

「与五郎旦那はいるかえ」

と大声を張り上げて聞いた。振り向いた兄いが、

「金座裏の常兄いか」

と言うと、

「旦那、ちょいと顔を出してくんな」

と奥に向かって叫んだ。

「なんでえ」

与五郎が算盤《そろばん》を手に顔を出した。

丸々と太った短軀《たんく》とつやつやと光る顔の肌が魚河岸の旦那の威勢のよさをあらわしていた。

「金座裏が旦那にだと」

「急ぎの用事か」

常丸が頷いた。

「ならばこっちに入ってきねえ」

魚の間を縫《ぬ》って二人の手先は店の奥に仕切られた帳場に入った。

竹笊《たけざる》の中には、帳簿と一緒に小判や一分金が無造作に投げ込まれているのが見えた。

「すまねえ、与五郎旦那」

「ならば、面《つら》を出さなきゃいいじゃねえか」

「それじゃあ、飯の食い上げだ。親分から怒られらあ」

「おれに怒鳴られねえうちに用件を言え」

常丸は懐から手拭いに包まれた小出刃を出して与五郎に見せた。

切っ先が曲がって血に濡れた小出刃と常丸の顔を往復させた与五郎は、

「うちは生き物商いだぜ。人の血を吸った刃物なんぞ持ち込みやがって、嫌《いや》がらせか」

常丸は柄の焼印を見せた。

与五郎の両眼が大きく見開き、

「これは……」

と唸《うな》った。

「親方の店の焼印だな」

「間違いねえ。この小出刃、どこで拾いなすった」

言葉遣《づか》いが慎重なものと変わった。

「今朝方、地引河岸の荷足船の中で男が一突きされて殺されているのが見つかった。そいつの体に柄元まで埋まっていたのさ」

「なんてこった」

与五郎は急に肩の力を抜くとぺたりと空の魚樽に腰を落とし、それでも、

「よく見せてくんな」

と手拭いごと、小出刃を常丸から受け取った。

「だいぶ使い込んだ小出刃だな。刃が研《と》ぎ減っていらあ」

与五郎は、

「陣三《じんざ》」

と店に向かって大声を上げた。すると佃屋の奉公人の頭分の陣三郎《じんざぶろう》が汗の浮かんだ顔を出した。

「こいつはだれの持ち物だ」

陣三郎は小出刃を一目見ると、

「金八《きんぱち》の出刃だな」

と言い切った。

「呼べ」

金八が呼ばれた。三十四、五のもっさりとした顔だった。

金八は親方からじろりと睨《にら》まれると、蛇《へび》に睨まれた蛙《かえる》のようにその場に立ち竦《すく》んだ。

「おめえの持ち物か」

常丸を差し置いて、与五郎が詰問《きつもん》した。

金八は突き出された刃物に目を落として不安な表情を見せた。

「へ、へえ、お、おれの出刃のようだ」

「おれの出刃のようだと！　てめえは自分の商売道具も見分けられねえのか。だから十何年もやってても半《はん》ちくだと言われんだよ」

与五郎に怒鳴られて金八はいよいよ小さくなった。

「親方、そう頭ごなしに怒られちゃあ、金八兄いも言葉も出めえ。ここはおれっちに任せてくんな」

常丸が与五郎を宥《なだ》めるように言い、聞いた。

「金八兄い、この道具、どうしなすった」

「そ、それが、二日前からどこかに失《う》せたんだ」

「道具を無くしただと！」

また与五郎が叫ぶと、算盤でごつんと金八の頭を殴《なぐ》りつけた。

「まあまあ、親方」

政次が、憤慨してさらに殴ろうとする与五郎と金八の間に割って入った。

「親方、常丸兄い、金八が小出刃を無くしたのは確かなことだ。いやさ、仕事が終わると鮪《まぐろ》包丁から小出刃まで手入れして、店先に水を切るように並べておくんだ。そのわずかな間に金八の小さな出刃を持っていったやつがいる」

「なんで、そのとき、おれに知らせねえ。魚河岸の人間にとって刃物は、お武家さんの刀と一緒だ。使いようによっちゃあ、こんな風に人殺しにも使われるんだよ」

すまねえ親方、と謝った金八は、

「おれの小出刃が殺しに使われたか」

と殴られた頭をさすりながら、呆然《ぼうぜん》と聞いた。

「ああ、地引河岸に転がった男の胸に突き立って見つかったんだ」

「し、知らねえ、親方、おれはひ、人殺しなんてしねえ」

金八は必死で親方に訴えた。

「兄い、何もおめえが殺《や》ったなんて言ってねえ。だがな、おまえの持ち物が人を殺したことだけは確かだ。ゆんべ、どうしてなさった」

「おりゃ、親方の家に住み込みだ」

「金座裏の、それなら心配いらねえや。二階で仲間と何人もごろ寝だ。金八が外に抜け出るようなことはまずできねえよ」

と陣三郎が保証した。

与五郎はようやく少しだけ安心したか、

「宗五郎親分にこのことをしっかり伝えてくんな。おれも保証すらあ、金八は自分の道具を無くす間抜けかもしれねえが、人様を殺《あや》めるようなことは絶対しないってな」

と言った。

常丸が頷くと、

「親方、陣三兄い、金八さん、邪魔したな」

と手拭いに凶器を包み、佃屋をあとにした。

その頃、亮吉と三喜松は鎌倉河岸裏の神田鍛冶町《かんだかじちょう》、俗に言う下駄新道《げたしんみち》にいた。

神田鍛冶町一、二丁目の裏通りは七十一番目の職人組合、履物を扱う店が軒《のき》を連ねているので下駄新道と通称されていたのだ。

亮吉は上がりかまちに半身の格好で腰を下ろし、下駄商いの田毎屋《たごとや》の番頭千蔵《せんぞう》が前歯の折れた日和下駄を子細に眺める様子を見ていた。

三喜松は、錐《きり》で鼻緒の穴を空ける職人のかたわらに立っていた。

「桐の柾目《まさめ》といい、天鵞絨《びろうど》の鼻緒といい、なかなかの日和下駄だ」

番頭は、ためつ眇《すが》めつ下駄をめでていた。

「千蔵さん、下駄新道のものかえ」

「亮吉、こりゃ、うちのではない。下《くだ》りものの下駄かもしれぬな」

亮吉が生まれ育ったむじな長屋と下駄新道とは近い。

餓鬼《がき》の頃から下駄新道は遊び場だ。

下駄を切り出した木端《こっぱ》を盗んでは叱《しか》られた口だから、千蔵も亮吉のことはよく知っている。

「値段はどうだえ」

「まず日本橋の履物屋で一分三朱あたりはしような」

「高いや。おれなんぞ、四、五十文の口だ」

「だから、おめえは半人前なんだよ」

「ちぇっ、ともかく長屋のかみさんの履く代物じゃねえ」

「おめえのおっ母さんには一生縁がねえもんだ」

「おれがそのうち金儲《かねもう》けしてよ、金黒総漆《うるしぬ》塗りの上物を普段履きに履かせてやらあ」

「そんときゃあ、せいぜいご贔屓《ひいき》に願おうか」

「どこに行ったら、こいつは売ってるな」

「まあ、待て、亮吉。こりゃ、高い下駄だがな、鼻緒の天鵞絨が唐天《からてん》だな」

「どういうことだ、千蔵さん」

「本天《ほんてん》唐天といってな、大和の国で織られた天鵞絨と唐から入ってきたものでは値が違う」

「本天が高いのかえ」

「あったりまえだ、何倍も高い」

つまりは高いには高いが最高級のものではないと千蔵は言っているのだ。

「で、どこに行けばこの日和を売ってそうだな」

「南塗師町《みなみぬしちょう》の越中屋佐佑《すけひろ》あたりかな」

「助かったぜ」

「たまにはおっ母さんに下駄の一足も買っていけ」

「まだ銭儲けしてねえや」

「おめえは一生銭儲けをしそうにないよ」

「おきやがれ」

捨《す》て台詞《ぜりふ》を挨拶代わりに、亮吉と三喜松は下駄新道をあとにした。


金座裏では寺坂毅一郎と宗五郎が、おみつの給仕で朝飯を食い終え、長火鉢の前に宿毛の治助の財布に入っていた結び文と一両小判を眺めていた。

「旦那、こりゃ、書体を隠すためにわざと左手で書いたものですぜ」

「小出刃といい、左手書きといい、最初から殺すつもりだな」

「所払いの治助が危険を冒《おか》して江戸に舞い戻り、金をゆすろうとした。三両や五両の端《はし》た金《がね》じゃありますまい。何十両と脅《おど》しとれると思ったから、女の誘いに乗った」

「だが、女が持ってきた金が、その端た金だった」

「ふざけるな、と諍《いさか》いになってついに用意の小出刃を使ったとも推量できる。ですが、こうも考えられる。最初から殺すと決めた相手にこの一両を使い、油断させたんじゃありませんかね」

寺坂がうーんという顔で宗五郎を見た。

「女はまず金を見せた。そのとき、手から滑ったように小判を足許に落とした。治助は当然、そっちに注意を逸《そ》らす。そこを小出刃で抉《えぐ》った」

「とすると、かなりの悪女だな」

「それしか今の暮らしを守る術《すべ》がなかったかもしれない」

常丸と政次が戻ってきたのはそのときだ。

「やっぱり佃屋の職人の道具でしたぜ……」

常丸が手際よく報告した。

「金八の小出刃が盗まれたのは、たまたま偶然であったと思えます」

「店仕舞いしたとはいえ、佃屋の前は大勢の人が往来しような」

「へえ、だが、大概が魚河岸の衆か、仲買人や棒手振りの常連ばかりだ。少ないが女中も魚を買いに来る」

「当たってみたか」

「金八が小出刃を盗まれた時分、もちろん女が通らなかったわけじゃありません。だが、見なれねえ顔や怪《あや》しい動きをした女中は、今のところ見つかっていません」

「今度の下手人は魚河岸界隈《かいわい》に住んで、佃屋の前を昨日も今日も通っている女だ。だからなんの不思議もなく見過ごされている」

　頷く二人の手先に、

「まず飯を食え、本格的な探索はそれからだ」

　と、朝飯も食わずに飛び回っていた常丸と政次を台所にやった。

「親分、すまねえ」

　と言いながら下駄貫《げたかん》が顔を出した。八百亀《やおかめ》も一緒だった。

「孫が熱を出しやがってよ、女房も夏世《かよ》もおろおろするんで様子を見ていたんだ。それで魚河岸の殺しの一件に乗り遅れた」

「夏世ちゃんの赤ん坊が熱を出したって」

　台所からおみつが顔を出した。

　下駄貫の娘夏世は飾り職人と所帯を持って、同じ長屋に住んでいた。その若夫婦の一子の花《はな》は誕生日を迎えたばかりだ。

「ゆんべさ、雪が降ってさ、急に寒くなったんで風邪《かぜ》を引いたんじゃねえかと思うんだがね」

「熱は下がったかえ」

「いや、それが……」

「医者は呼んだか」

「いや、それが……」

おみつの剣幕に押されて、下駄貫は同じ言葉を繰り返した。

「おまえさん、私が玄庵《げんあん》先生を連れてさ、長屋を見舞ってこよう」

玄庵は本道《ほんどう》（内科）が専門、金座裏の出入りの医師だ。

「それがいい」

おみつは前掛けを取ると、外出の支度を始めた。

「下駄貫、花のことは女たちに任せておきねえ」

と宗五郎が言いかけたところに亮吉と三喜松が戻ってきた。

「日和下駄だがね、秋口に上方から何百足と入ってきた代物だ。扱ったのは南塗師町の越中屋を含めて五、六軒、こいつを当たるとなると時間がかかる」

「越中屋の他に魚河岸界隈はどこだえ」

「呉服町の雪駄屋《せったや》、近江栄屋《おうみさかえや》が五十足、芝居町の堺町《さかいちょう》にある履物処佐貫屋《さぬきや》が百足だ。あとは四宿《ししゅく》だな」

宗五郎は亮吉と三喜松を台所にやって朝飯を食いに行かせると、その間に通いの手先たちに魚河岸で起こった殺しの一件を話して聞かせた。

「下駄貫、おめえの家は履物屋だ、縁もあらあ。亮吉、三喜松と手分けして近江栄屋、佐貫屋、越中屋を当たれ」

「おれはどうしようか」

「八百亀、おまえは常丸、政次たちと魚河岸の聞き込みに当たれ」

「へえ」

「威勢のいい旦那衆が相手だ、せいぜい口には気をつけろ」

「承知だ」

早飯を掻《か》き込んだ常丸たちが八百亀や下駄貫ら兄い分の助勢を得て、再び江戸の町に散っていった。

「宗五郎、おれは役所に戻って、宿毛の治助の調べ書きを捲《めく》ってみよう」

寺坂も金座裏から姿を消して、広い家に宗五郎だけが残された。

半刻《はんとき》（一時間）もした頃、おみつが戻ってきて言った。

「花はやはり流行風邪《はやりかぜ》だったよ、玄庵先生が薬を飲ませて、部屋を暖かくしたからまず大丈夫だろうって、夕刻までには熱も下がろうというご託宣《たくせん》だ」

「そいつはよかった。ならばおれもさっぱりしてえ。海老床《えびどこ》に行ってこようか」

何か思案するとき、鎌倉横町の海老床に行ってさっぱりするのが宗五郎の習わしだ。

宗五郎は羽織《はおり》をひっかけただけで自慢の金流しも持たずに金座裏を出た。

龍閑橋《りゅうかんばし》を渡ったとき、おふじが河岸に立っているのが見えた。

客でも見送った風情《ふぜい》だ。

宗五郎は行き先を変えて、おふじの許に歩み寄った。

「彦四郎《ひこしろう》の怪我《けが》はどうだね」

「親分さん、怪我はもうなんともありませんよ。当人は今朝方も仕事をするとうちの人に頼んでましたがね、もう少し待てと止められて、ほれ、船の手入れなんぞで暇《ひま》を潰《つぶ》してますよ」

宗五郎はおふじが指す岸辺を見下ろした。

彦四郎の大きな体が猪牙舟《ちょき》の間に見え隠れしていた。

宗五郎は入堀《いりぼり》を船着場に接近してくる猪牙舟を何気なく見ていた。

船には、羽織を着た恰幅《かっぷく》のよい武家と垂れが顔を覆《おお》う焙烙頭巾《ほうろくずきん》の老人が乗っていた。

塗笠《ぬりがさ》を被って座した姿から怪しげな緊迫が漂ってきた。

「おふじさん、あの猪牙、こちらのものかえ」

「いえ」

というおふじの言葉を半分聞いて、宗五郎は岸辺に走り下った。

「彦四郎、危ないぜ！」

叫びながらも宗五郎は屋根船に積まれてあった竿《さお》を手にしていた。

彦四郎が、叫び声のしたほうを立ち上がって見て、背後を振り返った。

その瞬間、塗笠の武家が猪牙舟から岸に飛び上がりざま、抜刀すると彦四郎に斬《き》りかかった。

腰の座った斬撃《ざんげき》だった。

彦四郎が、手入れしていた猪牙舟の下に潜《もぐ》り込もうとした。

刺客《しかく》の一撃が彦四郎の緩慢《かんまん》な動きを捕らえようとした。

その瞬間、宗五郎の竿が刺客の腹部を突いた。

「うっ！」

思いがけない反撃に刺客は尻餅《しりもち》をついた。

「人殺し！」

おふじの悲鳴が龍閑橋に響いた。

刺客は慌《あわ》てて、乗ってきた猪牙舟に飛び戻ろうとした。が、そのとき、猪牙舟は岸から離れていた。

刺客は白刃を手にしたまま猪牙舟には半間届かず水中に落ちた。

必死で猪牙舟へと泳ぎつき、船縁に刺客が手をかけた。

焙烙頭巾の手が閃《ひらめ》いたのはそのときだ。

短刀が猪牙舟に這《は》い上がろうとした刺客の喉元《のどもと》に当てられ、ゆっくりと、しかし非情に刎《は》ね斬った。

悲鳴と血飛沫《ちしぶき》が同時に上がった。

猪牙舟は入堀を牢屋敷のほうへ猛然と漕ぎ下っていった。

宗五郎が岸辺に立った。

昼下がりの堀に刺客の死骸がぷかりと浮いて、静かに血が広がっていった。

「親分」

彦四郎の大きな体が宗五郎のそばに来て立った。

「怪我はねえか」

彦四郎は顔を横に振ると、

「おりゃ、なんで何度も殺されかかる」

と聞いた。

その声音《こわね》には初めて不安と恐怖が漂っていた。

三

鎌倉河岸裏の自身番《じしんばん》の土間に堀から引き上げられた刺客の死体があった。

筵《むしろ》に寝かされた死体の傷口を十手の先でなぞっていた寺坂毅一郎が、

「彦四郎、覚えはないか」

と自身番の隅に大きな体を窮屈《きゅうくつ》そうにして立つ彦四郎を振り見た。

二度にわたって刺客に襲われた彦四郎は首を横に振った。

「焙烙頭巾のほうは見る暇《いとま》もなかったといいます」

彦四郎に代わって宗五郎が答えた。

堀に浮く死体を引き上げた宗五郎と彦四郎は、鎌倉河岸裏の自身番に運び込むと番《ばん》太《た》を北町《きたまち》奉行所まで走らせて、寺坂に伝えさせた。

寺坂は宿毛の治助の調べ書きを探していて、奉行所にいた。

そこで小者《こもの》を従え、鎌倉河岸裏まですっ飛んできたところだ。

「持ち物は財布に十両の小判、あと小銭ばかりだ。十両は焙烙頭巾から彦四郎の殺しを頼まれた代にございましょうな」

寺坂が頷き、聞いた。

「身許《みもと》を示すものはないか」

　宗五郎は顔を横に振り、

「ございません」

　と答えた。

「焙烙頭巾は垂れで面を覆っていたと言ったな」

「へえ、老人の体を装《よそお》っていましたが、もちっと年は若いかもしれません」

「宗五郎、しくじった刺客を斬った傷口の迷いなきこと、恐ろしいまでに残酷な男よ。こりゃ、気力の横溢《おういつ》した男盛りの奴の仕業《しわざ》だぜ」

　寺坂も宗五郎の見方に賛同した。

　死体のかたわらに鞘《さや》と脇差《わきざし》と塗笠があった。

　鞘は黒蠟塗りだ。下緒も黒の組紐《くみひも》だ。

　寺坂が脇差を抜くと子細に眺めた。

「相州《そうしゅう》ものか」

　と言いながら、目釘《めくぎ》を抜いて中心《なかご》を見た。

　刃長一尺六寸七分の直刃《すぐは》小板目《こいため》の脇差に銘はなかった。

「研《と》ぎに出したばかりだな」

へえ、と応じた宗五郎は、綱定の船着場で抜き身を捜させていると言った。

綱定の船頭やら町内の若い衆が加わって、水底に沈んだ刀捜しをしていた。

「大刀のほうも研ぎを終えたばかりかもしれません。研ぎ師あたりからこやつの身許が知れるといいのですが」

「それにしても焙烙頭巾まで辿《たど》りつくのは無理だな」

「龍閑橋に戻ってみますか」

宗五郎は脇差と空鞘を持った。

殺された刺客の体の特徴やら人相、衣服、持ち物は自身番の書役に書き取らせていた。

「死体は大番屋に引き取る、しばらく待て」

寺坂が自身番の当番家主に命じて、外に出た。するとそこに彦四郎の身を案じた大《だい》五郎《ごろう》が立っていた。

「寺坂の旦那、親分、ご苦労さまでございますな」

と軽く腰を折った大五郎は彦四郎に、

「大丈夫か」

と気遣《きづか》った。

「親方、おりゃ、なんともねえ。親分さんがさ、いきなりすっ飛んできて、竿で突いてくれたんで助かったぜ。だってよ、綱定の前で襲われるなんて考えもしなかったもの」

「おふじに聞いた、聞いた。宗五郎さん、礼を言うぜ」

「なあに、おれもさ、海老床に行く足をとめて、おふじさんに話しかけたのが幸いした」

四人は鎌倉河岸に出てきた。

河岸は朝の市が終わったばかり、豊島屋《としまや》の奉公人たちも加わって、後片付けや掃除が行われていた。

それを眺めていた清蔵《せいぞう》が、

「えらいことが起こったそうですな」

と話しかけてきた。

「龍閑橋じゃあ、まだ抜き身は見つかってないよ。どうです、うちでお茶でも飲んで一服していきなされ」

清蔵は鎌倉河岸一の情報通で捕物好きだ。

小僧《こぞう》の庄太《しょうた》を手招きすると、龍閑橋で川浚《かわざら》いの者たちに寺坂や宗五郎たちが豊島屋

にいることを知らせに行かせた。そうしておいて、

「おい、だれか茶を四つ、出してくださいよ」

と店の奥へと叫び、宗五郎たちも清蔵の声に釣られるようにまだ客のいない店に入った。

「親分、どうしたものかね」

大五郎が厳しい顔で聞いた。

「こう頻繁《ひんぱん》に襲われるようじゃ、剣呑《けんのん》だ。相手にとっては彦四郎がなんとしてもうとましいのだろうが、当人は覚えがないと言う。ともかくさ、彦四郎の身辺に気を配って魚河岸の殺しの一件と同時に探索するしかあるまい」

宗五郎が言った。

「親分、おれはまた船の掃除番かえ」

「それだって、襲われたんだ」

大五郎が言い、彦四郎が親方の顔を見た。

「親方、宿の奥に引っ込んでいろなんて、言わないでくだせえよ」

「当分政次を彦四郎に付けよう。政次は近頃、なかなかの腕だ。彦四郎と二人なら、そう簡単に相手も倒せまい」

宗五郎が言い切った。

「親分、おれのために政次を探索から外すのはよしてくんな。おれはおれの身ぐらい自分で守れるぜ」

「彦、そうじゃねえ。おめえが政次にくっついて歩くのさ」

彦四郎が宗五郎の顔を見た。

「ああ、そうか」

と清蔵が叫んだ。

「親分、考えなすったねえ。彦四郎を金座裏の手先にして、政次の供にさせようというんだな」

「そういうことだ」

「それならば、退屈もしねえや。政次も仕事ができらあ」

彦四郎が合点したとき、小僧の庄太を先頭にどやどやと若い衆が入ってきた。

「親分、見つかったぜ」

鎌倉河岸一帯を受け持つ町火消しの、よ組の若い衆が、まだ水の垂れた抜き身を提《さ》げて言った。

「寒いところ、ご苦労だったな」

宗五郎が受け取り、寺坂に渡した。

「おーい、おめえさんら、一杯、飲んでいきな」

清蔵が川浚いに加わっていた若い衆を呼び止め、心得た小僧の庄太が台所に走った。

寺坂は戸口に立って、外光に抜き身を晒《さら》した。

「宗五郎、こっちも研いだばかりだ」

刃渡り二尺三寸四分ばかりか。

五ノ目《ぐのめ》乱刃《みだれば》、切っ先は大丸だ。

柄頭を軽く豊島屋の卓に叩いて目釘を抜き、柄を外した。

銘があった。

和泉守藤原兼重《いずみのかみふじわらかねしげ》。

業物《わざもの》だ。

「まずは研ぎ師を当たるか」

「明日《あした》っから、政次に専従させまさあ」

「親分、おれもだぜ」

彦四郎が手先の顔で言った。

大五郎が苦笑いして、

「金座裏、松坂屋《まつざかや》から政次を貰《もら》いうけたように彦四郎を持っていかないでくれよ。これでもうちの稼ぎ頭なんだからね」

と半《なか》ば本気で釘を刺した。

そのまま寺坂毅一郎と彦四郎は、金座裏まで宗五郎に同行してきた。

「おや、海老床に行かなかったのかえ」

おみつが亭主の頭を見た。

「龍閑橋で騒ぎに巻き込まれたんだ……」

宗五郎がおみつにざっと話を聞かせた。

「おかみさん、今日からおれも金座裏に厄介《やっかい》になることになったんだ」

「おやまあ、これじゃあ、まるで相撲《すもう》部屋だ」

おみつが笑った。

長火鉢の前に宗五郎が、そのかたわらに寺坂が座った。

いつもの定位置だ。

「宿毛の治助のことがいくらか分かったぜ。あいつは土佐藩の中間部屋で育った男だったが、親父が亡くなって、博奕に狂った。金に困った治助は、お長屋で盗みを働いて、藩邸を放逐《ほうちく》された男だ……」

宗五郎らが知っている治助はこの時代のことだ。

「そうでしたね」

「無宿無頼の徒に落ちた治助は、内藤新宿《ないとうしんじゅく》をねじろに何年か賭博でめしを食ってきた。こいつは、仲間とつるむのが嫌いで、いつも独《ひと》りで動いていたそうだ」

「苦み走った顔で商売女にはもてたという噂《うわさ》を聞いたことがありますさあ」

「江戸十里四方所払いのときも年増女《としまおんな》があいつのあとを追ったなんて話があったな」

所払いになったのは牢屋敷前からだ。

それを宗五郎は偶然見ていた。

「治助はなんで捕まったんでしたかねえ」

「それがさ、女の密告《たれこみ》で大木戸《おおきど》の五郎三《ごろうざ》に捕縛されて、伝馬町に送られてきたんだ」

宗五郎の胸が小さく騒いだ。

「寺坂様、手先たちの報告次第では、明朝、わっしが内藤新宿までのしてきましょう」

「内藤新宿が殺しの因と思うか」

「魚河岸の殺しとつながるかどうか、なんとも……」

「彦四郎の一件と二つも事件を抱えることになったが、まあ、気張ってくんな」

寺坂はそう言い置くと奉行所に戻っていった。

師走の暮れ六つ（午後六時）、江戸はとっぷりと暮れていた。

八百亀ら魚河岸組がまず戻ってきた。

「ご苦労さん」

彦四郎が玄関先で出迎えるのを見て、政次は不思議な顔をした。が、退屈しのぎに彦四郎が金座裏に顔を出したかと思い直した。

八百亀、常丸、政次、広吉らが親分の前に座った。

「まずはさ、昨夜の四つ（午後十時）前に菅笠《すげがさ》を被った治助らしい男を夜鳴き蕎麦《そば》屋の糸吉《いときち》じいさんがちらりと見ていた。男は照降町《てりふりちょう》の方角から荒布橋を渡って高原河岸のほうへ行ったそうだ。それから四半刻《しはんとき》（三十分）もして、四つの時鐘《じしょう》が鳴ったというから、まず治助と見て、間違いはあるまい」

「雪が降る前のことだな」

「そういうことだ。その男を目撃したのはこの夜鳴き蕎麦屋だけだ」

「女は見られてねえか」

「糸吉じいさんは時鐘《とき》を聞いて、荒布橋から芝居町へと移っていった。女は見てないそうだ」

「魚河岸はなんとしても朝の早い商売だ。雪の夜に往来する人もなかなかいめえ」

「そういうことだ」

「小出刃のほうはどうだ」

「こっちは今度は人の往来が激しすぎらあ。魚の仲買人から棒手振り、料理人までが血相変えて、魚の面《つら》ばかり見て歩いてらあ。佃屋の前に包丁がさらされてたのはおよそ半刻《はんとき》（一時間）、女も通ることには通ったらしいが、後片付けに追われた若い衆は、小出刃に手を出した女どころか、だれが通ったかも覚えてねえんだ」

宗五郎がすでに聞いたことだ。

「なかなか簡単にはいくめえ。気長に当たれ」

「へえ」

宗五郎が政次に顔を向け、

「政次、おめえは魚河岸から外れろ」

と命じたとき、下駄貫、三喜松、亮吉の日和下駄捜索組が戻ってきた。

顔には寒さと疲労だけがこびりついて残っていた。

収穫があった顔ではない。

ご苦労だったな、と声をかけた宗五郎は、

「そっちの報告はあとで聞く」

と断り、彦四郎が二度目に襲われた事件を話して聞かせた。

「なんてこった！」

「綱定の船着場でそんなことが……」

手先たちがざわついた。

「政次、明日《あした》っから彦四郎と組んで、研ぎ師を当たれ」

「よろしく頼まあ」

でかい体を折って、彦四郎がぺこりと幼馴染《おさななじ》みに頭を下げた。

宗五郎が下駄貫を見た。

「こっちも芳《かんば》しい手がかりは何もねえ。まずは魚河岸近くということで呉服新道の近江栄屋から手をつけた。五十足仕入れて、十四足、残っている。三十六足のうち、客が分かっているのが半分もねえ。ともかく三喜松と亮吉の三人で手分けして当たってみたが、だれもが履き潰して風呂の薪《たきぎ》にしたり、ちゃんと持っていたりとどうもぴーんとくる者がねえ」

「魚河岸に関わりのある人間であの日和下駄を買った者はいないか」

「二人いたぜ」

亮吉が答えた。

「野田屋のおかみさんと糸金《いときん》の娘だ。両方してちゃんと揃って持っていた」

「糸金の娘はいくつだ」

「娘ったって、子持ちの年増だ。二十八、九かな。ちゃきちゃきしていてよ、治助なんぞとは関わりがあるとも思えねえ」

「小出刃にしろ、日和下駄にしろ、魚河岸に関わりがある者だ。気長にいこうか」

宗五郎は言うと、

「おれは明日、内藤新宿まで遠出してこよう」

と言った。

「だれぞ、付けるかえ」

八百亀が聞いた。

「いらねえいらねえ、大木戸の五郎三に会うだけだ」

と言いながら、

「亮吉、豊島屋にこのあとで面《つら》を出すかえ」

と聞いた。

「親分が行けと言えば、行かねえこともないさ」

「兄弟駕籠《かご》の繁三《しげぞう》と梅吉《うめきち》の二人と大木戸まで一緒しよう」

「ならば、明日の朝に迎えにくるように手配しておこうか」

と亮吉が請け合った。


四つの時鐘が日本橋川一帯に鳴り響いた。

雪はところどころに残って、固く凍りつこうとしていた。

日本橋川から北に向かって二本の運河が短く延びている。

魚河岸に近い堀は鉤《かぎ》の手に曲がって、日本橋川と一緒に魚河岸を三方向から押し包んでいた。

それがあたかも魚河岸を〝島〟のように隔離していた。事実、河岸を島とよぶ人たちも少なからずいた。

もう一本は思案橋、親仁橋、万橋と三本の橋を運河に架けて、その先で堀留になっていた。

運河のどんづまりは、文字通り堀留二丁目である。

今しも小体《こてい》な黒板塀《くろいたべい》の家から小太りな旦那が姿を見せて、

「戸締まりをしっかりするんだぜ」

と言い残して、魚河岸のほうに雪道を消えていった。

鍵《かぎ》が落とされる音がした。

だれが見ても魚河岸の旦那が若い妾《めかけ》を囲った光景だった。

四半刻後、再び戸口が開いて、寝間着の上に綿入れを着た女が姿を見せた。

女にしては大柄で、五尺三、四寸はありそうだ。だが、しなやかな細身とうつむき加減の、寂《さび》しげな細面《ほそおもて》が大女と見せなかった。

懐を両手で抱くようにした女は運河ぞいを思案橋まで下り、思案橋の袂《たもと》に立つ柳の木の下からあたりをそっと見回した。

女の手から川へ何かが投げられた。

日和下駄を片方、日本橋川に投げ捨てたのだ。

下駄は水面《みなも》に裏返って浮かび、ゆっくりと鎧《よろい》の渡しのほうへと流れていった。

日本橋川から霊岸島《れいがんじま》新堀へ、さらに大川から江戸湾に流れていけば、

(もはや分かりはしまい)

と女は思った。

(治助なんぞにこの幸せを奪われてたまるものか)

視線を上げると江戸橋がぼんやりと見えた。

女は自分の撫《な》で肩《がた》を両手で抱くようにして、わが家へと戻っていった。


「今日の今日だ、まさかとは思うが気をつけて帰りな」

明かりを落とした豊島屋から姿を見せたのは、亮吉、政次、彦四郎の幼馴染みだ。

亮吉に強引に誘われた政次と彦四郎が豊島屋まで一緒に行くことになり、清蔵と、川越に滞在するしほのことなどを話しているうちにこの刻限になったのだ。

親分の用事、兄弟駕籠屋の繁三と梅吉に話をつけた亮吉は、

「おまえら二人じゃ、危ねえ」

とまた金座裏の二階に潜り込む算段をしていた。

「おれたちがよ、犬ころみてえに三人一緒になって寝るなんて、何年ぶりだえ」

「おれと政次の一家がむじな長屋を出て以来だぜ、十年は経《た》つな」

雪道の残る鎌倉河岸を三つの影法師が龍閑橋へと消えていった。

わずか数丁はなれたところでは、日和下駄の片方がゆっくりと大川へ向かって流れていた。

四

大木戸の五郎三は祖父の代からの十手持ち、内藤新宿の盛衰をその目で見てきていた。年は五十、背は大きくないがころりとした体をゆすって、外股《そとまた》でのしのしと歩く格好は、まるで蟹《かに》が横歩きを忘れたようで、

蟹の五郎三

と陰で呼ばれていた。

間口六間の玄関先に繁三と梅吉兄弟が駕籠を乗り付け、金座裏の宗五郎が師走の様相を見せる大木戸の光景にちらりと目をやって暖簾を潜《くぐ》ると、

「おや、金座裏の親分さんだ」

と番頭格の手先のひょろ松こと松太郎《まったろう》が声をかけてきた。

六尺近い長身だが、ひょろりと痩《や》せていた。それでひょろ松だが、蟹の五郎三とひょろ松の主従が肩を並べて歩くのは大木戸の名物だった。

「五郎三の父つあんの知恵を借りにきた、父つあんは元気かえ」

「それがさ、風邪を引いて伏せってらあ。年には勝てねえな」

「そいつは悪いところに来たな」

「なあに口だけは達者だ、親分が金座裏からお出ましと聞いたら喜ぶぜ」

上がってくんなというひょろ松の言葉に、宗五郎はかたちばかり袷《あわせ》の裾《すそ》をはたいて玄関に上がった。

道中、四谷御門《よつやごもん》を過ぎたあたりから雪がかなり残っていた。

繁三と梅吉は足場に苦労したが、宗五郎は楽をして大木戸まで辿りつくことができた。

その梅吉がおみつの持たせてくれた手土産《てみやげ》をひょろ松に渡した。

「こりゃすまねえ」

五郎三は障子越しに冬の日射しが射し込む座敷に寝ていたが、

「おおっ、久し振りだな、金座裏」

と意外にも元気に起き上がって、娘のかつにどてらを着せかけられた。

「風邪のところまでおしかけてすまねえ」

「寝込むほどでもねえがあまり熱がとれねえんで、この二、三日、横になっていただけのことよ。もう大丈夫だ」

血色も悪くはないし、声音《こわね》もしっかりしていた。

「なんだえ、金座裏が直々《じきじき》のおでましたあ」

ひょろ松も御用と心得て、同席した。

「おまえさんがお縄にした宿毛の治助のことだ」

「江戸十里四方所払いになった小悪党だな」

「殺されやがった……」

宗五郎は魚河岸で殺されて見つかった経緯《いきさつ》を話して聞かせた。

「あいつらしい最期《さいご》だぜ」

「とはいうものの、五郎三の父つあん、悪《わる》でも殺されていいという法はねえや」

「違《ちげ》えねえ」

「あやつの博奕常習を垂れ込んだのは、女だって小耳にはさんだんだがな」

「大木戸の番屋に回ってこられる定廻同心《じょうまわりどうしん》に宛《あ》てた女文字の密告《たれこみ》があったのさ。それでうちが動いてお縄にしたんだったな。中町の、よねっていう遊女に乱暴したのが分かって、江戸送りになったんだ」

「その遊女が訴えたのかえ」

「よねは字も読めねえし、書けねえ女だったぜ」

ひょろ松が答えた。

「密告《たれこみ》の手紙を見たかえ」

「ああ、おれもひょろ松も見たぜ。ありゃ、なかなかの手跡だ」

「その手跡の主はだれだえ」

「おれっちも調べたが結局だれもが違うと言い張り、分からずじまいでな。えらく上手な女文字だったことは確かだ」

五郎三が答えた。

密告の女の詮議《せんぎ》は熱心に行われなかったのだろう。

「野郎が関わって、岡場所《おかばしょ》に叩き売った女が何人かいたことは確かだ。そいつらの一人と思えるのだがな」

ひょろ松が言った。

「まだ女たちはいるかえ」

「ひとり二人は残っていよう、案内しようか」

「ご苦労だが頼まあ」

「師走に金座裏は大変だな」

五郎三の言葉に見送られて、宗五郎とひょろ松は表に出た。すると繁三と梅吉が、もう帰りかという顔をした。

「繁三、梅吉、大木戸辺りを見物して待ってな」

と茶代を渡した。

ひょろ松が最初に案内したのは、治助が暴力を振るってお縄になった切っ掛けになったよねのところだ。

内藤新宿は元禄《げんろく》十一年（一六九八）に浅草阿部川町《あさくさあべかわちょう》の名主喜兵衛《なぬしきへえ》らが幕府に五千六百両の大金を上納して、宿駅の開設が許されていた。日本橋から二里、宿場というより遊び場としての性格を強め、それがために開設から二十年後には廃止となった。だが、時代とともに往来する人や物産が増え、明和《めいわ》九年（一七七二）に再興された。

四谷大木戸から下町、中町、上町と東西九町十間、南北一町足らずの宿場が続き、旅籠《はたご》数は五十余軒、遊女も数百人を数えていた。

大晦日《おおみそか》も近い宿場には洗われた臼《うす》や杵《きね》が軒下に干されていた。

宗五郎はひょろ松の案内で中町の千亀屋《せんかめや》の前に着いた。

よねは上水のそばの千亀屋の抱え女郎《じょろう》だという。

昼前のこと、格子《こうし》もない板の間には遊女の姿はまだなかった。

「ばあさん、よねを呼んでくれまいか」

ひょろ松が門付けの三味線弾きと話していた遣手《やりて》に声をかけた。

「あいよ」

遣手が大声でよねを呼ぶと寝間着の裾をだらしなく引きずった女が姿を見せた。もぐもぐと口を動かしているところを見ると遅い朝飯でも食べていたのか。

「なんだえ、ひょろ松さん」

よねは板の間の端にぺたりと座った。

「宿毛の治助が殺された」

よねはしばらくぽかんとした顔をしていたが、

「いい気味だねえ」

と吐き捨てた。

「よね、手間をとらせてすまねえが、半端者《はんぱもの》でも死ねば仏だ」

宗五郎の言葉によねが神妙に頷いた。

「四年前、治助がお縄になったとき、女の密告《たれこみ》で野郎は挙げられたんだったな」

「わ、わたしじゃないよ」

よねは顔の前で激しく手を振った。

「おまえとは言ってねえ、だが、こんなことは意外と噂になるものだ。小耳にはさんだことはないかえ」

よねの目がぐるぐると動いた。

宗五郎が二朱をよねの寝間着の袖に投げ入れた。

「あのさ、関わりがあるかどうかしらないよ。あとから知ったことだが、三國屋《みくにや》のお玉《たま》ちゃんも治助が苦界《くがい》に手引きしたそうだよ」

「なにっ！　お玉も」

ひょろ松の目がぎらりと光り、言った。

「親分、治助が捕まったとき、お玉はまだ見世《みせ》に出てなかったのさ。十四、五だったかな。そのあと、三國屋の板頭に瞬《また》く間にのし上がっていった」

「今も稼ぎ頭かえ」

「いや、なんでも落籍《ひか》されたという話だぜ」

「ああ、今年の春先に江戸のお大尽《だいじん》に身請けされたよ」

よねとひょろ松が答えた。

「身請けしたのはだれだえ」

よねもひょろ松も知らないと言った。

吉原の太夫を身請けしたわけではない。四宿の女郎を落籍したのだ。身請けした旦那も内緒にしたいのだろう。

ひょろ松たちが知らないのも無理はない。

「邪魔したな」

宗五郎とひょろ松は宿場を大木戸方向、中町と下町を分ける辻《つじ》に建《た》つ三國屋を訪ねた。三國屋は宿場のうちでも大店《おおだな》、間口も造作も千亀屋とは雲泥《うんでい》だ。

ひょろ松は最初から帳場へ宗五郎を連れ込んだ。

「番頭さん、ちょいと御用だ」

ひょろ松の口調が厳しくなり、無駄な挨拶も抜きだ。

「お玉はだれが身請けしたえ」

「ひょろ松さん、それはいくら御用でも言うわけにはいかないよ。身請け賃には口止め料も入っているんだからね」

番頭の吉蔵《よしぞう》があっさりと断った。

「抜かしたな、吉蔵。ここにおられるのは金座裏の宗五郎親分だ、金流しの親分がわざわざ内藤新宿まで出張って、ひょろ松が案内してきたんだ。そいつをてめえは鼻でせせら笑いやがったな」

ひょろ松が見世じゅうに聞こえるように怒鳴りつけ、番頭が真《ま》っ青《さお》になった。

奥から旦那の伊兵衛《いへえ》がすっ飛んできた。

「まあまあ」

宗五郎が宥《なだ》め、

「殺しに関わる調べだ。無理は承知での聞き込みだ、許してくんな」

と旦那と番頭に言った。

「はっ、はい」

「お玉は宿毛の治助が連れてきた娘か」

「へえ」

番頭が神妙に答えた。

「在所はどこだ」

「江戸にございます」

「江戸だと」

「はっ、はい。大名屋敷のお長屋に育った中間《ちゅうげん》の子で、両親が亡くなって治助が身元引受人になったとか」

「どこの大名家だえ」

「それだけは勘弁してくれと治助もお玉もいうもので……」

「いくらでお玉を買いなすった」

「まだ十四になったばかり、しばらくは見世にも出せませんので三十両でした」

「お玉の証文を一切合切《いっさいがっさい》見せてくれまいか。それとお玉が書いた手紙か何かないか」

旦那の伊兵衛が奥に引き込んだ。

身売り証文は寛政《かんせい》六年（一七九四）二月の三日となっていた。

「松太郎さんや、密告《たれこみ》があったのはいつのことだ」

「やはり寛政六年の夏前のことだぜ」

「そうだな、野郎が百叩きを受けるのを牢屋敷で見たのがその年の秋口だったからな」

「お玉が治助を垂れ込んだのかえ」

伊兵衛がお玉が書いたという手紙を見せた。それは落籍《ひか》されたあとに伊兵衛や女将に宛てた礼状だった。

「これだ、この筆跡だ」

ひょろ松が叫んだ。

「旦那、番頭さん、おまえさん方はお玉が治助を密告《たれこみ》するについて、相談を受けたんだね」

宗五郎の穏《おだ》やかな目がそのときばかりはぎろりと光った。

伊兵衛と吉蔵の顔に怯《おび》えが走った。

「お玉が言うには治助は頃合をみて、うちを足抜けさせて、吉原に転売《またうり》する気でいるというものですから……」

「おまえさん方が知恵をつけなすったか」

「はっ、はい」

伊兵衛と吉蔵が答え、

「ちぇっ、そんな細工とはな」

とひょろ松がぼやいた。

「番頭さん、近ごろ治助が顔を出したな」

「いえ、そんなことは……」

「ないと言うのかえ。治助が動くには落籍《ひか》された先を知らなきゃならない道理だ。そいつを知っているのはおまえさん方だけだぜ」

「親分さん、申し訳ございません」

番頭の吉蔵が頭を擦《す》りつけた。

「なんてこった」

ひょろ松が嘆《なげ》き、宗五郎が言った。

「旦那、およそのからくりはこの宗五郎にもついた。念のためだ、お玉を落籍した江戸の大尽の名を教えてもらおうか」

伊兵衛が腹を括《くく》ったように二百両の大金でお玉を内藤新宿から落籍した証文を宗五郎の前に差し出した。

昌平坂《しょうへいざか》の学問所の聖堂の裏手、神田明神から湯島天神にかけて、刀の研ぎ師が集まる界隈があった。

その日、政次と彦四郎は風呂敷包みに刺客が残した和泉守藤原兼重と無銘の脇差を包んで、五軒目の研ぎ師、研龍《とぎたつ》の店先に立った。

親方と弟子三人が研ぎ水を張った大盥《おおだらい》の中に砥石《といし》をおいて、刀を研いでいた。師走だというのに二の腕を捲《まく》ってのたすき掛け、額にはうっすらと汗も光っていた。

「親方、手を止めて申し訳ありません。私は金座裏の宗五郎の手先にございます」

政次が呉服屋奉公の言葉そのままに挨拶して、この研ぎ具合を見てくれないかと、風呂敷包みを解いた。

「金座裏の親分さんは元気かえ」

知り合いなのか、研龍が聞いた。

「はい、お陰様で達者でございますよ」

「そうかえ」

研龍がそろりと兼重の鞘を抜き払い、

「ほう、なかなか」

と見ながら呟いた。

「こりゃ、この界隈の研ぎ師の仕事じゃあるまい」

「どう違うので」

「素人のおまえさん方に説明するのは難しいが、研ぎ上がりがどことなく違うのさ」

「こんな研ぎをする研ぎ師をご存じありませんか」

研龍はしばらく考え込んだ。

「ひょっとしたら根津《ねづ》から池之端《いけのはた》に何軒か同業がいらあ。そこいらあたりの仕事かもしれねえが、なんとも確かなことではないよ」

研龍が流れるような動作で鞘に兼重を納《おさ》めた。

夕暮れの刻限、金座裏に餅《もち》つき屋が呼ばれてきていた。

先代まで金座裏でも手先たちが臼と杵で餅を何斗もついていた。が、師走ともなれ

に、火付けだ、強盗だ、となにかと事件が頻発《ひんぱつ》する時期だ。そこで近頃では賃餅屋《ちんもちや》に頼んでいた。その賃餅屋がおみつに、

「いつもどおりでよいか」

と聞きに来ていた。

親分のまだ戻らぬ大広間に八百亀以下、手先たちが顔を揃えていた。

そこへ政次と彦四郎が戻ってきた。

「なんぞ手がかりはあったか」

下駄組の亮吉が聞いた。

「手先も楽じゃないな、足が棒だ」

彦四郎がどたりと腰を下ろした。

「船頭は歩かなくていいや、こっちは足が商売道具だ」

政次の顔を見た亮吉が、

「その様子じゃ、手がかりなしか」

「どうにもこうにも、かすりもしない」

と珍しく政次がぼやいた。

「政次、根気だぜ、根気……」

「ちぇっ、亮吉の奴、いつも言われていることを言ってやがらあ」

下駄貫が笑った。

それには逆らわず、

「おれっちもすかだ」

と、亮吉もぼやいた。

「こうどこも当たりがねえとなると親分が最後の砦《とりで》だぜ」

八百亀が言ったとき、

「親分のお帰りだ！」

駕籠屋の梅吉が玄関先から叫んだ。

豊島屋では店仕舞いしようとした刻限に政次、亮吉、彦四郎の三人が顔を出した。

「しけた顔を揃えているところを見ると探索は進展なしか」

清蔵が三人を見た。すると亮吉が、

「魚河岸の殺しの下手人なら、お縄になったぜ」

と言って、どたりと空樽に腰を下ろした。

「ははあん、常盤町《ときわちょう》の宣太郎《せんたろう》親分に手柄をとられたか」

「いや、うちの親分の手柄だ」

「おかしい」

と清蔵が叫び、

「亮吉、とっくりとこの清蔵様に分かるように説明しろ」

と命じた。

「清蔵旦那、小田原町の頭《かしら》の尾張屋《おわりや》の旦那が堀留におえいという若い妾を囲っているのを知ってなさるか」

「噂には聞いた。なんでも楚々《そそ》とした女というじゃないか」

「ああ、おえいは年は十九で、背が高《た》けえや。だがな、しなやかな体付きといい、細面といい、震いつきたくなる美形だ」

「おえいと治助の関わりはどこだ」

「二人して土佐藩の江戸屋敷のお長屋で生まれ育ったのさ。二人の父つあんは中間だ、おえいは母親から一通りの読み書きを習った。字は奥女中顔負けの達筆だ……」

治助が土佐藩のお長屋から放逐されたとき、おえいも母を数年前に流行り病《はやりやまい》で、そして父親までも心臓の病で亡くしたところだった。

治助は、おえいに目をつけて、言葉巧みに言い寄り、藩のお長屋を出たおえいを自分の女にすると、内藤新宿の三國屋に叩き売った。

治助に騙《だま》されたと知ったおえいは、幼い頭で復讐《ふくしゅう》を計った。三國屋の番頭に治助が吉原への転売《またうり》を企てていると告げ、博奕好きな治助を内藤新宿の番屋に密告したのだ。

江戸時代、賭博常習は犯罪であった。

おえいの考えはまんまと当たった。

治助はよねを暴行した罪も加算されて江戸十里四方所払いのお沙汰《さた》を受けた。

四年後、久し振りに内藤新宿に舞い戻った治助は、三國屋にお玉の源氏名《げんじな》で出ていたおえいに会いに行った。ところがおえいはすでに半年も前に落籍《ひか》されていた。

治助は三國屋の番頭を脅して、おえいを身請けしたのが魚河岸の尾張屋十右衛門《じゅうえもん》と知った。

「……おえいは十右衛門旦那に可愛がられて、生涯初めての幸せを掴んだところだった。清蔵旦那、知ってのとおり、尾張屋さんはお内儀《かみ》さんを二年も前に亡くされて、独り者だ。その旦那が日頃信心する真言宗《しんごんしゅう》の高尾《たかお》山薬王院《ざんやくおういん》にお参りして、帰りの内藤新宿でおえいに会ったのさ。まるで観音様《かんのん》と出会ったようだと十右衛門旦那は、考えたそうだぜ。すぐに身請けの交渉をして、魚河岸近くの堀留に囲った……」

「……そこへ治助が現われたってわけか」

「ああ、殺す三日前、ふいに野郎が堀留の家にやってきて小女を使いに出すと、おえいを手ごめにした上に五十両の金を出せと脅した。おえいはそんな金はない、なんとか旦那に相談してみるからとその日は帰した。丸一日、反撃の企てを考えたおえいは竪川《たてかわ》ぞいの水夫たちの泊まる旅籠《はたご》に潜《ひそ》んでいるという治助に手紙を届けさせた。そのとき、筆跡が知れないように左手で書いている」

「おえいは最初から殺す気だったんだな」

「ああ、治助のような野郎に引っ掛かると骨の髄《ずい》までしゃぶり尽くされることを内藤新宿で身に染みて知っていたからな。おえいは小女に小遣《こづか》いをやって、魚河岸から小出刃包丁を盗ませてきたんだ。魚河岸に近くの女中たちが魚を買いに来るのはあたりまえの風景だ、だれも覚えていないや」

「…………」

「あの雪の夜、治助は地引河岸の荷足船で待っていた。おえいは人の往来がなくなるのを待って、地引河岸に行った。治助はおえいを見ると船に引き上げた。おえいは金を、と言う治助に手拭いに包んできた小判を差し出す振りをして、何枚か足許に落とした。治助がそちらを見た瞬間、小出刃を思いっきり振るったというわけだ……」

「なんてことだ」

「親分は内藤新宿のお調べの帰りに土佐藩の上屋敷に立ち寄られて、おえいと治助のことを用人に聞いてきておられた。そして、金座裏へいったん戻ってこられたあと、常丸兄い、政次とおれを連れて、尾張屋の十右衛門様を訪ねられた……」

「尾張屋は驚いたろう」

「言葉もなかったぜ。長い時間が経ったあと、おえいを女房にする気だったと呟かれていたっけ」

「尾張屋を連れて、おえいを召し捕りに行ったか」

亮吉が頷いた。

おえいは旦那の十右衛門が真っ青な顔で金座裏の宗五郎たちを同行したことで、すべてを悟《さと》った。

玄関先にしばらく放心したように立ち竦《すく》んでいたが、ぺたりと腰を落として泣き伏した。

「あの泣き声がおれの耳に今も残っていらあ。おえいは確かに人殺しだ。でもさ、初めて訪れた幸せに必死でしがみつこうとして、あんなことをやっちまったんだ……」

「亮吉、人を殺して幸せが摑めるものか」

「日和下駄は十右衛門旦那が南塗師町でおえいのために買ってきたものだ。荷足船から飛び降りて逃げるときに片方の歯が折れて脱げてしまった。家に戻ってからはじめてそれに気がついたそうだ。おえいはそんときさ、幸せも手の中からするりと逃げたと思ったそうだよ」

だれも口を利《き》かなかった。

なぜか四人の男たちは無性《むしょう》に寂しかった。

「早くしほちゃん、戻ってこねえかな」

亮吉が呟いた。

日和下駄の片方は江戸湾をゆらりゆらりと揺れて流れていた。

第五話　通夜の客

一

江戸の大名家《だいみょう》の藩邸、旗本高家《はたもとこうけ》の門前、豪商たちの門口に門松《かどまつ》が飾られ、賃餅屋《ちんもちや》が最後の稼ぎにと忙《せわ》しく走り回る年の瀬、慌《あわ》ただしさを利用した盗みが頻発《ひんぱつ》するようになった。日本橋新右衛門町《しんえもんちょう》の瀬戸物屋の播州屋《ばんしゅうや》が餅をついてもらっている最中、奥座敷の文箱《ふばこ》に入れておいた八十両が盗まれたのが皮切りだった。正木町《まさきちょう》の小間物屋で五十五両、宇田川町《うだがわちょう》の紙問屋で百四十余両、北紺屋町《きたこんやちょう》の染物屋で三十八両が消えていた。

盗まれた場所は奥だったり、帳場だったりといろいろだった。

賃餅屋が来て、杵《きね》の音が師走《しわす》の慌ただしさと正月への期待を家人や奉公人に抱かせていたことが、いずれの被害にも共通していた。

南北町奉行所《まちぶぎょうしょ》では配下の与力同心《よりきどうしん》を集めて、取締の強化を督励《とくれい》した。そこで江戸市中の十手持《じっても》ちが旦那《だんな》の同心たちから尻《しり》を叩《たた》かれることになった。金座裏《きんざうら》でも八百亀《やおかめ》以下手先《てさき》と旦那の源太《げんた》や髪結《かみゆ》いの新三《しんざ》ら下っ引きが集められ、宗《そう》五郎《ごろう》から、

「師走の忙しさに紛《まぎ》れて盗みを働いていくのが憎いや。こいつばかりは年の内にかたをつけろ」

と命じられていた。

「親分、ちょいと不幸で江戸を離れていた。帰ってきたばかりで親分の呼び出しだ。事情が分からねえんで聞くが、賃餅屋とは関係ねえのかえ」

源太は、丸顔を恰幅《かっぷく》のいい体の上に乗せた中年男だ。

もぐさ売りが表の職業だ。

「賃餅屋はどこも別人だ。町内によっては鳶《とび》の者が回ったり、在《ざい》のほうからこの季節だけ江戸に出てきたりとばらばらでな、むろん、賃餅屋も調べられたさ。搗手《つきて》、捏手《こねて》、蒸籠《せいろ》番《ばん》と三人一組で回って歩く、だれもが忙しい上に家の者たちの目もあらあ。法被《はっぴ》着て、汗かいた賃餅屋が奥に入る暇《ひま》なんぞはねえんだ」

宗五郎が源太に説明した。

「源太の兄い、ともかくさ、賃餅屋と師走の客の混雑に紛れて、店の奥に入り込んだ

えな」

「奥に入ったのは一人だろうが、奉公人の目を引きつける役が仲間にいるかもしれね
「八百亀、盗みは何人もが組んでやった仕業ということかえ」

「それとさ、盗まれたどの店も急に客で混雑したときがあったそうだぜ」

八百亀も言葉を添えた。

者の仕業《しわざ》だな」


手先たちが頷《うなず》いた。ついでにすっかり金座裏の一員になった気分の彦四郎《ひこしろう》も頷いた。

どこか金座裏の手先たちの顔が切迫していないのは、いずれもが金座裏の縄張り内の事件ではなかったからだ。

「ともかくだ、この数日、賃餅屋を頼んだ店々に注意して歩け」

と手先たちに命じた宗五郎の視線が、

「政次《せいじ》、おまえのほうはどうだ」

と、ふいに研《と》ぎ師《し》回りをしている政次に向けられた。

綱定《つなさだ》の船着場で彦四郎を襲った刺客《しかく》は研ぎに出したばかりの大小《だいしょう》を携《たずさ》えていた。

そこで政次と彦四郎が研ぎ師を訪ね歩いていた。

「親分、足を棒にしているんだがね、どうもあたりがねえや。どこの研ぎ師もうちの

仕事じゃないと顔を横に振るばかりだ」

　と答えたのは彦四郎だ。

　苦笑いした宗五郎に政次が、

「研ぎ屋を表看板にしているところはあらかた顔を出しました。あとは御家人《ごけにん》や浪人者が内職で研ぎをやっているところを回ることになりそうです」

「いつ何時、三度目の襲撃があるかもしれねえ。なんとか一頑張りしてみねえ」

　当人の彦四郎がのんびりと頷き、政次が頭を下げた。

「政次さん」

　と声をかけたのは髪結の新三だ。

「本所松倉町《ほんじょまつくらちょう》に御家人の小栗三八《おぐりさんぱち》様が研ぎの技を仲間たちに伝授なさっておられる。知恵を借りてみてはどうですか」

「ありがとうございます、髪結の兄さん。早速《さっそく》、今日にも行ってきます」

　下駄貫が、

「どうもおめえらが話しているのを聞くと呉服屋の店先にいるようだぜ」

　と笑った。

　新三は女相手の髪結いが表稼業、政次は長年の松坂屋《まつざかや》勤めだったから、仕方のないことだった。

「年の瀬で払いも溜《たま》っていよう」

宗五郎は、八百亀以下全員に餅代を配った。

所帯持ち独身者《ひとりもの》、年季によって餅代の額は違った。ともあれ、

（金の大黒《だいこく》がついていてなさる）

と巷《ちまた》で噂《うわさ》される金座裏の手当てはそれなりのものがあった。

一番少ない政次で二分が出た。

「いいな、おめえたち……」

彦四郎がうらやましそうな顔をして、亮吉《りょうきち》の小判を見た。

「彦四郎、そいつは亮吉の小遣《こづか》いじゃねえ。むじな長屋で留守《るす》を守るおっ母さんへの手当てだ」

宗五郎が釘《くぎ》を刺し、

「北割下水《きたわりげすい》に行くのなら、昼に鰻《うなぎ》でも食って精をつけろ」

と彦四郎にも小遣いをやった。

彦四郎は政次を連れて、龍閑橋《りゅうかんばし》の綱定に戻った。

「おや、藪入《やぶい》りで小僧が戻ってきたようだよ」

「藪入りの小僧にしてはなりがでけえや」

おふじと大五郎《だいごろう》の主夫婦《あるじ》がうれしそうに言いかけた。

「旦那、今日はさ、本所深川回りだ。猪牙《ちょき》を貸しちゃくれまいか。ときに漕《こ》がなきゃあ、腕もなまらあ」

「歩くのが嫌《いや》になったか」

そう言いながらも大五郎が空《あ》いている猪牙舟を使わせてくれた。

「親分から小遣いもらったからさ、女将《おかみ》さんに鰻でも買ってこよう」

「彦がうれしいことを言うよ」

と思わず瞼《まぶた》を潤《うる》ませかけたおふじに見送られて、政次と彦四郎は流れに出た。

「やっぱり船頭は水の上にいなくちゃならねえな、生き返ったようだぜ」

彦四郎が体と両手を大きく使うと猪牙舟がすいっと進んだ。

「政次さん、彦四郎さん」

入堀に架かる乞食橋《こじきばし》の上から庄太《しょうた》が大きな徳利《とっくり》を胸に抱えて、叫んでいた。

「得意先に届けものかえ」

彦四郎が叫び、庄太が、

「ああ」

と応じた。

「徳利を落とさないように行け」

彦四郎が叫んだときには乞食橋から二十間も離れていた。

「彦四郎、思い当たることはないか」

「政次、一日に何度同じことを聞きやがる。おれは殺されるような目に遭《あ》う謂《いわれ》はねえや」

「だからさ、おまえになくとも先方にはあるってことさ」

「おれも何百遍と考えたぜ。奴《やつ》らがなんぞ悪いことをしていたのをおれが見たんじゃないかとかさ。だけど、どうしても思いあたらねえ」

「困ったな」

「だから、こうして政次と研ぎ師のところを回って歩いているんじゃないか」

頷いた政次は、猪牙舟の上から江戸の町を眺めた。

煤払《すすはら》いが行く。

井戸《いど》浚《さら》いが行く。

餅を搗《つ》く音がして、早くも追い羽根を搗く子供たちの歓声が響いていた。

橋本町で直角に曲がって、旅籠《はたご》が並ぶ馬喰町《ばくろちょう》と小伝馬町《こでんまちょう》の間に架かる土橋を潜《くぐ》った。

「政次、いつまでおめえにくっついて歩くんだ」

政次が分かりきったことを聞くなという顔で彦四郎を振り見た。

「そうだな、命あっての物種《ものだね》だもんな」

二人の幼馴染《おさななじ》みは黙りこくって、入堀から大川へと出た。

大川には北風が吹き込んで、水面《みなも》が波立っていた。

だが、彦四郎の動きは変わらず、猪牙舟はすーいと上流へ漕ぎ上がっていった。

彦四郎はわが身に降りかかった襲撃に怒りをぶつけようにも相手が分からず、苛立《いらだ》っていた。

政次もなんとか彦四郎の危難を取り除いてやりたいと思った。が、探索は行き詰まっていた。

無言のうちに猪牙舟は吾妻橋《あづまばし》を潜り、左岸に口を開けた源森川《げんもりがわ》へと入っていった。

本所松倉町は、北割下水にあった。

源森川から横川へと江戸期に掘り抜かれた運河を伝い、中之郷横川町の間を東西に延びる北割下水に入っていった。

数丁先の北側が本所松倉町だ。

この辺りは御家人屋敷と町屋が踵《きびす》を接していた。

彦四郎は猪牙舟を岸に着けた。

小僧が二人、こちらの様子を見ていた。

竹笊《たけざる》を肩から下げているところを見ると、寒蜆《かんしじみ》売りのようだ。

「おい、刀研ぎを教えておられる小栗三八様の屋敷を知らないか」

彦四郎が訊《き》いた。

洟《はな》を垂らした小僧が路地の奥を指して、もう一人の小僧が、

「猪牙を見ていてやろうか」

と言った。

「なんで見てなきゃならねえ」

「ここいらあたりは物騒《ぶっそう》だ。放っときゃあ、すぐに猪牙は消えるぜ」

「駄賃《だちん》はいくらだ」

「一人十五文」

「二人で十文だ」

「仕方ねえ、すぐ戻ってきてくんな。蜆を売らなきゃならねえんだ」

「あいよ」

政次が大小を包んだ風呂敷包みを持って、塵芥《ちりあくた》の臭《にお》いが漂う割下水の河岸に飛び、彦四郎から投げられた舫《もや》い綱《づな》を痩《や》せこけた柳の木に繫《つな》ぎ止めた。

小僧が手を出した。

「駄賃はあとだ」

彦四郎に怒鳴られ、洟たれがちぇっ、と罵《のの》り声《し》を上げた。

小栗三八の敷地の中から、二人がお馴染《なじ》みになった刀を研ぐ音が響いてきた。

貧乏の代名詞ともいえる御家人の組屋敷《くみやしき》では、草花を栽培し、鈴虫やこおろぎを育て、提灯張《ちょうちんは》りやら竹細工の内職をする。

小栗三八は刀研ぎを内職とするばかりか、教えを乞《こ》いにくる同輩の者たちにその技を伝授していた。

敷地の一角に小屋があって、今しも三人の侍が研ぎに精を出していた。

政次が、刃を見ていただきたい、と訪《おとな》いの理由を述べた。すると中年の男が立ち上がり、襷《たすき》を取った。

「小栗三八様にございますか」

「ああ、それがしが小栗じゃが」

と答えた小栗が、

「いかような理由があって他人の研いだ仕事ぶりを見ねばならんのか」

と聞いた。

政次は正直に連れの彦四郎の危難を語った。

「ほう、この者が二度にわたって襲われたか」

「へえ、一度は船の上で、二度目は船宿の前で斬《き》りかかられましたんで」

彦四郎が答え、政次が言い足した。

「ともかく手がかりはこの和泉守藤原兼重《いずみのかみふじわらかねしげ》しかないのでございますよ」

「藤原兼重か」

小栗は興味を持ったように、

「見せてもらおう」

と言った。

小栗は兼重の拵《こしら》えから脇差《わきざし》まで慎重に見終えると、

「腕を上げたな」

と独白するように呟《つぶや》いた。

「腕を上げたと申されましたが、研ぎ師をご存じで」

「知っておる」

小栗があっさりと答えた。

「この研ぎには邪《よこしま》なものがもやりと残っておる」

研龍《とぎたつ》ら、研ぎ師たちが言い淀《よど》んだ理由だろう。

「それがしの弟子、須磨将監《すましょうげん》に間違いない」

「小栗様、須磨様は今もお弟子にございますか」

「いや、二年も前から通ってくるのを止めた」

「二年も見ない刀の研ぎの判別がつくものですか」

しばらく沈黙した後、小栗が口を開いた。

「この和泉守藤原兼重と脇差の持ち主が須磨将監なのだ」

まさか刀を研いだ当人が刺客《しかく》だったとは考えもしなかった。

政次はふうーと息を吐《つ》き、彦四郎が、

「やったぜ」

と小さく言った。

「住まいをご存じですか」

「二年前は天祥院《てんしょういん》と妙縁寺の境の小屋に住んでおったがな」

「須磨様の腕前はいかがにございますか」

「古藤田俊直《ことうだとしなお》様が流祖の唯心流《ゆいしんりゅう》の達人と聞いたことがある。兼重もお家伝来の品だと言って大切にしておった」

「ひえっ」

と彦四郎が剣の達人と聞いて、改めて驚きの声を漏《も》らした。

「暮らしに困って、刺客に成り下がったか」

と呟いた小栗が政次に聞いた。

「須磨はこの者の暗殺をしくじったのだな」

「はい、殺しを頼んだと思われる人物に殺されましてございます」

「なんと……」

小栗三八はもう一度和泉守藤原兼重を見た。

常丸《つねまる》と亮吉は、賃餅屋を呼んで餅を搗いてもらっている旅籠町界隈《かいわい》の店々を回っては、騒ぎに乗じて盗みに入られないように呼び掛けて歩いていた。

「うちに入ってみなよ。手捕りしてよ、亮吉、おまえに突き出してやるよ」

馬喰町の旅籠の飯炊《めした》きが威張ってみせた。

どこもが自分のところに入られるとは考えてもいないのだ。

それより師走の行事に気がいって、常丸たちの注意を真剣に聞こうとはしなかった。

「困ったもんだぜ」

「盗まれてから泣いても遅いのにな」

と言いながらも杵の音を求めて、町内をあちらこちらと回って歩くしか手はなかった。


寺と寺の境界線の上に傾きかけた板屋根の小屋はあった。

元々は作業小屋か何かだったのか、縦《たて》三間、横四間ほどの広さで、板の間には、囲《い》炉裏《ろり》も切られていた。

板壁のそばには研ぎ水を張った盥《たらい》が置かれて、うすっぺらな座布団があった。政次はきちんと整理された小屋の中を見回した。

水瓶《みずがめ》には半分ほど水が残っていた。

わずかな炊事道具も洗われて置かれてあった。

須磨将監というお侍は彦四郎の暗殺を終えたあともこの小屋に住み続けるつもりだったのだろう。

「政次、天祥院の納所《なっしょ》さんを連れてきたぜ」

彦四郎が中年の男を伴い、小屋に入ってきた。

納所は寺の雑務をこなす下級の坊さんのことだ。

「お呼び立てして申し訳ございません」

政次が頭を下げて、

「須磨将監というお侍のことをお聞きしたかったのでございます」

勝手に五年も前から住み始めただけでねえ、なんでも元笠間《かさま》藩の家来だったとか漏らしたのを耳にしたくらいだ。迷惑をかけたということもない、朝の稽古《けいこ》も熱心だ、稼ぎは刀の研ぎとまっとうだ。うちの和《お》尚《しょう》さんも寺侍を置くつもりで、置いていただけでね」

納所坊主はそう言いながら、興味深そうに小屋を見た。

「須磨様は自炊《じすい》をなさっていたようですが、行きつけの飯屋とかご存じありませんか」

「一度だけ北割下水の根来屋《ねごろや》から出てくる姿を見かけたことがあるな」

「根来屋とは、煮売酒屋《にうりざかや》ですか」

「ああ、安直な飲み屋だ。今、訪ねていっても駄目だよ、店が開くのは職人たちが仕事を終える夕刻だ」

と納所坊主が言った。

通油町《とおりあぶらちょう》の角に、

「来年の大小柱暦《はしらごよみ》、とじ暦！」

という売り声が響いていた。

暦屋鱗屋小兵衛《うろこやこへえ》では暦売りに卸《おろし》もすれば、自分の店で小売りもした。年末のことだ。店先は暦を選ぶ客や仕入れに来た暦売りでごった返していた。刷り屋から今しも新しい暦が運ばれてきた。

その上、裏庭では賃餅屋が威勢のいい、杵の音を響かせていたから、店の内外がなんとなく浮き浮きしていた。

「あ、痛《い》たたた……」

暦を買いに来た女が腹を押さえて、店先に座り込んだ。

「どうしたどうした」

左官の棟梁《とうりょう》が真《ま》っ青《さお》な顔で腹のあたりを押さえた女に問い掛け、そのあたりの客が四方にさっと引いた。

「じ、持病の疝気《せんき》でございます。しばらくじっとしていればすぐに治ります」

「棟梁、その方《かた》をこちらに運んでくださいな」

鱗屋の番頭が店の奥を指した。

「いえ、じっとさえしていればすぐに治りますので」

女はうんうんと唸《うな》りながらもその場に蹲《うずくま》っていた。

まだ色香を残す二十四、五の年配だ。

そのとき、奥座敷では女主《おんなあるじ》のお貴《たか》が搗き上がったばかりの鏡餅を平台に載《の》せて、八畳間に入っていった。すると仏間でがさごそと音がした。

「だれだえ、おきわか」

女中の名を呼びながら仏間を覗《のぞ》くと黒い影がさっと立ち上がった。

「あれっ、だれか……」

叫びかけたお貴の口を背後から押さえた者がいた。

両手に抱えていた平台の鏡餅が畳に転がった。

お貴はそれでも体をばたつかせて叫ぼうとした。するとちらりと目にした影が走り寄ってきて、白く光るものを胸に刺し込んだ。

「ううっ」

眉《まゆ》を吊《つ》り上げ、痙攣《けいれん》するお貴の体が急にだらりと伸びた。

女中の悲鳴が鱗屋じゅうに響き渡ったのはすぐあとのことだ。

二

通油町の事件はすぐに金座裏に知らされ、宗五郎は鱗屋に走る仕度をしながらも寺《てら》坂《さか》に知らせるよう手先に命じていた。

宗五郎が、野次馬が店の中を覗き込む鱗屋に着いたとき、この界隈を巡回していた常丸、亮吉たちが駆け付けて、客たちの聞き込みを始めていた。

「親分、おれっちの鼻っ先でついに殺しまでやりやがったぜ」

頷く親分に亮吉が言い足した。

「常丸兄いは賃餅屋を調べてらあ」

屋内を店先から中庭、台所へと三和土《たたき》が通っていた。それはわざわざ履物を脱がずに店と裏を行き来するための通路だった。

宗五郎は薄暗い通路を通って台所から裏庭に出た。

もはや餅搗きどころではない。

賃餅屋の三人組が常丸に何かを訴えていた。

「親分、こっちは事件と関わりがあるとも思えない。だれも女中の悲鳴を聞くまで、この場を離れていた者はいねえ」

常丸が報告し、賃餅屋たちがぺこぺこと宗五郎に頭を下げた。

「おまえさん方には迷惑な話だな」

「はっ、はい。信州佐久《しんしゅうさく》から毎年餅搗きに来ますがよ、こんな年の瀬は初めてだよ。あっちでもこっちでも餅搗きの忙しさに紛れて盗みが横行するっちゅう話だったが、まさかおれたちが巻き込まれようとはなあ」

賃餅搗きたちは頭分は与兵衛《よへえ》、助っ人《すけと》は今吉《いまきち》に道三《みちぞう》といい、佐久郡《ごおり》から師走半《なか》ばに出てきて、得意先を三十余軒回って餅を搗くのが十余年来の習わしという。

泊まる旅籠も小伝馬町の山野屋《やまのや》に決まっていた。

「書き入れ時に手を休ませたな」

「親分さん、この家は餅搗きどころではあんめえ、次の得意先に行ってもいいかね」

「どこだえ」

「公事宿《くじやど》の上州屋《じょうしゅうや》さんだ」

「なんぞ思い出したことがあったら、金座裏まで知らせてくれめえか」

「金流しの親分さんのことはおれたちも知ってますよ。そのときは駆けつけますだ」

宗五郎は賃餅屋の与兵衛らを解き放った。

三人は臼や杵を手早く纏《まと》めて裏口から出ていった。

「親分、寺坂の旦那のおでましだ」

亮吉が知らせに来て、宗五郎は裏庭から台所に戻り、奥座敷に上がった。

殺しの現場の仏間では寺坂が、苦悶《くもん》の表情を残して崩れ落ちたお貴のそばにしゃがんでいた。

薄暗い仏間には生々しい血の臭《にお》いが漂っている。

宗五郎は付いてきた亮吉に襖《ふすま》と障子を開けさせて、中庭から明かりを入れさせた。

お貴の部屋には血塗《ちまみ》れの鏡餅や文箱《ふばこ》が散乱していた。それはお貴が物色中の賊《ぞく》と出くわし、襲われたことを示していた。

「ご苦労様で」

「とうとう殺しまでやりやがった」

寺坂が呟き、宗五郎が傷口に目を寄せた。

「千枚通《せんまいどお》しかねえ」

寺坂毅一郎《きいちろう》がお貴の丸い傷口を見て、金座裏の宗五郎に言った。

「まずはそんなところですね」

「とんだことになりまして」

隣室の隅から真っ青な顔をした番頭の昇蔵《しょうぞう》が声をかけた。

「旦那が亡《な》くなられて五年かえ」

「はい、七回忌《ななかいき》がそろそろというところまでお内儀《かみ》さんが頑張ってこられたのに……」

鱗屋は何代も続く暦屋だ。主の喜代次《きよじ》が流行病《はやりやまい》で亡くなったあと、女房のお貴が女主として鱗屋の暖簾《のれん》をしっかりと守ってきたのだ。

「事件が発覚したとき、おまえさんはどこにいなさったな」

「むろん店先で陣頭指揮をとっておりました。暦屋はなんといっても年の内勝負にございますからね」

「立て込んでいたようだな」

「公事を終えて国に戻られるという在の方《かた》やら、仕入れの暦売りが来ておりましてね。その上に絵入り暦が店に入荷して、奥へ運び込もうとした矢先に若い女が疝気を起こして騒ぎ出しましたんで」

「女が疝気だと」

「親分、騒ぎに紛れて逃げやがった」

亮吉が言い、寺坂と宗五郎が番頭を見た。

「親分、女は仲間だね」

表から座敷に上がってきた常丸が言った。

「奥へ入り込む仲間を表にひきつける助役《すけやく》か」

「絵入り暦を運んできた人足《にんそく》の一人が、紺《こん》の法被《はっぴ》を着た男三人が荷を奥へ運んでいくのを見ている。人足は店の者だと思ったらしい。逆に店の者には暦を運んできた人足の仲間と勘違いさせるような、よどみない動きだったというぜ」

「常丸、足止めした客たちの身許《みもと》の聞き込みは終えたか」

「およそのところは……」

と答えた常丸が続けた。

「残りは八百亀《やおかめ》の兄さんたちが今も続けていまさあ。疝気の女のおよその年格好からなりまで分かった。奥に入り込んだ三人組を見たのは、どうも人足の専太郎《せんたろう》一人のようだ」

助役の女は小柄な体付きで年の頃は二十四、五前後、小さく結んだ椎茸髷《しいたけまげ》のお妾《めかけ》風の造りで、白粉《おしろい》に紅《べに》をくっきり掃《は》いていたという。

「番頭さんも身近で女を見なさったな」

「はい、いきな路考茶《ろこうちゃ》に下駄も塗り物でしたよ。顔は下向きにして唸っておりましたんでよく見ておりませんが、まだたっぷりと汁気が残っているような女でしたな」

路考茶は歌舞伎役者の二代目瀬川菊之丞《せがわきくのじょう》路考が舞台で着た青黄茶色の渋い色だ。

宗五郎はしばらく考えたあと、聞いた。

「番頭さん、金は盗まれなすったか」

「仏間にはお金は置いてございませんし、他の部屋にはまだ手をつけてないようで……」

被害はないと昇蔵が答えた。

漠然《ばくぜん》としていた盗みの一味が少しだけ姿を現わそうとしていた。

「これまで盗みだけをうまくやりのけた連中が殺しを起こしやがった。高飛びするんじゃあるまいか」

寺坂がそのことを恐れたように言った。

「四人組ということだけでも四宿《ししゅく》に知らせたほうがようございますね」

「早速手配はする」

「うちは奴らがもう一仕事することを願って、せいぜい目を光らせましょうか」

奉行所に戻る寺坂が立ち上がった。

南北に割下水はあった。

南割下水には陸奥弘前藩《むつひろさき》の上屋敷もあれば、大御番頭《おばんがしら》など五千石高の旗本衆も屋敷を連ねていた。

だが、北割下水となると様相は一変した。

潜り戸には砂を詰めた徳利門番がぶら下がって、ひとりでに締まる仕掛けの屋敷や組長屋がどぶの澱《よど》む堀の間に櫛比《しっぴ》し、町屋もこれ以上の貧乏はあるまいという連中が住む裏長屋が連なっていた。

どぶとどぶの間を迷路のような路地が結び、破れたおしめや黄ばんだ越中褌《えっちゅうふんどし》が夕暮れになっても取り忘れられていたりした。

北割下水界隈は長雨が続くと浸水して、泥水に浮かぶ塵芥《ちりあくた》の中で暮らす羽目になった。だが、今は師走だ。

雨を見ていないどぶは腐った臭《にお》いを放って、風が吹くと路地の間を土埃《つちぼこり》が舞い上がった。

一杯飲み屋の根来屋は、そんなどぶに南と東を囲まれて建っていた。

親父はその昔、荷足船《にたりぶね》の船頭をしていたが、荷が足に落ちて不自由になり、飲み屋を始めたという万助《まんすけ》だ。

暮れ六つ（午後六時）を過ぎて、三和土に卓を並べただけの店は人足、職人、船頭、無腰の御家人で一杯になっていた。

水で薄めたような酒は安いばかりで、こくも風味もなかった。酒も肴《さかな》も安かった。

客はこの酒をぐいぐいと大ぶりの茶碗で飲む。

政次と彦四郎は入口近くの卓に座り、ちびちびとまずい酒を飲んでいた。

二人が仕込み中の万助を訪ねて身分を明かすと、

「北割下水で手先が聞き込みだと……」

と睨《にら》みつけた。

北割下水は江戸の吹き溜まりともいえる場所だ。うさん臭い連中も多く住んでいる。

だが、北割下水にはここなりの決まりが存在した。同じ住民は売らない、お上《かみ》の御用を務める者には協力しないという暗黙の了解事項だ。

「北割下水の住人が無残に殺された一件です、迷惑はかけません」

政次が必死で訴えた。

「だれでえ」

「須磨将監という刀研ぎの浪人です」

「天祥院の浪人かえ、あの人が殺された……」

万助はしばらく仕込みの手を休めて黙っていたが、

「ようよう名を知っているくらいでな、おめえらに話すことはないぜ」

「須磨様が親しくしていた仲間が客におられませんか」

政次はあくまで丁寧《ていねい》だ。

「そうだな、あの浪人さんが話すのは道羽《みちば》の旦那かな」

「どちらの道羽様です」

「凧《たこ》造りが内職の浪人だが、どこに住んでいるかも知らねえぜ」

「ここにはよく来られますか」

「年の瀬で凧造りは忙しいや、ここのところ顔を見せないな」

「待たせてくれませんか」

「おめえらが客でいるかぎり、手先だろうとなんだろうとかまわねえ」

と万助は言い、

「おめえら、ほんとに手先かえ」

と聞き返してきたものだ。

「政次、道羽はほんとに姿を見せるかね、暮れの最中、凧造りは忙しかろうぜ」

彦四郎がぼやいた。

「仕方がないじゃないか。それしか手はないんだからさ」

政次が答えたとき、汚れた縄暖簾から洟たれ小僧が顔を出した。

「おめえら、まだ割下水に頑張っているようだな」

蜆売りの小僧だった。

「売れ残った蜆を万助親父が引き取ってくれるのさ」

「小僧さん、名は」

「おれかえ、菊三《きくぞう》だけど」

政次が聞いた。

「爪造りの道羽様を知らないか」

「菊三が割下水のことで知らねえものはないさ」

「お屋敷を知っているんだな」

「お屋敷とはお笑いだぜ。泥鰌長屋《どじょうながや》に住んでいるんだよ」

「泥鰌長屋に連れていってくれるか」

菊三が手を出した。

「一朱出しな」

彦四郎が文句を言いかけたのを手で押さえた政次が、銭を見せると、

「道羽様に会ったときに渡す」

と言った。

「おめえたちが北割下水の住人を殺した野郎を捕まえようとしているから、案内するんだぜ。銭で仲間を売るわけじゃねえからな」

菊三は答えると縄暖簾の向こうに顔を消した。

泥鰌長屋は堀で採った泥鰌ばかりを菜《おかず》にしている貧乏人ばかりが住む長屋なのでこう呼ばれているという。

道羽小三郎《こさぶろう》は泥鰌長屋のどんづまりにお内儀《かみ》と娘二人で住んでいた。

菊三が細々とした明かりで内職に励《はげ》む道羽を呼び出した。

道羽は竹ひごの削りかすをつけた前掛け姿で木戸口まで出てきた。

「凧の浪人さん、おれにちょいと稼がせてくんな。こいつらが旦那に聞きたいことがあるとさ」

菊三が連れてきたわけを正直に告げた。

政次が一朱を菊三に渡した。

道羽はそれを眺めていたが、政次に視線を向けた。

「御用聞きか」

「はい、金座裏の宗五郎の手先にございます」

菊三はまだ彦四郎のかたわらに立っていた。

「用件なれば手短に言え」

「須磨将監様をご存じにございますね」

道羽が頷いた。

「殺されましてございます」

しばらく沈黙の後、

「須磨どのは唯心流の遣い手と聞いていたが……」

と呟いた。

政次は頷くと殺された模様を話した。

「この者を殺そうとしてしくじり、雇《やと》い主に殺されたと言うか」

「はい」

「なんとのう」

「道羽様、須磨様を殺した下手人《げしゅにん》が、この彦四郎を三度狙《ねら》うことも考えられます」

道羽は彦四郎の顔を見ると尋《たず》ねた。

「そなたらは須磨どのに殺しを頼んだ者のことを尋ねに参ったか」

「はい」

しばらく考えを纏めるように沈黙していた道羽が言った。

「最後に須磨どのと会ったのは、十日ほど前のことであった。その折り、近く儲《もう》け仕事があるやもしれぬと漏らされたことがある」

「仕事のことは何か、話されませんでしたか」

「いや、ただ危ない橋は渡らねばならぬかもしれんと言われておった」

「道羽様、須磨様と雇い主はどこで出会ったのでございましょうな」

「知らぬ」

と道羽は即答した。が、しばらく考えた後に言い出した。

「刀研ぎで暮らしていたことは承知しているな」

「はい」

「だが、これもさように注文があるわけではない。今年の春先、食うに困った須磨どのは預かった刀を質に入れて、客と揉《も》めたことがあった。そのときにだれぞが助けてくれたことがあったそうだが、今度のことと関わりがあるかどうか……」

「研ぎを頼んだ客をご存じで」

「いや、知らぬ」

道羽の思い出した話はそんなものだった。

「手間を取らせました」

政次が丁寧に頭を下げ、道羽は泥鰌長屋のどぶ板を踏んで奥に消えた。

「一朱、損をしたな。だけど、これはおれのものだぜ」

菊三が銭を握り締めた拳《こぶし》を闇《やみ》に翳《かざ》した。

「おまえはちゃんと仕事をしたんだ」

政次が言うと、菊三が、

「兄さんは金座裏の親分の手先かえ」

と聞いた。

「知っているのか」

「川向こうは滅多《めった》に行かねえ。だけどよ、なんぞ耳にしたら、教えに行かあ。これじゃあ、義理が立たないもんな」

「気にするな。それより菊三、もう帰りな」

「あいよ」

菊三が路地の闇に消えた。

「彦四郎、戻ろうか」

猪牙舟は根来屋の先に止めていた。

星明かりを頼りに二人は足許《あしもと》から臭気の漂うどぶぞいに歩いていった。

政次の足がふいに止まった。

「どうした」

「だれかが待ち受けている」

「なんだと」

政次は持っていた風呂敷包みを解くと和泉守藤原兼重を手にして、

「彦四郎、脇差を持ってろ」

と渡した。

「おれを狙っている奴か」

「用心にこしたことはないからな」

政次は腰の帯に兼重を差し落とした。

「行くぞ」

猪牙舟までまだ二丁（約二百十八メートル）ばかりあった。

政次は歩き出した。

脇差を右手に翳した彦四郎がぴったりとついてきた。

「何もいねえじゃねえか。政次、おめえの気の迷いだよ」

彦四郎がぼやいたとき、横手の路地から殺気が押し寄せてきた。

「彦、気をつけろ!」

低い姿勢で突っ込んできた影は、立ち塞《ふさ》がった政次の前で上体を伸び上がらせて、上段に構えていた剣を振り下ろした。

政次は兼重を抜くと白刃を払った。

火花が散った。

政次のかたわらを酒臭い息が駆け抜けた。それがどぶを飛び越すと闇に潜り込んで消えた。

「彦四郎、大丈夫か」

彦四郎は脇差を手に棒立ちに立っていたが、

「おれを狙う三番手か」

と聞いた。

さてな、と言った政次は兼重を鞘《さや》に納《おさ》めながら、

「おれたちを嫌《いや》がる者が北割下水にいるということさ」

「おれたちが訪ねたのは、研ぎ師の小栗三八、天祥院の納所坊主、根来屋の万助、爪造りの道羽小三郎くらいだぜ」

「いや、根来屋の客もいれば、菊三にも会った」

「蜆売りの菊三が殺し屋を雇ったのか」

「やれそうな相手を数え上げただけだ。ともかく須磨に関わりを持つ人間を暴き出されるのを嫌う者がこの北割下水にいるってことさ」

「つまりは探索は間違ってねえ」

「そういうことだ、彦四郎」

政次の声が闇に明るく響いた。

「戻ろうか」

「ああ、川を渡って金座裏に戻ろうぜ」

二人は猪牙舟に向かって急ぎ足で歩いて行った。

三

政次と彦四郎が金座裏に戻ったとき、八百亀ら通いのお手先もまだ顔を揃《そろ》えていた。

「政次、彦四郎、餅搗きの最中に盗みを働いていた連中が殺しに手を出しやがった……」

と亮吉が幼馴染みの二人に慌ただしく説明した。

「なんでぇ、おれが川向こうに行った留守に大事が起こったか」

彦四郎が言い、さらに聞いた。

「下手人の目星はついたか」

「旅籠なんぞ、四人組が潜り込んでいそうなところを捜して歩いたんだが、どうもあたりがなくてな」

と亮吉が素直に答えた。

宗五郎は、彦四郎はまるでうちの手先だ、と苦笑いすると、

「八百亀、手配りどおりに賃餅屋の動くうちは警戒に当たれ」

と命じ、政次に顔を向けた。

「そっちはどうだ」

「親分、あったあった」

彦四郎が興奮の体《てい》で言い出した。

「彦四郎、親分が聞いてなさるのは政次だ。少し黙ってろ」

さすがに亮吉がたしなめた。

「でもよ、大変だったんだぜ」

そう言いながらも彦四郎はしぶしぶと口を噤《つぐ》んだ。

「また襲われてございます」

「道理で彦四郎が興奮するわけだ」

政次の報告にさすがの宗五郎も驚き、手先たちがざわついた。

政次は刀研ぎが内職の御家人小栗三八に会って和泉守藤原兼重の持ち主が割れたことから、北割下水で襲われた一件まで手際よく話した。

報告が終わっても、宗五郎はしばらく黙っていたが、

「おめえらが刺客を撃退したか」

と呟いた。

「親分、おれはさ、脇差を持ってただ突っ立っていただけだ。その前を黒い影がさっと走って来て、政次が相手の刀を撥ね上げたんだ、火花が散ってよ、それが消えたときには相手は闇に溶け込んでいたぜ」

彦四郎が正直に様子を話した。

宗五郎が政次をじっと見た。

「彦四郎をこれまで襲った者が三度目をしかけたかどうか、定かではありません。相手は彦四郎ではなく、まず私を狙いました。北割下水を一日聞き込みに回ってましたから、それを嫌がる別人の仕業とも考えられます」

「政次、北割下水のことだ。御用聞きが歓迎されるところじゃないや。だがな、須磨将監を雇った者の正体を暴き出されることを恐れた連中の仕業と考えたほうが納得《なっとく》がいくぜ」

宗五郎も政次たちが北割下水で導き出した推論と同じ考えを述べた。

「おれの勘じゃあ、須磨と、暗殺を繰り返す者との間をつなぐ者が北割下水界隈にいるってことだ。それはおめえらがすでに会った人間の一人かもしれないし、別人かもしれない」

「一瞬のすれ違いですが、襲撃者の体から汗じみた酒の臭いがしました。となると根来屋に飲みに来た客の一人が私たちに目をつけたかもしれません」

「大いにあろう」

と頷いた宗五郎が命じた。

「明日から、預かった刀を質に曲げて諍《いさか》いになったという一件を突っ込んでみろ」

「はい」

「政次、須磨将監の小屋は几帳面《きちょうめん》に片付いていたと言ったな。そんな奴なら、なんぞ書き残しているかもしれねえ。おれから寺坂様にお願いして、お寺社に掛け合ってもらおう。昼過ぎに家捜《やさが》しをしてみろ」

須磨の小屋は寺の敷地にあった。となれば町方ではなく寺社奉行の管轄だ。宗五郎は慎重を期して、寺坂から寺社方に話してもらうと言っているのだ。

「兼重は彦四郎のこともあらあ、事件が解決するまで政次が持ってろ」

宗五郎の手配りが終わり、政次と彦四郎は台所に遅い夕食を食べに行った。

その二人についてきた亮吉が、

「いよいよ押し詰まってよ。こっちの殺しか、彦四郎の一件か、競争になったな」

「ちぇっ、亮吉の奴、おれが襲われるのを喜んでやがるぜ」

と彦四郎がぼやいた。

「ほれ、亮吉、二人のおみおつけが温まったよ。持っていっておやり」

おみつの声が台所に響いた。

この日、朝一番で賃餅屋の与兵衛、今吉、道三の三人組は、商売道具を担いで長谷川町の古着屋に餅搗きに行った。

餅米が蒸し上がる間に与兵衛は、古着店が軒《のき》を並べる長谷川町から富沢町を駆け回り、田舎《いなか》で待つ家族たちに古着を買って回った。

三軒目の古着屋では女の客と一緒になった。

女は紋の入った男ものの羽織を二枚ほど無造作に買った。

むろん古着屋の売る羽織だ、紋は別々だ。

一つは、

(違銀杏《ちがいいちょう》)

だ。もう一つは矢羽《やばね》模様の二矢だ。

(紋入りの羽織をどうするのだろう)

と、ぼうっと考えながら、娘の土産《みやげ》に注意を戻した。

政次と彦四郎は、朝から北割下水界隈の質屋を聞き込みに歩いて回った。

質商は古くからある商売である。

制度化されたのは徳川時代の元和《げんな》八年(一六二二)に、
一 質物の札に双方郷里姓名諸人読み易からん様に記すべし
一 質物の価今より後三分に分ち二分は本主に渡し一分は質屋の利潤とし利息は互

いに計る儘《まま》たるべし

と通達された。

その後、享保《きようほう》八年（一七二三）に質屋組合が定められ、市中の二千七百三十一軒の質商は二百五十三組下に分けられ、八品商に加えられた。

八品商とは質商、潰金銀商、刀剣商、古着商、古道具商、古金売買商、家事道具商、古書商をいい、町奉行所の監督鑑札《かんさつ》を受ける商売であった。

だが、北割下水で須磨将監から刀を預かったという質屋にはなかなか出会《でくわ》さなかった。

五軒目に訪ねた本所新町の質屋の番頭が、

「あんたらな、手先もまだ新米《しんまい》だな。そもそも質屋にとって、刀脇差の入質は面倒くさいものの一つでな。柄頭《つかがしら》の飾りは金か銀か、目抜きはなにか、鍔《つば》の細工はどうか、柄糸は何色か、刀身の焼き模様、長さ、切羽《せっぱ》は何々、鞘の色模様、下緒の組紐かどうかなどと事細かに書き留めねば、あとで奉行所からお咎《とが》めがあるのさ。だから、刀はあまり有り難くない質草なんだよ」

と教えてくれた。

途方にくれる政次と彦四郎に、

「こりゃ、鑑札持ちの質屋を探しても埒《らち》があかないよ。潜《もぐ》りの質屋を探してごらん」

と知恵までつけてくれた。

「ありがとうよ。ついでにさ、番頭さん、どこに行けば潜りの質屋があるか教えてくれまいか」

彦四郎が言い出したが、

「そんな虫のいい。手先なら自分で探しな」

と番頭に一蹴《いっしゅう》された。

表に出た政次は、

「彦四郎、こりゃな、手先の格好をしていてはだれも教えてくれないよ」

と帯にからげていた袷《あわせ》の裾《すそ》を下ろして、髷《まげ》もお店《たな》の手代《てだい》風に直した。

「彦四郎、待ってな」

松坂屋の手代時代に戻った気で政次は通りがかりの女に話しかけた。彦四郎が見ていると三人目の女が、本所松倉町の方角を指して教えてくれた。

「分かったようだな」

「ああ、百兵衛《ひゃくべえ》長屋の家主が潜りの質屋をやっているんだそうだ」

訪ねあてた百兵衛は、

「おまえさん方、だれその口利《くちき》きがあってのことか」

となかなか潜りの質屋をやっていることを認めようとはしなかった。

「百兵衛、こうなったら仕方ない、ぶちまけようか」

と政次が言葉遣いをがらりと変えた。

「百兵衛、おめえが推量しているように、おれは金座裏の宗五郎の手先だ。だがな、今日は潜りの質屋の摘発じゃねえ。三月《みつき》も前に刀を質入れした元笠間藩士須磨将監と付き合いがあったかどうか聞きに来ただけだ。おめえが白《しら》を切り続けると、おれも親分に本所松倉町の家主が鑑札なしで質草を預かってますと報告する羽目になるぜ、それでいいのかえ」

政次の啖呵《たんか》に百兵衛が顔色を変えた。

「ちょ、ちょっと待ってくださいよ。何も白を切ろうなんて……」

と一息ついた百兵衛は、

「刀を扱う潜りの質屋はそうはありません。まずは中之郷八軒町の古鉄屋《こてつや》を訪ねてごらんなさい」

と吐き出すと、

「金座裏には内緒に願いますよ」

と政次に頼み込んだ。

中之郷八軒町はなんと須磨将監が住んでいた天祥院と妙縁寺のすぐ東側に広がる町内だった。

古鉄屋の主の藤助《とうすけ》は、

「ちぇっ、だれがうちのことを喋《しゃべ》りやがったんだ」

とあっさり潜りの質屋をやっていることを認め、

「若い衆、おめえが知りたいことに素直に答えようじゃないか。それで見逃してくれないか」

と取引を申し出た。

「いいだろう、そう難しいことじゃない。天祥院の敷地に住んでいた須磨がここに刀を質入れして、揉め事を起こしたな」

「ああ、時折り来なさったよ」

藤助があっさりと認めた。

「そんときのことを詳《くわ》しく話してくれまいか」

藤助は皹《ひび》の切れた手で無精髭《ぶしょうひげ》の伸びた顔をざらりと撫《な》でて言い出した。

「須磨様は研ぎで預かった刀を質草で持ち込まれていたんだ。いつもはさ、三、四日で受け出されるんだが、あんときは金に詰まっていたと見えて、十日も来られなかった。するとさ、研ぎを頼んだ客を連れて、うちに来られた。寄合の鈴森《すずもり》様の若い用人だ。須磨様は鈴森様の持ち物を質に入れたってわけだ……」

確かに質草として預けられていると藤助に刀を確かめさせた須磨は、あと数日待ってくれと用人に頼んだ。が、用人はかんかんで、質受けする金が今はないと言う須磨に、

「そなたの腰のものと質草を交換せよ」

と迫った。

「こればかりはでき申さぬ。先祖伝来の差《さ》し料《りょう》でな」

「勝手なことを申すな。研ぎに出した刀を質草にするなど言語道断《ごんごどうだん》、今すぐに返せ」

「だから、数日待ってほしいと頼んでおる」

だんだん二人は興奮して、刀を抜き合っての喧嘩《けんか》に発展しようかという騒ぎになったという。

「……そのとき、供を連れた老人がさ、様子をしばらく見ておられたが、仲裁は時の

氏神《うじがみ》と言うでなと仲に入ってこられ、質代はいくらかとおれに聞かれたのさ。だから、おれが利息を入れて、三分二朱と五十文と言うと、あっさり私が立て替えましょうと言われてな、払われた。鈴森の用人さんは、もうそなたには仕事は頼まぬと言われて、主人の刀を持って戻られた。須磨様はお恥ずかしき仕儀を晒《さら》してとぺこぺこ何度も老人に頭を下げていたっけ……それだけのことだ」

「老人と須磨は知り合いの様子だったか」

「いや、そんな風《ふう》ではなかったな」

藤助は答えた。

「この近くの住人か」

「さてな、あんときゃ、ほれ、そこの延命寺《えんめいじ》から出てこられたように見えたがな」

「どんな格好をした老人だね」

「どんななりといっても、北割下水じゃ見掛けねえ格好だ。なんというんだい、茶かなんかのお師匠さんのような造りだ。宗匠頭巾《そうしょうずきん》に立派そうな上っ張りを着てさ、印伝《いんでん》の合財袋《がっさいぶくろ》を手にしていたな」

政次と彦四郎は顔を見合わせた。

「老人は連れを伴っていたと言ったな」

「番頭というにはちょっと粋《いき》に過ぎる。といって遊び人でもねえ。そんな男だったぜ」

「須磨は金を出してもらって、そのまま立ち去ったのか」

「いや、お住まいを教えてくれと頼んでいたが、老人は教えるほどのことでもないと手を振って断っていたよ。それでも三人一緒に出ていったな」

「その後、その老人を見掛けたことは」

「ねえな」

藤助は言い切った。

「あれが最初で最後だ……」

三囲《みめぐり》神社別当の延命寺は、名奉行大岡忠相《おおおかただすけ》が裁いたとされる縛られ地蔵の寺だ。

伝えられる大岡政談はこうだ。

越後《えちご》屋《や》の荷担ぎ弥五郎《やごろう》はある夏の日、白木綿《しろもめん》を担いでは運んでいるうちにこの地にあった地蔵の前でウトウトと眠り込んでしまった。

目を覚ますと白木綿の包みが消えていた。

店に戻って報告すると、どうせ博奕《ばくち》のかたにとられたのだろうと番頭らに疑われた。

怒った弥五郎は、

「おそれながら……」

と南町奉行所に訴え出た。

この話を聞いた大岡は同心小者に地蔵を召し捕ってこいと命じた。

奇妙なことだが、奉行の命《めい》では仕方がない。

哀《あわ》れ、延命寺の地蔵は縄でぐるぐる巻きにされて本所から数寄屋橋《すきやばし》の奉行所まで荷車に載《の》せられて運ばれてきた。

この奇怪な見物に本所から白洲の中まで結末を見定めようと地蔵についてぞろぞろと入り込んだ者たちがいた。

大岡は地蔵に向かって、

「白状いたせ」

と吟味《ぎんみ》していたが、ふいに呆《あき》れて見守る者たちに視線を向けて、

「不届き者、吟味の場に入り込んできおって！」

と叱責《しっせき》すると名前と住所を書き取らせた。そして、白木綿で始まった騒ぎ、罰として白木綿を一反《たん》ずつ納めよと厳命した。

後日、この納められた白木綿の中に盗まれたのと同じものが入っていて、木綿泥棒は捕まったというのが大岡裁きの縛られ地蔵の話だ。

以来、延命寺の地蔵を縄で縛ると願いが適《かな》うというので有名になっていた。

政次と彦四郎が山門を潜ると、新旧二体の石地蔵が縄でぐるぐる巻きにされてあった。

古いほうは全身を縄で巻かれていたが、新しいほうは一重ほどに巻かれただけだ。

それぞれ身の丈は五尺（約百五十センチ）ほどだ。

庫裏《くり》に行くと、そこでは昼餉《ひるげ》の仕度が行われていた。

「恐れいります」

と声をかけた政次は、ちょいとお聞きしたいことがございます、と言い足した。

「お前さん方はどちらの方《かた》だね」

味噌《みそ》と胡麻《ごま》をすり鉢ですり合わせる二人の小坊主のかたわらに居合わせた副住職が聞いた。

「金座裏の宗五郎の手先にございます」

「おお、宗五郎親分の子分方でしたか。金座裏は元気かな」

「お蔭様にて壮健にしております」

政次は金座裏の名が江戸じゅうに知られていることをうれしく思った。

「それはなにより。延命寺の智快《ちかい》がよろしく言っていたと伝えてくだされよ」

と答えた副住職が、御用は何かと聞いた。

「三月《みつき》も前のことにございます。当寺を宗匠頭巾に印伝の合財袋を提げた老人がお供ひとりをつれて参られたということを、門前の古鉄屋の藤助さんから聞きましたが、こちらの檀家《だんか》の方《かた》にございましょうか」

「なにっ、三月前なあ。そのような方が……」

と智快は考え込んだ。するとすり鉢を抱えているほうの小坊主が、

「智快様、新しい地蔵様を寄進《きしん》なされた方ではありませぬか」

と言い出した。

「おお、そのようなことがあったな。あれは檀家の方ではない。なんでも願い事があってな、諸所方々の寺にいろいろなものを寄進している奇特な方でな。当寺には突然参られて、新しい地蔵様を贈られたのだ」

智快は下駄をつっ掛けると三和土《たたき》に降りて、二人が通り過ぎてきたばかりの参道脇の地蔵へと案内した。

「こちらの新しいほうを寄進なされたので」

「そういうことだ」

「老人のお名前はなんと申されますか」

「それが好きでやっていることゆえと、名も住まいも申されなくてな」

「石地蔵はどこかの石屋から運ばれてきたものでございますか」

「いや、あの方々が源森川《げんもりがわ》まで船で運んできたそうで、そこからは土地の方々に手伝ってもらって当寺まで担ぎ込んだのだ」

あくまでも用心深い宗匠頭巾であった。

彦四郎が縄目をずらして背を見ていたが、

「政次、願文《がんもん》が彫ってあるぜ」

と言い出した。

「ああ、そこにはな、阿波屋《あわや》再建、と彫ってあるのじゃよ。ひょっとしたら、どこぞの阿波屋の隠居様かな」

それが智快が知っている宗匠頭巾のすべてだった。

阿波屋など江戸じゅうにいくらもあった。

二人は礼を述べて、延命寺から天祥院に回った。庫裏を訪ねると、

「お寺社方から須磨様の小屋を調べてよいと使いがきておる」

と昨日の納所坊主が言った。そして、

「わざわざ寺社方に許しを得るなんて、おめえ方もご丁寧なことで」

と皮肉まで言った。

政次は頭を下げて須磨の小屋に戻った。すると昨日きれいに整頓《せいとん》されていた小屋の中には土足の跡が点々として、だれかが侵入した形跡があった。

研ぎ水の張られた桶《おけ》はひっくり返され、わずかな持ち物はすべて調べられた様子があった。

「しまった、遅かったな」

「昨日の内のことだぜ」

二人は言い合いながら、荒らされた小屋の中を探し回ったが、書き付けなどは一切残されていなかった。

四

賃餅屋の与兵衛は江戸の馴染みの店々を回り終えた夕刻、小伝馬町の旅籠に戻ると手足を洗い、ごわごわした手織り木綿の羽織を着ると今吉と道三に旅仕度をしておくように言い残して、再び江戸の町に出た。

明日には信州佐久へと戻ることを考えていた。

当然、旅の途次に除夜の鐘を聞くことになる。だが、仕事を終えた今、帰心が三人の心に宿っていた。

与兵衛の外出は暦問屋の鱗屋の女主、お貴の通夜に出るためだ。

通油町まではすぐそこだ。

さすがに名代《なだい》の暦問屋の通夜、ぞろぞろと客が集まり、店先はごった返していた。

なにしろ女主人が餅搗きの最中に忍び込んだ賊に襲われて非業《ひごう》の死を遂げたという事件である。

鱗屋の一件は、読売《よみうり》にもなったものだから、大勢の会葬者があった。

与兵衛は奉書に包んできた二朱では少なかったかなあと考えながら、三和土の一角に設けられた記帳簿にかなくぎ流で名を書いた。そして、目を合わせた番頭の昇蔵に口の中でもごもごと悔やみを述べた。

「与兵衛さん、おまえさんにはえらく迷惑をかけたね」

「迷惑も何も、鱗屋さんが災難だ……」

「親類縁者の集まりで総領息子の新太郎《しんたろう》様を、私ども奉公人一同が守り立てて店を続けることが決まった。来年もな、餅搗きに来てくだされよ」

「へいへい、そうさせて頂きますだ」

与兵衛はぺこりと頭を下げると奥の仏間に続いた大広間に通った。

お貴は白い夜具をかけられて安置されていた。

亡骸《なきがら》のそばには黒紋付きの羽織袴《はおりはかま》に威儀を正して通夜の客に挨拶《あいさつ》する新太郎や親類縁者が控えていた。

新太郎は十八歳、母の突然の死と、急に身代《しんだい》を継ぐことになった緊張に顔が強張《こわば》っていた。

与兵衛は、お貴の冥福《めいふく》を祈って線香を上げると早々に通夜の場を離れた。

廊下にあふれる客の中には、庭をはさんだ向こう座敷に用意された斎《さい》に呼ばれていく者もあった。

ともあれ、お貴に別れを告げる客と戻る客、それに斎の席に向かう者とが家の内外でごった返していた。

それだけ鱗屋が大所帯ということだ。

ようやくちびた下駄を探しあてた与兵衛は、明朝には信州の佐久に戻ることを昇蔵に告げようと姿を捜した。するとと昇蔵は二人の客と挨拶を交わしていた。

昇蔵は二人の背中の間から与兵衛に目顔で会葬の礼を送ってきた。

(番頭さんもてんてこまいだ、今年は別れの挨拶は遠慮すべえ……)

と考えながら、ふと二人の背の紋に目がいった。

（違銀杏と二矢）

どこかで見た紋だがな、と気にかけた。が、すぐに与兵衛は、松の内までには佐久に戻り着きたいものだが、と明日からの旅に思いを巡《めぐ》らした。

鱗屋の喧騒《けんそう》を離れた通りで、

「与兵衛さん、お別れに行きなすったか」

と声をかけられた。

顔を上げると羽織を着込んだ金座裏の宗五郎が笑いかけていた。

「親分さんには世話になったな。来年はおらに金座裏の餅を搗かせてもらえめえか」

「いいとも、江戸に出てきたら顔を出してくれ」

「そうさせてもらいますだ」

と旅籠に戻りかけた与兵衛が、

「やっぱり江戸の通夜には紋の入った羽織がいるかね」

と宗五郎の家紋の九条藤《くじょうふじ》を見た。

「職人や暦売りが紋入りの羽織を持っているってわけでもねえや、お店からの貰《もら》いものの半纏《はんてん》でもなんでもいい。それより何より、気持ちが大事だろうぜ」

「そうだな」

納得した与兵衛に宗五郎は聞いた。

「なんぞ気にかかることがありなすったか」

行きかけた与兵衛が言った。

「今朝のこった。富沢町の古着屋でよ、若い女がよ、二枚も紋入りの羽織を買っただよ。紋は確かに違銀杏と二矢だ……」

「それがどうしたな」

「同じ紋入りの羽織を着た通夜の客がよ、鱗屋の番頭さんに挨拶していたもんでよ。そんなことを考えただよ」

「二人かえ」

「二人だよ」

「違銀杏と二矢の羽織を着た通夜の客がいたんだな」

「ああ、番頭さんと今話していただよ」

「与兵衛さん、おれに付き合ってくれまいか」

宗五郎が片手を挙げた。すると暗がりから八百亀や常丸たちが姿を見せた。

「ちょいと気になることを与兵衛さんから聞き込んだ……」

手先たちにざっと話すと、命じた。

「鱗屋の表口と裏口をかためろ。だがな、だれにも気付かれるんじゃないぞ」

「へえっ」

八百亀らが闇に溶け込むのを驚きの目で見詰める与兵衛を促《うなが》し、鱗屋に行った。

「番頭さん」

相変わらず鱗屋の前は混雑していた。

宗五郎はようやく昇蔵を人込みから引き出した。

昇蔵は戻ったはずの与兵衛がいるので、びっくりした顔をした。

「なんぞありましたか」

「番頭さん、今さっき、おまえさんと挨拶を交わしたという違銀杏と二矢の客はよく知った人かえ」

「親分、この混雑だ、紋なんて一々覚えてませんよ」

昇蔵が非難するように言うと、きょろきょろ会葬の客を見た。

「昇蔵さん、しっかりと思い出してくんな。伊達《だて》や酔狂《すいきょう》でおめえを引っ張り出したわけじゃないんだ」

宗五郎に睨まれた昇蔵は、慌てて視線を宗五郎に、そして、与兵衛に戻した。

「おらが戻るときによ、番頭どんは背が高《た》けえのとちっこい男の二人連れと挨拶なさっていたでねえか。あれが違銀杏と二矢の羽織の客だ」

与兵衛に言われた昇蔵が答えた。

「ああ、あの方々ねえ。あれはさ、先代の喜代次様に世話になったという二人ですよ」

「おまえさん、知っているかえ」

「いえ、私は……」

昇蔵が顔を横に振った。

「先代は番頭のおまえさんの知らない得意先を何軒も持っておられたかえ」

「いえ、旦那はでーんと奥へ……」

と言いかけて昇蔵が聞いた。

「あの方々が何か」

「番頭さん、そやつらはまだ帰っていめえな」

「戻るところを見掛けてはいませんが……」

「よし、昇蔵さん、おまえさんはお役に戻りな」

宗五郎はそう命じると与兵衛を連れて奥に通り、二人の姿を捜して歩いた。

だが、お貴の亡骸のある仏間から座敷、さらには斎の客が思い出話をする席にも二人の影はなかった。

台所も、奉公人たちが寝泊まりする二階も調べた。

が、違銀杏と二矢の古羽織を着た男二人は忽然《こつぜん》と姿を消していた。

「もう客に紛れて戻っただか」

「いや、戻っちゃいめえ」

「ならばどこにいるだね」

「それさ、おまえさんが見た二人がお貴さんを襲った二人と考えてみねえ。まんまと鱗屋の奥には入り込んだが、お貴に見つかって殺す羽目になった。金も盗《と》らずに逃げ出したってわけだが、野郎どもが通夜に戻ってきたとなると、考えられることは一つだ……」

「親分、いくら腹の据《す》わった悪党だってよ、そんな大胆なことは考えめえよ」

「与兵衛さん、徹夜になるが、おれたちに付き合ってくんな」

宗五郎はそう言うと与兵衛をまた外に連れ出した。

宗五郎と与兵衛のそばに八百亀が顔を見せた。

「親分、政次が川向こうから戻ってますぜ」

「そっちはこちらの手配りのあとだ」

宗五郎は腹心の手先に改めて鱗屋の外をかためるように命じた。

八百亀が裏口に走った。

代わりに政次と彦四郎が顔を見せた。

「進展があったか」

はい、と頷いて政次が答えた。

「彦四郎を殺しかけた宗匠頭巾はどうやら、どこぞの阿波屋と関係した人間のようでございます……」

政次が朝からの探索の模様を告げ、須磨将監の小屋が荒らされていたことを最後に報告した。

(阿波屋と関わりのあった事件か、出来事が何かあったか)

宗五郎は鱗屋に忍び込んだ二人の行動を気にかけながら考えようとしたが、思いつかなかった。

「お寺社に許しをとった分、一歩遅かったか」

「はい」

「まあ、いい。縛られ地蔵を寄進するなんぞと余計なことをする野郎だ。どこぞで尻尾をまだ出していよう」

そう言った宗五郎は、彦四郎を見た。

「彦四郎、船頭稼業で稼ぐのはもうちっとあとになるが辛抱しろ」

「あいよ」

彦四郎がのんびりと返事をした。

「今晩は、まず鱗屋に入り込んだ鼠《ねずみ》二匹を取っ捕まえることが先決だ」

「へえ、親分」

彦四郎が今度は張り切って返事した。

「大五郎さんの心配するのももっともだ」

宗五郎は独り言を漏らした。


店を終えた旦那方や番頭、四宿の得意先などがどどっと通夜に駆け込んできたのは五つ半（午後九時）過ぎのことだ。

その者たちは四半刻《しはんとき》（三十分）すると昇蔵らに送られて出てきた。

「明日の弔《とむら》いは蔵前の華徳院《かとくいん》さんだね」

「ええ、清水屋の旦那、天王橋際の華徳院にございますよ」

通夜の客との会話が夜空に消えて、鱗屋では潜り戸だけが細く開けられていた。それから半刻（一時間）もすると鱗屋も親しい者たちを残して眠りについた。時がゆるゆると過ぎていき、丑《うし》の刻（午前二時）を回った。するとと鱗屋の裏口に二つの影が忍び寄った。

黒ずくめの忍び衣装は男女と見分けられた。

木戸口を男の影が押した。すると戸締まりがされていなかったのか、すいっと開いた。いや、中から仲間の影が呼び込んだのだ。違銀杏と二矢の古羽織の二人である。通夜の客に紛れて、厠《かわや》から天井裏に忍んで待機していたのだ。

無言の四人は家の中へ音もなく忍び寄っていった。

仏間には顔に白布をかけられ、白夜具に包まれたお貴の亡骸が横たわっていた。新太郎らも明日のために仮眠をとったか、仏のそばには人影がなかった。

四つの影が闇から浮かび出るように亡骸に接近すると、

「なんてこった、おっ母さんが亡くなったというのに徹夜しようという家族は一人もいないのか」

という呟きが漏れた。

「まあいい、おれたちにはありがたいことだぜ」

先刻、家の中から二人の仲間を手引きした違銀杏の古羽織の小男《こおとこ》がお貴の枕元におかれた香典に手を伸ばした。

残りの三人は、それぞれに家捜しを始めた。

と、そのとき違銀杏は死骸が、

「ふーう」

と息をついたと思った。

（そんなことが……）

点《とも》された行灯《あんどん》の明かりでお貴を見た。

白夜具がもぞもぞと動いていた。

（な、なんでえ……）

違銀杏は懐《ふところ》から先が鋭く尖った千枚通しを出してかまえた。

「おめえかえ、鱗屋のかみさんを刺し殺したのは」

死骸が白夜具を引き剝《は》がして起き上がった。

お貴の亡骸はいつの間にか男に変わっていた。

「て、てめえは……」

「金座裏の宗五郎だ。よくもおれの縄張り内でふざけた真似《まね》をしてくれたな」

「野郎！　死ね」

小男が俊敏にも千枚通しを宗五郎に突きかけた。

宗五郎の手の金流しの十手が翻《ひるがえ》って、千枚通しをはたき落とした。

「お父つあん、手が入った！　逃げろ」

小男が飛び下がって叫んだ。

それが合図のように、

「御用だ！」

「神妙にしやがれ！」

と八百亀以下の手先たちが十手や捕縄を手に飛び込んできた。

大男は二丁の匕首《あいくち》を両手に構えて、縦横無尽《じゅうおうむじん》に駆け回り、仲間の逃走口を作ろうとした。常丸が十手を構えて、

「この野郎！」

と立ち塞《ふさ》がったが、両手の匕首が風車のようにくるくると回されて、押し込まれた。

「兄さん、加勢だ」

稽古《けいこ》用の木剣を持参してきた政次が大男の前に立ち塞がった。

「どけ、どかなきゃあ、突き殺すぞ！」

まなじりを決した相手が叫ぶと左手の匕首を振り下ろしざま、右手の匕首で政次の胸をえぐろうとした。

政次は屋内の捕物に木刀を振り回さなかった。

腰につけた木刀を相手の攻撃に合わせて突き上げた。

その攻撃が大男の鳩尾《みぞおち》に見事に入った。

「ぐえっ！」

大男は呻《うめ》きを漏らすと腰砕けに尻餅をついた。

「野郎！」

常丸が左手の匕首を蹴《け》り飛ばし、右手首を政次の木刀が制圧した。それでもばたつかせる下半身に亮吉と彦四郎がのしかかっていった。

女だてらに抵抗していた女賊も押し倒された。

翌日の夕刻、豊島屋《としまや》の大旦那の清蔵《せいぞう》は店に客が入ってくる度に視線を向けていたが、繁三《しげぞう》と梅吉《うめきち》の兄弟駕籠屋の姿を目にすると、

「なんだ、おめえたちか」

とぼやいた。

「なんだとはなんだ、旦那、これでも客だぞ」

繁三が言い返した。そして、

「さては、金座裏がまだ面《つら》を見せないんだな」

と笑った。

「旦那、読売に書いてある捕物《とりもの》なら、おれが話そうか」

「繁三さん、旦那はさっきから何度も繰り返し読んでますよ」

小僧の庄太が前掛けをずり上げながら言ったとき、亮吉を先頭に彦四郎、政次と三人が顔を見せた。

「おうおう、遅いじゃあないか。席はほれほれ、こっちに取ってある。庄太、酒と田《でん》楽《がく》を持っておいで！」

清蔵が、いくら混もうとだれにも座らせなかった席に三人を導いた。

「旦那、待ったかえ」

「待ったのなんのって、どうなってんだ」

庄太が運んできた徳利から手酌《てじやく》して喉《のど》を潤《うるお》した亮吉が言った。

「年寄りをいらいらさせて倒れられちゃあ、適《かな》わねえ」

「さあ、話せ。暦屋の女主を刺し殺した一味は一体どこのだれだ」

「ならば、金座裏の亮吉様がお粗末ながら、お調べに差し支《つか》えない程度にまず一席……」

と亮吉は卓をぽーんと叩いて拍子を入れた。

「川崎《かわさき》宿の住人で軽業師《かるわざし》の一家だ……」

「なんだと。芸人一家で盗みだ、殺しだとやったか」

「親父の文吉《ぶんきち》は道化《どうけ》役、娘八重《やえ》は綱渡り、小男の長男、孝助《こうすけ》は竹棒昇りに千枚通しの投げ打ち、大男の弟、長次郎《ちょうじろう》は力技が得意という軽技一家でな、旅回りをしてきたらしいや。この一家を纏《まと》めていたのがおっ母さんのおとりだ。ところがさ、このおっ母さん、春先に東海道は浜松《はままつ》宿で土地のやくざと興行の割り前が因《もと》で揉めて、三下奴《さんしたやっこ》に殺されたんだと……そもそもこれが文吉一家のケチのつきはじめだ。何をやってもうまくいかない、客は入らない、芸人は見切りをつけて、他の一座に移っていく。そんなこんなで旅回りをやめていたが、師走になっていよいよ銭に困った。そんときよ、川崎宿を杵だの臼だの担いで江戸に行く賃餅搗きを見かけたんだと……そこで一家は江戸で賃餅屋で一稼ぎしようと考えた。手も器用なら、力持ちも控えていらあ。餅くらい簡単に搗けると思ったらしいが、商いはそう簡単にいかねえ。賃餅屋はだれも馴染みを持って、毎年やってくるんだ。そんなこんなで仕事はとれない……そんなときな、八重が餅搗きの最中に奥に入り込んで、金を盗もうと言い出したそうだ」

「なんと、娘がそんなことを、呆れたもんだ」

「日本橋新右衛門町の瀬戸物屋であっさりと八十両を盗み出したのに味を占めて、正木町の小間物屋で五十五両、宇田川町の紙問屋で百四十余両、北紺屋町の染物屋で三十八両と盗みを重ねて、手際もよくなった。なにしろ身軽な上に変装なんぞは舞台でいつもやってらあな。ところがさ、鱗屋でおかみさんに見つかって殺しまでして逃げ出した。これで止《や》めて川崎に戻れば、おれたちも手も足も出ねえ。ところが変な芸人根性を一家で出しやがって、しくじったまま川崎に戻るのは癪《しゃく》だ。通夜に忍び込んで香典ぐるみ金をかっさらって川崎に戻ろうと愚《おろ》かなことを考えやがった。ところがさ、八重が富沢町に古羽織を買いに行ったところを賃餅屋の与兵衛さんに見られていたんだ……」

亮吉は、八重が買い込んだ羽織の紋が違銀杏と二矢だったことを与兵衛が記憶していたこと、その紋入りの羽織を着た男二人が鱗屋の通夜に現われたことなどを清蔵に告げた。

「なんとねえ、天網恢恢疎《てんもうかいかいそ》にして漏らさずだね」

「ともかくよ、金座裏の宗五郎親分と手先を嘗《な》めたもんだぜ。一度ならず二度までも同じ店に仕掛けようなんて考えるから、こんな羽目に落ちるんだ」

「そういうことだな」

とようやく落ち着いた清蔵が、

「ところで彦四郎の一件はどうなってるな」

と思い出したように聞いた。

何か言いかけた彦四郎の膝《ひざ》を政次が手で押さえて、

「旦那、まだ見込みが立ってないんだ」

とすまなそうに言った。

第六話　暴れ彦四郎

一

新玉《あらたま》の年が明けた。

寛政《かんせい》十一年（一七九九）正月五日夕刻、川越《かわごえ》藩小姓組《こしょうぐみ》の静谷理《しずたにり》一郎《いちろう》に佐々木《ささき》春菜《はるな》が嫁《とつ》いだ。

静谷家では屋敷の内外をちり一つ落ちてないように清めて、いくつもの家紋入りの提灯《ちょうちん》に明かりを点《とも》して花嫁行列を迎えた。

しほは武家ばかりの祝言《しゅうげん》の末席に座を占めた。

松坂屋《まつざかや》の隠居《いんきょ》松六《しょうろく》が、

「しほはまだ娘だからな、友禅《ゆうぜん》染めがよかろう」

と桜の花と水の流れを大胆にあしらった小袖《こそで》を持たせてくれていた。

羽織袴《はおりはかま》の武士や地味な留め袖の内儀《かみ》たちの間に一輪花が咲いたようで、あでやかであった。

仲人《なこうど》は、藩主直恒《なおつね》の抜擢《ばってき》で次席家老《じせきがろう》から城代家老《じょうだいがろう》に昇進した内藤新五兵衛《ないとうしんごべえ》が務める
ことになった。

白無垢《しろむく》姿の春菜はなんとも初々《ういうい》しい花嫁ぶりで、

「静谷ではよい嫁ごをもらわれたな」

「気立てもよいし、器量よしじゃ」

とあちこちから声が上がった。

宴《えん》もたけなわになった頃合《ころあい》、しほは内藤から呼ばれた。

「村上田之助《むらかみたのすけ》と久保田早希《くぼたさき》の忘れ形見のしほか」

「はい、村上しほにございます」

と、しほは初めて父の姓で名乗った。

江戸で亡《な》くなったとき、父は江富文之進《えとみぶんのしん》と名乗っていたのだ。

「殿からな、久保田家を継ぐ気はないかと再度のお尋《たず》ねがあった。どうかな」

一度、金座裏《きんざうら》の宗五郎《そうごろう》を通して、廃絶した御小姓番頭《おこしょうばんがしら》久保田家三百六十石《こく》の再興を
差し許すがどうじゃと問い合わせがあった。

しほはそのとき、

「私は鎌倉河岸《かまくらがし》で物心ついたんです。これからも町娘として生きたいと思います」

と断っていた。

花嫁の春菜も花婿《むこ》の静谷理一郎も、しほの返答に注目した。

「私はなんという幸せ者にございましょう。一度ならず二度までも松平のお殿様からお言葉をかけていただくとは……」

しほは笑みを浮かべて言うと、

「ご家老様、私は江戸の裏長屋で育った娘です。このまま江戸の市井《しせい》に生きとうございます」

と断りの言葉を述べた。

「ふーう」

内藤が小さく溜《た》め息を吐《つ》いた。

「川越藩の改革はそなたの父と母が切っ掛けを作ってくれたとも言える。そのことを殿は気にかけておられるのだ」

「殿様のお気持ちだけをしっかりと受けとめて、江戸に戻りとうございます」

そうか、もう重ねては申すまい、と答えた内藤は語を継いだ。

「しほ、金座裏の宗五郎どのにくれぐれもよろしくな」

「はい、伝えます」

次の日の七つ（午後四時）、扇河岸《おうぎがし》に祝言を挙げたばかりの静谷理一郎と春菜の夫婦、田崎九郎太《たざきくろうた》、園村幾《そのむらいく》、辰一郎《しんいちろう》と龍次郎《たつじろう》の兄弟、佐々木秋代《あきよ》ら大勢がしほの見送りに集まってくれた。

「しほ、よいな、川越はそなたの国許《くにもと》じゃ、こうして親類縁者もおる。時に訪ねてくだされよ」

幾が涙を拭《ぬぐ》いながら何度も言った。

「はい」

しほは答えながら、春菜が一晩で新妻のしっとりした落ち着きと喜びを顔に秘めているのを見て、笑みを返した。

しほは、昨夜春菜の祝言から園村家に戻ると文机《ふづくえ》に絵の道具を広げた。素描した喜多院《きたいん》の五百羅漢《ごひやくらかん》の中から長寿の相をしたものを選び、丁寧《ていねい》に色彩を加えた。そして、松平大和守直恒《まつだいらやまとのかみなおつね》様の千年万年のご長寿を祈願して、と画賛を加えた。

この絵を園村辰一郎に、

「失礼でなければお殿様に差し上げてくださいますか」

と託して昨夜の申し出への返礼としていたのだ。

「船が出るぞ！」

船頭の言葉に、帆を張った一六《いちろく》船が扇河岸をゆっくりと離れて、流れに乗った。

「春菜様、お幸せに！」

「また江戸で会いましょうぞ」

しほは扇河岸の人々にいつまでもいつまでも姿が見えなくなっても手を振り続けた。


江戸では穏《おだ》やかな年の瀬が見られた。

正月三《さん》が日《にち》も空は晴れ上がり、凧《たこ》が悠然と舞う姿が見られた。

船宿は年の瀬、正月と書き入れ時だ。

彦四郎《ひこしろう》襲撃事件は未《いま》だ解決していなかった。

猫の手も借りたいときに、贔屓《ひいき》客の多い彦四郎が抜けていた。これは綱定《つなさだ》にはこたえた。そこで彦四郎は年末から年始の三が日には金座裏から綱定に帰って本業に戻った。もちろん、政次《せいじ》が警護役として一緒だった。

「おや、彦四郎の船には助《すけ》っ人《と》船頭がいるのかえ」

事情を知らないお客が政次の船頭姿を見て、聞いた。

「ええ、金座裏の親分の手先なんですがね、親分の命《めい》で櫓《ろ》の漕《こ》ぎ方を習っているんですよ」

「十手持《じっても》ちの手先は船頭の真似《まね》ごともするのかい」

ともかく彦四郎が本業に戻り、政次が船頭に扮して、二人組の行動が三日の夕刻まで続けられた。

三が日が何事もなく終わった。

そして、四日からは再び彦四郎は金座裏に戻り、親分の命で探索が再開された。

「政次、おまえを襲った男が北割下水《きたわりげすい》界隈《かいわい》に住んでいることは確かだろう。ひょっとすると宗匠頭巾《そうしょうずきん》の隠れ家は本所一帯かもしれないぜ。ならば、縛られ地蔵を彫った石屋もあのあたりにあるかもしれねえ。まずはそのあたりから攻めてみねえ」

政次と彦四郎に常丸《つねまる》、亮吉《りょうきち》の援軍が加えられ、四人体制で北割下水を中心にして石屋を当たる探索が四日から続けられていた。

大川《おおかわ》とそれにほぼ平行して南北に掘り割られた横川との間に広がる本所界隈の石屋はおよそ探し尽くした。

六日の午後には横川《よこかわ》の東側亀戸村《かめいどむら》から柳島村《やなぎしまむら》へと範囲を広げた。それでも縛られ地蔵を彫った石屋は見つからなかった。

南十間川《みなみじつけんがわ》と竪川《たてかわ》が交差する旅所橋に猪牙舟《ちょき》を止めて、彦四郎が手先の兄貴分の常丸を見た。

「もう日没も近いや、今日の探索はこれまでだ」

と宣言した常丸は、

「しほちゃんは今ごろは高瀬舟《たかせぶね》の中だろうぜ。亀戸天満宮も近いや、船旅の無事をお参りして戻らないか」

と言い出した。

一も二もなく賛成した彦四郎が亀戸天満宮の船着場に猪牙舟を寄せた。

業平蜆《なりひらしじみ》が名物の料理茶屋も刻限が刻限、すでに暖簾《のれん》を下ろして明かりを消していた。

四人が薄暮の境内に足を踏み入れると梅の香りがどこからともなく漂ってきた。

学問の神様といわれる亀戸天満宮は寛文《かんぶん》二年（一六六二）に、近くの天神塚の菅原《すがわら》道真《みちざね》像を移したのが始まりとされる。

四人は神妙に頭を垂れて、しほの道中の安全と探索の進展を祈った。

その様子を深編笠の三人の浪人たちが遠く離れた藤棚の下から眺めていた。

「江頭《えとう》どの、あやつらは四人だが、ふいをつければなんとかなろう」

仲間が言い出した。

「いや、おれが先夜もふいをついたが失敗した。政次って手先、剣の腕前はなかなかだぜ。それに腹も据《す》わっている。こんどは失敗《しくじり》は許されぬ。お頭《かしら》と田能村源也斎《たのむらげんやさい》先生が江戸に戻られるのを待って、息の根を止めようか」

江頭と呼ばれた男が仲間の軽挙を制した。

「しかし、明日にも我らの隠れ家近くに探索が広がってくる」

「なあに、やつらは縛られ地蔵を彫った石屋を探しているのだ。われらがいつもの暮らしをしているかぎり心配はないわ」

「江頭どの。手が伸びる前に石屋を始末しておいてはどうかな」

仲間の新たな提案に、江頭はしばし考えた。

「それはいい考えかもしれぬな」

「用心に越したことはありませぬからな」

三人の浪人たちは深まった闇《やみ》に紛《まぎ》れて消えた。

四半刻《しはんとき》（三十分）後、彦四郎の漕ぐ猪牙舟は、竪川に架かる一ッ目之橋を潜ると大川に出ていった。

「明日からはさ、豊島屋《としまや》も賑《にぎ》やかになるな」

亮吉が舳《へ》先《さき》からだれへともなく声をかけた。

「豊島屋ばかりじゃないや。金座裏も綱定も松坂屋の隠居様も待っておられるぜ」

彦四郎が答えて、矛先《ほこさき》を政次に向けた。

「政次、おまえもしほちゃんが帰ってくるのはうれしかろう」

「そうだな」

「なんだよ、おまえはうれしいんだか悲しいんだかはっきりしない野郎だぜ。亮吉なんぞは何日もまともに寝てねえや」

彦四郎が文句をつけた。

政次は黙っていた。

どこかで何かがわだかまっていた。

これほど探索が進展しないのは初めてであった。

(どこかで手順を間違えたか……)

そんなことを考えながら、猪牙舟に揺られていた。

政次が、ようやく白《しら》み始めた通りで箒《ほうき》を動かしていると、蜆売りの少年がきょろきょろしながら本両替町《ほんりょうがえちょう》に入ってきた。

(いつもの蜆売りと違うな)

と改めて見ると、

「おい、菊三《きくぞう》ではないか」

と声をかけた。洟《はな》たれ小僧の菊三は、政次を見て安心したように肩を落とし、

「掃除なんぞしている場合じゃねえぜ」

と弾《はず》む息で言った。

「人殺しだ」

政次は菊三の手を引くと金座裏でただ一軒、白木の格子戸の嵌《は》まった門を潜《くぐ》った。

「蜆の笊《ざる》はそこにおいて上がるんだ」

三和土《たたき》を指した。

竹笊にはまだ蜆は入ってないようで、かさとも音がしなかった。

「親分、人殺しの知らせです」

神棚の水を取り換えていた宗五郎が振り向いた。

「小僧さんとは知り合いかえ」

「北割下水で世話になった蜆売りの菊三です」

頷《うなず》いた宗五郎が、まあ座んな、と席を指した。

様子を察した常丸たちも集まってきた。

菊三はその中に彦四郎がいることを確かめると言った。

「親分、のんびりしている場合じゃねえぜ。こいつらはさ、毎日石屋を探して歩いてんだろ。その石屋一家が殺されたんだよ」

「なんだって！」

亮吉が声を上げた。

「だから、言ったろ。落ち着いてる場合じゃねえって」

「菊三、まあ、座れ」

立ったままの菊三を宗五郎が座らせ、最初から話せと命じた。

「親分、おれはさ、朝早く起きてさ、亀戸天神裏の北十間川に業平蜆を採りに行くのが仕事だ。今朝も北十間川に行ったと思いねえ。するとさ、梅屋敷近くで悲鳴が上がったじゃねえか、男がえらく騒いでいるからよ、近寄っていったらさ、石繁《いししげ》の一家が皆殺しだって泣きながら、職人が腰を抜かしていたんだ。そのときよ、おめえらが探していたのも石屋、今朝殺されたのも石屋と思ってよ、そのへんに舫《もや》ってあった蜆採りの小船を借りて、大川を渡って注進に来たってわけだ。大川を蜆採りの船で横切るのは怖かったぜ」

「よう気がついたな、菊三」

政次が褒《ほ》めた。

「だってよ、なんぞあれば、金座裏に知らせろって言ったじゃないか」

「政次、台所に行って菊三に朝飯を食べさせろ」

「彦四郎、亮吉、おめえらは船の仕度だ」

「常、だれぞを寺坂《てらさか》様の役宅まで走らせろ」

次々に宗五郎の命が飛んだ。

そのときには、宗五郎の仕度はおみつがすでに整《とと》え終えていた。


亀戸村と小村井村の境は北十間川をはさんで複雑に入り組んでいた。

石屋の石繁は臥竜梅《がりようばい》で有名な亀戸村の名主《なぬし》喜右衛門《きえもん》の梅屋敷の裏手にあった。

竹藪《たけやぶ》と梅林に囲まれた敷地には、すでに土地の御用聞き、柳島《やなぎしま》の正吉《しようきち》が出張っていた。初老の域に差し掛かった正吉は好々爺《こうこうや》とも田夫《でんぷ》とも見える風貌《ふうぼう》をした十手持ちだ。

それに、気性もおだやかな老人だった。

広い敷地には屋根を簡単に葺《ふ》いただけの作業小屋が三棟ばかり見えて、その下には彫り掛けの墓石やら灯籠《とうろう》が見えた。また一角には御影石《みかげいし》や豊島石《としまいし》、小松石《こまついし》やらが積んで置かれてあった。

「おや、寺坂の旦那に金座裏、えらく早《はよ》うございますね」

と作業小屋の前で古びた股引《ももひき》に継ぎのあたった長半纏《ながばんてん》の職人と話していた正吉が振り返った。

「うちで調べている捕物《とりもの》にどうも関わりがありそうでな、見せてもらっていいかえ」

「ひでえぜ、一家六人を斬殺《ざんさつ》していきやがった」

正吉は藁葺《わらぶ》きの家を顎《あご》で指した。

「この男が通《かよ》いの丹次《たんじ》でしてね、仕事に出てきてめっけたんだ」

頷いた宗五郎は、

「まず中を見せてもらおう」

と言い残すと寺坂と一緒に惨劇のあった屋内に入った。

血の臭《にお》いと味噌《みそ》の焦《こ》げた臭いが入り交じって鼻孔をついた。

惨劇の場は囲炉裏《いろり》を囲む板の間で、夕餉《ゆうげ》の最中に襲われた痕跡《こんせき》を残していた。

男が三人、女が三人、六人が板の間から台所の三和土に倒れ伏していた。

正吉が血の乾き切らない土間に立つと、被害に遭《あ》ったのは石工《いしく》の棟梁《とうりょう》の繁三郎《しげざぶろう》とおかみのよし、倅《せがれ》の加吉《かきち》、娘のあい、下女のはつ、住み込みの職人の亀吉《かめきち》の六人と教えてくれた。

襲われたとき自在鉤《じざいかぎ》に架かっていた鉄鍋の味噌汁が火の上にこぼれた。そのせいで血と味噌の臭いが充満していたのだ。

「こりゃ、ひでえな」

これまでいくつも残虐《ざんぎゃく》な殺しの現場を見てきたはずの寺坂が呻《うめ》き声を漏《も》らした。

「旦那《だんな》、あいはまだ八つだぜ」

正吉が怒りもあらわに吐き捨て、

「何人かが一気に襲ったんだ。家捜《やさが》しの跡もねえ、物盗《ものと》りにしてはおかしいと思っていたんだ」

と宗五郎を見た。

寺坂は斬《き》り口を見ていたが、

「侍だな、それも三人か四人……」

と推測を立てた。

「金座裏の、おまえさん方が追っている探索と関わりはどうだえ」

「柳島、さっきの職人と話させてくれめいか。それからおめえさんに伝えよう」

「いいとも」

二人の十手持ちは外に出ると、放心したように立つ丹次の許《もと》に歩み寄った。

「丹次さん、おめえさんのところで縛られ地蔵を頼まれたことはないかえ」

「親方が引き受けなさった仕事だ、だれにも手をつけさせなかったぜ」

「頼んだ相手はだれだえ」

さあ、頭をひねって丹次が答えた。

「親方がどこぞに呼びだされて、仕事を頼まれたようでね。おれは知らないな」

「呼び出しにきた人間はだれだえ」

「番頭風の男だったな」

宗五郎は常丸を呼ぶと、常丸が捕物帳《とりものちょう》に控えた勇次《いさじ》の人相書きを見せた。

「似てるようでもあるし、違うようでもあるな」

丹次は曖昧《あいまい》な返事で首を傾《かし》げた。

「またあとで聞くこともあるかもしれねえ」

丹次を引きとらせた宗五郎は、

「柳島の、あそこに立っている大男は龍閑橋《りゅうかんばし》際の船宿綱定の船頭の彦四郎だ。彦四郎が襲われたのがそもそもの発端だ……」

と、柳島村の十手持ちに昨年末から続く一連の事件の概略を告げた。

「なんとなあ……」

と蜆売りの菊三をからかう彦四郎に目をやって正吉は聞いた。

「で、当人は覚えがねえというんだな」

「彦四郎が襲われる理由に気がつけば、事件は一気に解決すると思うんだが、なにしろあの通りだ」

「金座裏も手の打ちようがないか」

「思案投げ首だ」

「金座裏、となると繁三郎一家の皆殺しは、縛られ地蔵を注文した阿波屋《あわや》の正体を知られたくねえ一味がやった仕事だな」

「まずはそんなところだ」

「うちの手に負える捕物じゃねえぜ」

初老の十手持ちは正直に言った。

「柳島の、一味の隠れ家はこの一帯にある。土地のおまえさんじゃねえと分からない目の付け所もあろう。気張って一味をあぶりだしてはくれまいか」

「おめえの助けになるかどうか、精々働こうか」

聞き込みに回っていた正吉の手先たちが戻ってきたのは、四つ（午前十時）のことだ。

「親分、どうやら下手人《げしゅにん》は浪人者が三人らしいぜ」

と宗五郎らを気にしながら、報告した。

「光明寺《こうみようじ》の坊さんが走って逃げる浪人者の後ろ姿を見ていた。人相風体《ふうてい》は一瞬のことでわからねえが、えらく慌《あわ》てていたというぜ」

「時刻はどうだ」

正吉が聞いた。

「昨夜の五つ（午後八時）から五つ半（午後九時）あたりじゃねえかと曖昧な返答だ」

「まず間違いあるまいな」

正吉は子分に答えると、宗五郎を見た。

「おれもそう思う。柳島の、おまえさん方でその線を手繰《たぐ》ってみてはくれまいか」

「承知した」

宗五郎は彦四郎と菊三の許に歩み寄った。

「菊三、よう知らせてくれたな。またなんぞ聞き込んだら、金座裏に知らせてくれまいか」

「あいよ」

宗五郎は、

「子供のおまえにはちょいと大金だが、蜆売りを邪魔《じゃま》したわびだ。おっ母さんの暮らしの助けにしてくれ」

と一分金を二枚渡した。

「親分、ありがとうよ。これで米屋のツケが払えらあ」

「そうか、ツケの足しにするか。菊三、時には蜆を金座裏まで届けにこい、笊ごと買ってあげようか」

「ありがてえや」

菊三はてかてかに光った棒縞《ぼうじま》の袖で鼻を拭った。

二

「親分！」

彦四郎の漕ぐ猪牙舟から寺坂毅《き》一郎《いちろう》や宗五郎の乗る御用船に亮吉が声をかけたのは、竪川から大川へ入ろうとしたあたりだ。

「花川戸《はなかわど》までしほちゃんを迎えに行っていいかね」

「そうか、今日はしほが鎌倉河岸に戻ってくる日だったな」

宗五郎は亮吉に言われてそのことを思い出した。

豊島屋ではしほの帰りを祝う席が設《もう》けられていた。

宗五郎もおみつも招かれている。

「行ってこい。皆が待ってるぞ」

「親分はどうするね」

「あとで寺坂様と顔を出そう」

二艘《そう》の船は上流と下流に別れた。

彦四郎の船には常丸、政次、亮吉が乗っていた。

猪牙舟が花川戸河岸についたとき、まだ高瀬舟は姿を見せていなかった。

「嶋屋《しまや》の番頭さんよ、川越舟はまだだな」

亮吉が花川戸の船問屋嶋屋仁右衛門《じんえもん》の番頭に呼びかけた。

「天気も悪くないや、そろそろ着いてもいい刻限だ」

猪牙舟を花川戸河岸につけて四半刻《しはんとき》(三十分)も待ったか。

はあっ　吹けよ　川風　上がれよ　簾《すだれ》
中の芸者の顔みたい
あいよのよときて夜下がりかい

舟歌が大川に響いて、高瀬舟が一六《いちろく》の文字を満帆《まんぱん》に浮き上がらせて姿を見せた。

彦四郎が櫓《ろ》を水に入れて迎えに出た。

「しほちゃん！」

亮吉が叫んだ。

船端《ふなばた》から一月《ひとつき》ぶりに見るしほが手を振っていた。

「お帰り！」

「ただ今戻りましたよ！」

猪牙舟は大きく回頭をして高瀬舟に並走した。

「元気そうで何よりだな」

彦四郎も櫓を漕ぎながら呼びかけた。

「皆さん、お変わりないわねえ」

「何もねえよ！」

と叫びかけた亮吉が、

「いや、大事があったぜ、彦四郎がさ……」

と言い足した。

「まあいいや、それは落ち着いてからの話だ」

高瀬舟が花川戸河岸に接岸し、川越から乗客は船を降りると嶋屋の接待の朝飯を食べるために船問屋にぞろぞろと入っていった。

河岸に油揚の煮物の匂いが漂っていた。

しほはそのまま猪牙舟に乗り移り、川越からの大荷物も積み替えられた。

「嶋屋の番頭さん、世話になったな！」

亮吉が一声かけて猪牙舟は鎌倉河岸を目指して矢のように走り出した。

宗五郎が寺坂毅一郎を伴い、豊島屋に顔を出すと奥座敷一杯に川越の土産物《みやげ》が広げられてあった。

綱定の夫婦も松坂屋の隠居もいた。

隣部屋にはしほの好物の魚や煮物やばら鮨《ずし》が並べられて、酒も用意されていた。

「おお、これは確かに私が亮吉たちを待ちわびている顔ですよ」

と笑う清蔵《せいぞう》は喜多院の五百羅漢《ごひゃくらかん》の一つに擬せられ、
一に白酒　二に田楽《でんがく》　三に捕物

豊島屋清蔵客待ち羅漢

と画賛まであった。

「これはいい。表装してね、店に飾りますよ」

「しほちゃん、ええものを描いてくれたぜ。明日から毎晩さ、旦那の許に講釈通いだ」

「亮吉、手柄話ができるようにせっせと働け」

宗五郎に言われて、亮吉が、

「親分がいることを忘れていたよ」

とぼやいた。

「親分、私はこれだよ」

松坂屋の隠居の松六は慈愛に満ちた羅漢様が膝《ひざ》に猫を抱いて描かれていた。

「愛猫《あいびょう》羅漢ね、これもまた悪くない」

「松坂屋のご隠居そっくりじゃな」

宗五郎と寺坂が言い合った。

しほが、

「宗五郎親分にも拙《つたな》い絵が土産代わりにございます」

しほが出した絵は趣《おもむき》を異にしていた。鷹《たか》狩りか、武蔵野《むさしの》の原で狩衣《かりぎぬ》姿の三代将軍徳川家光《いえみつ》が床几《しょうぎ》に座って金流しの十手を眺めている図だ。

二代の宗五郎が平伏している背も描き込まれ、

金座裏の二代目宗五郎　後藤家寄贈の誉《ほま》れの長十手、家光様拝覧の栄

と銘も入っていた。

「喜多院で家光様の掛け軸を拝見しました。それでふといたずらを思いつきました」

「しほ、恐れおおい絵だぞ」

宗五郎は困ったような、うれしいような顔をした。

「だめでしょうか」

「外には出せめえな」

「宗五郎、金座裏の金流しの一件はもはや天下御免、城中で知らぬ者とてないことだ。当代様もこれを知られたら、ご覧になりたいと言ってくるぜ」

寺坂が言い出した。

「そうですかね」

「これも豊島屋の羅漢像と一緒に表具に出して、家宝にしな」

「親分、松六様、明日にも知り合いの表具屋を呼びますよ。絵を置いていってくださいな。私が一緒に出しておきますからさ」

清蔵が二枚の絵を取り上げた。

「しほちゃん、川越に絵を描きに行ったのかい」

「亮吉さんたら、そんなことを言わないの。私、皆さんにどんな旅だったか、知ってもらおうと折々の風景やら出会った人を描いてきたんだから」

「そいつはすまねえ。ならばさ、ここで披露しなよ」

「そうだ、みんな一緒に拝見させてもらいましょうか」

松六が亮吉に呼応した。

「いいかな」

しほが呟《つぶや》くのを聞いた政次が、

「しほちゃん、豊島屋さんは座敷も広い。おれたちも手伝って広げさせてもらおうか」

と応じて、時ならぬ展覧会が催《もよお》されることになった。

「私、亮吉さんのように講釈が上手じゃないから、徒然《つれづれ》の絵で旅を見てもらいます」

しほは固紙にはさんでいた素描や色彩をつけた八十七葉の絵を座敷の端から並べて

いった。すると清蔵が、

「こりゃ、川越旅絵巻だねえ、よく分かっていいよ」

と唸《うな》り、

「しほ、こりゃもはや素人絵《しろうとえ》ではないぞ。奉行所も気軽に下手人《げしゅにん》の人相描きを頼むわけにはいかないな」

と寺坂も感嘆した。

「これが春菜様のお嫁入りの模様だね。なんと初々《ういうい》しいんだろうね」

「恥じらいの中にも喜びが伝わってきますよ」

おみつと豊島屋の内儀《かみ》のとせが言い合った。

政次は川越行きの高瀬舟の光景を懐《なつ》かしく眺めていた。すると、

「あれっ、おれたちもいらあ！」

と亮吉が声を張り上げた。

「どれどれ……」

彦四郎が覗《のぞ》き込んで、

「箱崎《はこざき》河岸に見送りに行ったときの光景だぜ」

と言い出し、見物に皆が群がった。

「宗五郎親分、これは裏打ちしてさ、どこぞに飾りたいものだね」

と清蔵が言い出した。

政次は彦四郎が大きな体を前屈《かが》みにして、もう一枚の絵を訝《いぶか》しそうに覗き込むのを認めた。

「彦四郎、どうした」

「この老人、だれだっけ」

茶人風の老人が船を飛び下りる絵を見ていた彦四郎が呟く。

画賛代わりに、

高瀬舟　乗るも降りるも　冬柳

とあった。

「変な人なの。だって、箱崎から乗ったのに次の花川戸河岸で船頭さんが止めるのも聞かずに下りていったのよ。お年寄りにしては、えらく身軽な老人だったわ」

しほが言い出し、宗五郎の目が、

（茶人の造りか）

と光った。

「彦四郎、おまえ、知り合いだな。酒樽《さかだる》担いでぺこりと老人に挨拶《あいさつ》したぞ」

「それだ、おれも通りがかりに知り合いだなと頭を下げた記憶があらあ。あんときゃあ、酒樽もあったし、しほちゃんも待っていたからな」

彦四郎が考え込んだ。

「彦四郎、落ち着いて思い出せ」

「政次、そう言うけどよ、喉《のど》のところで突っかえて、名前が出てこねえや」

彦四郎が地団太《じだんだ》を踏むように大きな体をねじり、皆が彦四郎に注目した。

しほだけが異様な光景に言葉を失っていた。

政次がしほに説明したものかどうかと考えていたとき、

「ああっ、阿波屋の旦那だ！」

と彦四郎が素《す》っ頓狂《とんきょう》な声を上げた。

「阿波屋だと！　彦四郎、阿波屋と言ったか」

亮吉が叫んだ。

「おお、だからさ、印籠《いんろう》を扱っていた麹町《こうじまち》の阿波屋の主《あるじ》夫婦が商《あきな》いが滞《とどこお》ってよ、首吊りしたことがあったろう」

「三年も前のことだ」

「老舗《しにせ》が潰《つぶ》れるってんで騒いでいたときさ、阿波屋を居抜《いぬ》きで買ってこれまで通りに商売を続ける人が出てきてよ、阿波屋の奉公人もすべてそのまま雇《やと》われたじゃねえか」

「ああ、あったぞ」

亮吉が相槌《あいづち》を打った。

「新しく阿波屋の主になったさ、徳右衛門《とくえもん》様だよ、間違いない」

宗五郎と寺坂が顔を見合わせた。

が、何も言わない。

だれも発しない。

「亮吉、なんかおかしいか」

「その阿波屋徳右衛門だって、すぐに死んでいらあ」

「どういうことだ」

彦四郎がきょとんとした顔をした。

「しっかりしろ、彦四郎。三年前の夏、麹町の阿波屋は火事を起こして主から奉公人まで焼け死んだじゃねえか」

「おりゃ、知らねえ」

と彦四郎が首を振り、宗五郎に助けを求めるように見た。

「彦四郎、分かったぜ」

と言い出したのは綱定の旦那の大五郎だ。

「寛政《かんせい》七年の春先、おふじが寝込んでさ、夏前には元気になった。それでさ、普段信心している大山《おおやま》にお礼参りに行ったじゃないか」

「ああ、そうだ。旦那の供で一月《ひとつき》も江戸をあけたぜ」

「あったあった、そんなことがよ。となると、阿波屋が丸焼けになったのは大五郎旦那の供でおまえが江戸を留守にしていたときのことか」

「待て！」

と彦四郎が叫んだ。

「おれはさ、その旅先で阿波屋の旦那と最後に会ったんだよ」

彦四郎、と宗五郎がおだやかな口調で呼び掛けて言った。

「ここはゆっくりと落ち着いて話を解きほぐそうか。彦四郎、おまえは阿波屋徳右衛門をよく知っているんだな」

阿波屋は麴町の工芸品印籠屋の主、彦四郎は鎌倉河岸の船頭であった。一見、接点がないように見えた。

「ああ、まだおれが半人前の船頭の頃《ころ》さ、鐘《かね》ヶ淵《ふち》に客を送っていったことがあってさ。

空船で戻ろうとしたら、神田川を上がって、四谷御門《よつやごもん》まで頼むと乗ってこられたのが阿波屋の旦那なんで」

「つまりはそんときのいきさつで顔を知っていたんだな」

「へえ、だって鐘ヶ淵から四谷御門まで二人で一緒だ。顔はしっかり覚えたぜ」

と彦四郎は答えた。

「それから二月《ふたつき》も過ぎた頃、旦那の供で大山参りに行ったんだ。ところが旦那は毎日滝に打たれたりよ、奥の院でお籠《こも》りばかりだ。おれは、退屈してさ、ふらふら大山宿を毎日のように歩き回っていたんだ。そんなときよ、江戸から来た阿波屋徳右衛門様を大山道で見掛けてさ、声をかけたんだ。だけどよ、おれを避けるようにどんどん行きなさった」

「いつのことか分かるか、彦四郎」

「おれたちが江戸を出たのが五月だったかねえ」

彦四郎が大五郎に助けを求めた。

「おお、五月六日だ、おれたちは節句《せっく》の翌日に江戸を出たんだ。道中、ゆっくり旅して大山に着いたのが八日の夕刻だったかな」

「会ったのは大山に着いて二、三日もした頃のことだぜ」

彦四郎が応じ、寺坂が、

「阿波屋の火事は五月だったか」

と宗五郎に聞くと、亮吉が口を挟んだ。

「親分、寺坂様、あの火事があったのは大五郎さんと彦四郎を渋谷村外れの宮益橋《みやますばし》まで送っていった翌日の夜明けのことだ。おりゃ、別れの酒を飲み過ぎてよ、宿酔《ふつかよ》いでむじな長屋に寝込んでいたところを常丸兄いに叩《たた》き起こされたんで」

宗五郎が、

「ふーう」

と一つ息をついた。

「彦四郎、おめえが何度も襲われたわけが分かったぜ。阿波屋徳右衛門はこの世に生きていちゃならねえ男だ。寛政七年五月の火事で焼け死んだのだからな、ところが何日もあとにおまえは大山宿で徳右衛門を見掛けていた……」

「親分、箱崎河岸のときはよ、何年も経《た》っていたし、格好《なり》が違ってら。知り合いだなと思ってよ、頭は下げたが阿波屋の旦那とまでは気がつかなかったんだ」

「だが、しほが描きとめていてくれたこの絵には、その男の本性がはっきりと描き出されているぜ」

「ああ、それでさ、おれも思い出したってわけだ」

彦四郎の声はいつものののんびりしたものに戻っていた。

「金座裏、あんとき、阿波屋に泣かされた職人やら客が出なかったか」

寺坂が宗五郎に聞いた。

「一時《いっとき》は取り込み詐欺《さぎ》じゃねえかという噂《うわさ》も流れましたね」

「流れた流れた。なにしろ引手蒔絵《まきえ》印籠だ、螺鈿《らでん》印籠だという工芸品は一品で何百両もする代物《しろもの》だ。そいつが一気に灰になったのだからな」

「ところが阿波屋は主以下奉公人残らず焼死だ、文句の持っていきようもない。店が潰れたり、何年も苦労した出入りの職人もいたが、これぱっかりは致し方ないと諦《あきら》めましたねえ」

「宗五郎、こりゃ、阿波屋の先代夫婦の首吊りから南町奉行所《みなみまちぶぎょうしょ》に問い合わせだ」

阿波屋の首吊りも火事も南町奉行所が月番のときのこと、北町の寺坂も宗五郎も直接は担当していない。

「南町がすぐに応じますかね」

「今泉修太郎《いまいずみしゅうたろう》様に掛け合ってもらう。何か分かったらな、金座裏に顔を出すぜ」

寺坂は立ち上がった。

「わっしも家に戻って、あの頃の記憶を辿《たど》ってみましょうか」

「親分、おれたちも戻るかえ」

亮吉が親分にお伺《うかが》いを立てた。

「いや、おまえやおみつたちは久し振りにしほと会ったんだ、つもる話もあろう。それになによりお内儀さんの心尽くしの料理が待ってら、夕刻までに戻ってくればいいぜ」

と許しを与えた。

「しほ、この絵をしばらくおれに預からせてくれ」

茶人風の阿波屋徳右衛門の絵を宗五郎は手にした。

「は、はい」

寺坂と宗五郎が、豊島屋の夫婦に送られて座敷を出た。

しほだけが思わぬ展開にぽかーんとしていた。

「しほちゃん、おれが今から彦四郎が死にかけた一件を話すよ……」

と亮吉がしほが川越に行っていた間に起こった事件を話した。

「なんてことが……」

しほが彦四郎を見た。

「この世にさ、おれを襲う間抜けがいるとは信じられなかったが、これで得心《とくしん》がいったぜ」

「それにしても驚いた」

松坂屋の松六が呻《うめ》き、

「彦四郎がそんな目に遭っているなんて知りもしなかったよ。またさ、その背景にえらいことが隠されていたもんだねえ」

と言い足した。

「松坂屋の隠居、しほは鎌倉河岸の観音《かんのん》様だ。当人が覚えてもいねえ事件を、自慢の絵で描きとめていたんだからねえ」

「それだ。しほは豊島屋に勤めているより絵師か手先になったほうがよさそうだ」

「松六様、嫌《いや》ですよ。うちのしほまで金座裏に追いやらないでくださいな」

とせが戻ってきて言い、

「さあさあ、遅くなったけどお昼にしましょうよ」

と隣座敷に皆を誘った。

宗五郎は三年前の覚え書を出すと広げた。

確かに麴町の印籠御扱処阿波屋の火事は寛政七年五月七日の未明に発生し、独《ひと》り者の主の徳右衛門をはじめ、住み込みの奉公人八人の計九人がすべて焼死していた。が、宗五郎らが直接手掛けた事件ではない。担当は月番の南町奉行所であった。それ以上に詳《くわ》しい記述はなかった。が、その後に起こった取り込み騒ぎは風聞《ふうぶん》を略述していた。

印籠は、中国から伝えられたときはその名のとおりに印判、朱肉などを入れる丸形の重箱であったが、慶長期《けいちょう》(一五九六～一六一五)頃から応急用の薬入れとして用いられるようになった。

それが寛永《かんえい》以降(一六二四～)、小さな器を三段、四段、五段と重ねて、両側の穴に紐《ひも》を通して緒締《おじめ》で止め、紐の上には根付《ねつけ》で帯に挟む、極めて装飾性の強い小道具として用いられるようになった。

印籠本体には蒔絵、螺鈿、漆絵《うるしえ》を施《ほどこ》し、また根付にも凝《こ》り、工芸美術品の地位を獲得した。

それだけに名人の匠《たくみ》が拵《こしら》えた印籠は何百両もの高値で売買された。

麴町の御扱処の初代阿波屋徳右衛門は京の名工七輪寺《しちりんじ》の高弟で、寛永初期に江戸に出てきた。

この工芸師の一族で、首を括《くく》った徳右衛門は八代を数えていた。

事件を担当しなかった宗五郎にはなぜ老舗が商いに滞りを生じさせたのか分からなかった。が、阿波屋が立ち行かなくなったとき、阿波屋の暖簾から得意先、奉公人ごと買い取った人物が主に座り、再建に向けて動き出した。その矢先に店から火が出て、主から奉公人までが焼死したときの騒ぎの記憶を覚え書の助けも借りて呼び起こした。

風聞だが、阿波屋再建に向けて、江戸や上方《かみがた》の名だたる蒔絵師や印籠師が協力し、品を納《おさ》め、その品を見本に好事家《こうずか》から注文をとって、金も半金を前払いさせた。

ところがその矢先の火事焼死事件である。

阿波屋に納められた洒落《しゃれ》、粋《いき》、伊達《だて》に凝った新規の印籠は十数個、それを見本に注文が取られた数は六、七十は超えていたと噂された。

半金が百両でも六十で六千両だ。

阿波屋徳右衛門が生きているということは、間違いなく念入りに仕掛けられた取り込み詐欺を示していた。

徳右衛門の許には新しい印籠が十数個と六千両の金が入ることになる。

縛られ地蔵を寄進して、
阿波屋再建

と願《がん》をかけたのは、第二の阿波屋乗っ取りと取り込み詐欺をどこぞで仕掛けている最中ということではないか。

(なんて太《ふて》え野郎だ……)

三

「宗五郎、いるかえ」

と寺坂が居間に上がってきた。

「日光《にっこう》の代官所から入墨《いれずみ》者の勇次について知らせが届いていたぜ。勇次は、火付《ひつけ》の常習犯だそうだ」

「火付で、よくも入墨だけで済みましたね」

「なかなかしぶとい奴《やつ》で、けちな盗みを白状したが火付は認めなかったそうな」

「こやつが詐欺師の阿波屋徳右衛門の手下となると、阿波屋の火事も火付ですぜ」

「そういうことだ」

寺坂がいつもの長火鉢脇に陣取り、

「今泉様にお話し申し上げたらな、これは南だ北だと言っている場合ではない。互いが協力して、阿波屋を一刻も早く捕縛せねばまた第二の阿波屋が引き起こされると南町の与力佐野為右衛門《よりきさのためえもん》様の役宅を訪ねて、相談なさった……」

と言った。

今泉と佐野の間には個人的な付き合いがあったからできる話だ。

ともあれこの一件は南町奉行所にも知られたことになる。

「佐野様が記憶を辿られるのを聞いて驚いたぜ、宗五郎……」

寺坂は宗五郎が淹《い》れた茶を飲むと、言った。

「先代の阿波屋の首吊りの一件だがな、徳右衛門が若い女に引っ掛かって、金をむしり取られていた。京の生まれのおいねという名しか分かってないが、どうも阿波屋は最初から一味に狙《ねら》われた節《ふし》がある」

「で、ございましょうね」

「堅物《かたぶつ》の徳右衛門は女の手練手管《てれんてくだ》に狂わされて、何百両だかを貢《みつ》いだうえにおいねが借りた借用証文にまで名を書かされていた。それでも老舗のことだ、お上に届けてさ、得意先に相談すれば、なんとかなったものを女房ともども死を選びやがった。何代も続いた老舗の主、気概が失せていたのかね。それと阿波屋には子供がなかった、そんなこんなの混乱の中に借用証文を持って乗り込んできたのが、鳴屋蔦三郎《なるやつたざぶろう》という男だ……」

「阿波屋の暖簾から得意先、それに奉公人まで一切合切《いっさいがっさい》を乗っ取った男ですかえ」

寺坂が頷いた。

「一人で乗り込んできた蔦三郎は言葉巧《たく》みに奉公人たちを信用させて、借金の整理を鮮やかにしてみせた。印籠なんぞを扱う商人の奉公人だ、相手するのが名人気質《かたぎ》の職人やら武家だ。生き馬の目を抜く蔦三郎の相手ができるわけもない、鳴屋蔦三郎はまんまと九代目の阿波屋徳右衛門になりおおせてしまった……」

「それが第一幕だ……」

宗五郎が答えたところに常丸、亮吉、政次、彦四郎らが戻ってきた。

おみつら女たちはまだ川越の話に花が咲いているという。

「おめえたちも途中からだが、寺坂の旦那の話を聞け」

宗五郎が命じ、四人が神妙に控えた。

「寛政七年五月七日未明に阿波屋から出火した火事は近隣の家屋敷を二十数棟焼いて消えた。問題は火元の阿波屋だがな、主の部屋から出てきた死体をはじめ、焼け焦《こ》げた九体が発見されて、徳右衛門や住み込みの奉公人の死亡が確かめられた。ところがさ、まだ肉が焼け残った死体もいくつかあったそうな、その死体に刺傷らしいものが残っていた……」

「なんてこって、南町じゃあ、それを放置なされていたんで」

「検死でも強盗に入られた後、痕跡を消すために火付がされたのではという見方があるにはあったが、全員が死亡してるんだ。どうにも強盗に入られたという確かな証拠をつかめないまま、調べが途絶してきたというわけだ」

宗五郎は頷くと、こやつらに聞かせますんでと前置きして、寺坂が話してくれたことを繰り返した。

「……寺坂様、九代目阿波屋徳右衛門こと鳴屋蔦三郎は、奉公人を皆殺しにして火付したあと、江戸を離れる道中に大山宿でこの彦四郎に声をかけられた。慌てて逃げ出し、どこぞで三年ばかり逼塞《ひっそく》して、江戸の様子を見ていたが、からくりはばれた風《ふう》はない。そこで江戸で第二の阿波屋を仕掛けている最中にまた彦四郎に顔を見られたというわけですね」

「そういうことだろうな」

「印籠御扱処阿波屋ではいくら懐《ふところ》に入れたと見当で」

「それだ。新しい意匠《いしょう》の印籠を江戸でも腕の知れた名人たちに競わせたのが十八個、これで注文をとった数がなんと七十七、半金の百両を前払いで受け取っていたから、ざっと七千七百両だ。仕掛けたときに使った金が二千両としても、差し引き五千七百両に新しい意匠の印籠が十八、それと阿波屋の在庫の印籠が鳴屋蔦三郎の懐に入った勘定《かんじょう》だ……」

「話を聞いていて、頭がくらくらすらあ」

彦四郎が言い出した。

「だが、彦四郎のこの呑気《のんき》な気性を読めなかった蔦三郎め、顔を見られたと殺しにかかったのが裏目に出やがった」

宗五郎が言い、彦四郎が続けた。

「そうそう、おりゃあ、しほちゃんが絵を見せなかったら、箱崎の茶人が阿波屋徳右衛門だなんて気がつかなかったぜ。だってよ、格好《なり》も顔も変わっているんだもの」

「しほは鳴屋蔦三郎の本性を見抜いて絵に描いたから、彦四郎に気付かせたんだ」

宗五郎が答えた。

「これで南と北の競争になりましたね」

「ということだ」

「どこから手繰《たぐ》るな、金座裏」

「どうも隠れ家が本所深川にあるような気がしてしようがないんで。明日から全員で向こう岸に渡ろうかと思うのですがね」

「そうしてくれるか。今泉様に、この一件は南に手柄を渡すなと、別れ際にねじを巻かれてきた。宗五郎、頼むぞ」

寺坂が言ったとき、

「旦那もおまえさんもお腹が空《す》いたろう。とせさんがお重《じゅう》にご馳走《ちそう》を詰めてくれたから、これで一杯やっておくれ。今、仕度するからね」

とおみつが戻ってきた。

「しほはどうしたな」

「今晩は豊島屋さんに泊まって、長屋には明日戻るそうですよ」

「それがよかろう」

「清蔵の旦那が張り切って、豊島屋の店に旅絵師しほの絵を飾るそうですよ」

「馬方や駕籠《かご》かきが客だぜ、見るかねえ」

「親分、しほちゃんは客の間にも評判の小町娘だ。きっと白酒の売り出しのときのように、大勢押しかけますぜ」

亮吉がおみつに代わって答えた。

「となると、おれたちが詰めて、警備に当たらにゃなるめえな」

「大いにありうることだ」

彦四郎の言葉を亮吉が請け合ったとき、玄関先で、

「ごめん」

と言う声がして、政次が立ち上がり、寺坂が不思議そうな顔をした。

「今泉様ではないか」

「おまえさん、今泉の若旦那様ですよ」

おみつの声が響いて、今泉修太郎がさわやかに入ってきた。

おみつが若旦那と呼んだにはわけがあった。

寺坂毅一郎も宗五郎も修太郎の親父どのの宥之進《ゆうのしん》からの付き合いで、宥之進が隠居した今も、今泉親子は旦那と若旦那だ。ついでに言うなら、町奉行所与力は二百石取りの旗本《はたもと》格、殿様と呼ばれていいはずだが町方では親しみを込めて、

「旦那」

と呼ばれていた。

だが、女房は奥様と呼ばれて、八丁堀の七不思議、

「奥様あって殿様なし」

と言われたものだ。

「寺坂、宗五郎、鳴屋蔦三郎の正体が割れたぞ」

と今泉修太郎が興奮の体《てい》で言った。

「寺坂と別れてからも気になったので奉行所に戻ってな、諸国の代官所から送られてきた手配書きを調べ直してみた」

「ありましたか」

「京都町奉行所から五年前に送られてきた手配に似た一件があった。押小路の印籠を扱う蔦屋寛也《つたやかんや》方の奇禍が寺坂から聞いた話と瓜二《うりふた》つ、この頭目は、元禁裏《きんり》勤めの番士の飯倉登二郎《いいくらとじろう》という男で、五年前が三十九……」

「京で仕事《つとめ》を働いた先が蔦屋……」

「江戸では鳴屋蔦三郎と名乗っていた」

「今泉様、まずは間違いございませんぜ。この飯倉、今じゃあ、四十四ですかえ」

「飯倉には武州浪人の田能村源也斎という剣客が従っておるそうじゃ。その他に一味は五、六人とあるが名前などは分かっておらぬ」

「今泉様、まず間違いのないところでございましょう。ひょっとしたら、こやつ、上方と江戸を数年置きに移り住みながら、同じような仕事を果たしてきたのかもしれませんな」

「京、大坂に問い合わせてみるか」

今泉が言ったとき、おみつが下女や政次たちに手伝わせて、膳を三つ運んできた。

「今泉の若旦那様、しほちゃんが川越から戻ってきた日にございましてねえ……」

そう言ったあと、豊島屋さんの用意された馳走です、とおみつが説明した。

「おみつ、しほが絵をたくさん描いてきたそうではないか」

「豊島屋さんで、店に飾るそうでございますよ」

「宗五郎親分の先祖が三代家光様と拝謁される図も飾られるか」

「もう、お耳に入りましたか」

「寺坂から聞いたでな」

「あればっかりは人前には恐れ多くて出せませんや」

宗五郎が徳利を今泉修太郎に差し出した。

ゆったりと受けた修太郎が、

「豊島屋に女絵師の絵を飾るときは知らせてくれよ、ぜひ見物に参るでな」

と言ったものだ。

翌朝、八百亀以下金座裏の手先たちが船で大川を渡った。

本所深川一帯で飯倉登二郎一味の隠れ家を虱潰《しらみつぶ》しに捜すためだ。

親分の宗五郎は、竪川と横川が交差する北辻橋《きたつじばし》際にある自身番を連絡所《つなぎ》と定め、二人一組にした手先たちを一帯に割り振りして散らせた。

そのあと、宗五郎は独りぶらりと横川ぞいに柳島村を目指した。

七日正月も終わり、深川本所一帯もいつもの暮らしを取り戻していた。

横川の東側は大名家の下屋敷が連なり、それが途切れると寺町へと変わった。その寺町を東に下ると十間川にぶつかる。

ここいらあたりは柳島町が堀ぞいに細く続き、その背後に柳島村が広がっていた。

十手持ちの柳島の正吉は下総高岡藩《しもうさたかおかはん》一万石の下屋敷前に一家を構えていた。女房に小さな炭屋をやらせているので、

「炭屋の親分」

とも呼ばれていた。

「柳島の、いるかえ」

店先で声をかけると、正吉の女房が真っ黒の顔を向けて、

「あれ、金座裏の親分さんだ」

と言った。

「おかみさんも元気そうでなによりだ」

「元気だけが取《と》り柄《え》、貧乏暇《ひま》なしだよ」

と笑った女房が、

「うちのなら、十間川で釣りをしていますよ」

と言った。

「ならばそっちに邪魔しようかえ」

宗五郎は十間川に出た。すると小太りの好々爺が釣糸を垂れていた。

「なんぞ釣れるかえ」

「宗五郎さんか、釣りはどうでもいいが、考え事をするときにはもってこいだぜ」

「石繁一家の殺しは目処《めど》が立たないか」

「立たねえな、それでなんぞ思案でも、と釣糸を垂れたのさ」

正吉が餌《えさ》もつけていない針を上げて見せた。

宗五郎は急展開した話を先輩の御用聞きに告げた。

「なんてこった、印籠屋を皆殺しにして火付けまでして何千両もかっさらっていった大悪党かい。こりゃ、いよいよじい様の手に余るぜ」

「柳島の、そう言わないでくんな。おれは登二郎一味の隠れ家がこの近くにあると睨《にら》んでいるんだ。うちの手先にも尻《しり》を叩いて追い立てたところだ」

「江戸市中と違って家は少ないが、なにしろ広いや」

と言った正吉は、

「金座裏の手先が町屋に散っているのなら、うちは亀戸、小梅、柳島村から葛西川村《かさいがわ》の聞き込みに回ろうか」

と釣り竿《ざお》に糸を巻き付けて、立ち上がった。

「柳島の、おれの連絡《つなぎ》場所は北辻橋の自身番だ」

「承知したぜ」

宗五郎は柳島の正吉と別れると足をさらに北、十間川がその先でぶつかる北十間川へと向けた。

押上《おしあげ》村の間を北十間川へ流れ込む小川では子供たちがいろいろな手製の道具を使って蜆を採《と》っていた。

「菊三はいないか」

子供の一人に聞くと、

「洟たれかい、一丁ばかり先の浅瀬にいらあ」

という答えが返ってきた。

菊三は水面に顔をつけて、笊を上げようとしていた。すると長く引いた鼻水が垂れて流れに落ちた。

「水は冷たくはないか」

宗五郎が呼び掛けると菊三が笊を水中から引き上げ、顔を岸に向けた。

「親分さんかい、なあに寒の峠《とうげ》は越えてらあ。これからは楽になるだけだ」

菊三はそう言いながらも笊を揺すって水を捨てた。すると竹笊の中に蜆と泥が混じって見えた。蜆だけを拾った菊三は腰に結《ゆ》わえつけた籠《かご》に放り込んだ。

「なんぞ用事かい」

「いや、柳島の親分のところまで来たんでな、思いついて蜆採りを見にきた」

「おもしろくもなんともないぜ」

菊三は岸辺に上がってきた。

水に浸《つ》かっていた足は真《ま》っ赤《か》で霜焼《しもや》けが見えた。

宗五郎がまだ枯れ草の土堤《どて》に腰を下ろすと、菊三も並んで座った。

「菊三、おめえは本所深川を蜆を売って歩いているな」

「あいよ、どんな路地だって抜け穴だって知らないところはないよ」

「それだ、おれがおまえに会いに来たもう一つの理由はさ」

「石繁一家を殺した浪人どもの棲《す》み家《か》だな」

「おお、その一件だ。奴らの頭目は鳴屋蔦三郎か、飯倉登二郎という名で、茶人か俳人の風《ふう》を装《よそお》っているはずだ。菊三、茶人って分かるか」

「頭によ、筒っぽみてえな布切れをかぶっている年寄りだ」

「こやつ、年寄りに見せかけているだけでまだ四十四だ。こいつのかたわらには田村源也斎という剣客がついている。こいつらがどこぞに潜んでいるはずなんだ。女もいるかもしれないが、まずは男ばかり五、六人はいよう。一味の隠れ家に思いあたったらな、北辻橋の自身番まで知らせてくれまいか」

「親分、この前みてえに二分くれるかえ。おっ母さんが泣いて喜んだぜ」

「そうか、こんどの一件は二分じゃすまない。おめえがうまく捜し当てたら、お奉行様からお褒めの言葉があろうぜ」

「親分、おりゃ、そんなもんはいらねえや。貧乏人のおれたちにありがてえのはなにより銭だな」

「よかろう、おまえの一家の借金を軽くするくらいはおれが考えようか」

「よしきた。蜆売りの合間にこの目を皿のようにして歩こう」

「頼んだぜ、仕事の邪魔をしたな」

と宗五郎は用事を済ませて立ち上がった。

しほは、鎌倉河岸裏の皆川町《みながわちょう》の竹《たけ》の子《こ》長屋《ながや》での、いつもの独り暮らしに戻った。

六つ半（午前七時）には起きて、狭い長屋を掃き掃除して両親の位牌に水を上げて灯明《とうみょう》を点した。

朝餉《あさげ》の仕度を井戸端で済ます刻限、すでに長屋の男たちは棒手振《ぼてふ》りなど仕事に出かけていた。

隣のはつも亭主の嶋八《しまはち》をとっくに送り出して、鷲神社の七福神《しちふくじん》の飾りの絵付けの内職を始めていた。

「おばさん、おはよう」

「しほちゃんかえ、川越土産をいろいろともらってありがとうよ。蜂蜜《はちみつ》をまぶした十《じゅう》三里《さんり》の菓子は、昨日、長屋のみんなでさ、食べたよ。甘くて甘くて、口の中がとろけそうだったな」

川越名物の栗《くり》（九里）より（四里）うまい十三里とは薩摩芋《さつまいも》のことだ。江戸からおよそ十三里あったことからも、川越の芋は十三里と呼ばれた。

短冊《たんざく》に切った薩摩芋を菜種《なたね》油でからりと揚げ、糖蜜にまぶした菓子は園村幾お手製の菓子であった。これを幾が、

「江戸には洒落た菓子はあろう。かえって鄙《ひな》びた菓子のほうがめずらしかろう」

とたくさん土産に持たせてくれたのだ。

「伯母が聞くと喜ぶわ」

しほはそう言うと自分の長屋に戻り、竈《かまど》にお釜をかけて御飯を炊《た》きながら、文机《ふづくえ》の前に座った。

川越で世話になった園村、佐々木、静谷家に礼状を書くためだ。

御飯の吹き上がりをみながら、筆を進めた。

三通を書き終えたのは朝餉を食べ終えた後、一刻《いっとき》（二時間）もした刻限だ。

日射しからみて四つ（午前十時）過ぎと思えた。

慌てて身繕《みづくろ》いをして、豊島屋に出る仕度をした。

店が始まる前に赤坂汐見坂《しおみざか》の川越藩上屋敷まで行けるかどうか、清蔵に相談して行動を決めようと思った。

川越へ連絡したくなったときには汐見坂の藩邸に手紙を託す。すると御用の書類と一緒に川越へ送られる手筈《てはず》を園村家が整《ととの》えてくれたのだ。

書き終えた三通を手に、はつに声をかけた。

「留守をよろしくね」

「あいよ、今朝は早いね」

「ちょっと用事を済ますの」

しほは竹の子長屋名物の竹藪《たけやぶ》の笹の音に見送られて、長屋を出た。

豊島屋はまだ大戸を下ろしていた。

が、清蔵の姿はすでに鎌倉河岸にあった。葛飾《かつしか》あたりから野菜を売りにきた百姓船の女と話している。

「しほ、早いな」

「汐見坂の御藩邸まで手紙を届けてきてようございますか」

「御城をぐるりと半周かい。行っておいで、昼はそう忙《いそが》しくはないんだ、急ぐこともないよ」

清蔵に見送られたしほは龍閑橋へと足を向けた。

おふじが船着場に立っていた。

「女将さん、彦四郎さんたちはまだ川向こうなの」

「どうやら探索が難航しているようだよ」

「大変ね」

「金座裏も大変だが、うちも彦四郎がいないのは痛手だよ。早く下手人がお縄になればねえ」

おふじの言葉には真剣なものがあった。

四

北辻橋の自身番に小者《こもの》を従えた北町奉行所定廻同心の寺坂毅一郎が姿を見せた。

「宗五郎、なんぞ目ぼしい話はないか」

「隠れ家を本所深川と踏んだわっしの勘違いですかね。どうもぴーんとしたあたりがない」

「江戸じゅうで一味の盗人宿《ぬすっとやど》をあぶりだしているが、どこも芳《かんば》しくねえ。金座裏、ここは辛抱《しんぼう》のしどころだとは思うがな」

「へえ」

金座裏の八百亀以下の手先たち、それに髪結《かみゆい》の新三《しんざ》ら下《した》っ引《ぴ》きまでが、こちら岸に動員されて、飯倉登二郎一味を捜していた。

さすがに、寺坂も宗五郎も浮かない顔だ。

「親分さん、顔色がさえねえぜ」

自身番の外から声がかかった。見ると蜆売りの菊三が相変わらず洟を垂らして、番屋を覗き込んでいた。

「菊三かえ、茶でも飲んでいけ」

「渋茶だけかえ」

「甘いものもある」

宗五郎の言葉につられて菊三が番屋に入ってきた。

土間には火鉢があって見回りの旦那たちが暖をとれるようになっていた。

菊三は寺坂や自身番の家主らにぺこりと頭を下げ、

「ああ、黄粉餅《きなこもち》だ」

と目敏《めざと》く黄粉餅を見つけた。

「好きなだけ食っていけ」

「ありがとう」

菊三は袖で鼻を拭うと黄粉餅にかぶりついた。

「親分さん、おれもさ、いろいろと当たっているんだが、浪人者が何人も一緒に暮らしているような破れ寺も百姓屋も道場もねえぜ」

「ないか」

「大体さ、浪人者が暮らしていれば、周りの酒屋や米屋が迷惑していらあな。あいつら、おれんちより懐具合がひでえからね、ツケの溜まり放題だ。だからさ、そんなところからすぐ割れるんだがな」

菊三は一丁前の手先のような口を利《き》いた。

「いや、おれたちが捜している一味は銭には困ってない。酒も米もツケではあるまい」

ふーんと言った菊三が、

「待てよ」

と呟いた。

「何か気にかかることがあるか」

「いやさ、おれが蜆売りにいく長屋にな、浪人が独り暮らししているんだが、お定まりの傘張りの内職だ」

「それはまじめな浪人さんだな」

「親分、話をまぜっかえさねえでくれよ」

「すまねえ」

「ところがさ、買った蜆を食いもしねえで捨てて、また買ってくれるんだ。ありがたいにはありがたいが、おれが手をかじかませて採った蜆がかわいそうだぜ」

「ほう、ずぼらな浪人だな」

「そればかりじゃねえや、いつ行っても内職のかっこうだけはしているが仕事が進んでいる風はない」

「菊三、そいつはちとおかしいな、よく話を聞かせてくんな」

宗五郎は菊三が言わんとしていることがようやく飲み込めた。

「だろう。部屋じゅうに骨だけの傘が広げられているのさ、だけど、糊《のり》は固まっているしよ、刷毛《はけ》だって使った様子はないぜ」

「そいつはどこに棲んでいるな」

「猿江裏町の西兵衛《せいべえ》長屋《ながや》の江頭って浪人さ」

「金回りはどうだ」

「蜆なんぞを買うときも負けさせたことはないな」

宗五郎が寺坂を見た。

寺坂が頷いた。

「この際だ、調べてみるか。一味が集まって棲んでおると考えていたが、一人ひとりがばらばらに貧乏浪人の真似《まね》をしていたら、見落としたかもしれぬな」

「盲点でしたかな」

と答えた宗五郎は言った。

「菊三、今日の蜆は番屋に置いていけ。おれがすべて買い上げてやる」

「御用の手伝いかえ」

「まあ、そんなところだ」

菊三は蜆を入れた竹籠《かご》を番太《ばんた》に差し出し、

「籠はあとで取りにくらあ」

と言い、宗五郎の顔色を窺《うかが》った。

「親分、黄粉餅、もらっていいかねえ。妹たちに食わせてえ」

「全部持ってけ」

「ありがてえ」

菊三は竹皮に餅を包むと急いで懐に入れた。

「寺坂様、首尾はあとで知らせます」

宗五郎は菊三を伴い、番屋を出た。

「親分、猿江裏町はこっちだぜ」

反対方向に歩きだそうとした宗五郎を菊三が注意した。

「なんでも仕込みが肝心だ。まずは北割下水の根来屋《ねごろや》につれていけ」

「あいよ。だけど、親父、いるかな。仕込みの刻限だからな」

菊三が心配した。

「まあ、訪ねてみようか」

北割下水に入っていくと根来屋の万助《まんすけ》が店の土間を掃除したごみを下水に投げ入れていた。

「おまえさんが万助さんかえ」

万助は宗五郎を、続いて菊三を見た。

「うちの若い者が世話をかけたな」

「ああ、金座裏の親分さんで。噂はかねがね聞いていますさあ」

「御用聞きのことだ。北割下水じゃあ、評判も悪かろう」

「決していいとは言われねえが、おまえ様は別だ」

世辞《せじ》でもうれしい、と笑った宗五郎が聞いた。

「おまえさんの店に江頭なにがしという浪人は来るかえ」

「江頭……」

万助が首を傾《かし》げた。

「蟹《かに》みてえにがっちりした体付きでよ、髭《ひげ》の浪人さんだ。長屋は猿江裏町の西兵衛さんのところだ」

　菊三が口をはさんだ。

「傘張りの浪人か、来ますぜ。そういやあ、江頭杉三郎《しんざぶろう》って名だったな」

「いつも独りか、それとも仲間連れかえ」

「独りのときも仲間連れのときもありますがね、仲間とはうちで落ち合うようだ」

「金払いはどうだ」

「北割下水の商《あきな》いはどこも現金でねえ。そのとき、貰《もら》わなければ取りはぐれまさあ。江頭の旦那の懐はあったけえと見たがねえ」

「近ごろ来たかえ」

「三、四日前が最後かねえ」

「うちの手先たちが来た日ではないか」

　万助が髭面に手をあてて考え込んだ。

「言われてみれば、菊三がどでけえ兄さん二人を道羽《みちば》の旦那のところに連れていった夜が最後だな」

「あんとき、傘張りの浪人、店にいたかな」

　菊三が首を傾げた。

「ああ、隅のほうで独り飲んでいた」

宗五郎は二分を出すと、

「万助さん、こりゃ、おめえが菊三の蜆を買い取ってくれる礼だ」

と手に握らした。

「金座裏の親分からでなければ突っ返すところだが、ありがたく頂いておこう」

万助がうれしそうに懐に仕舞った。


猿江裏町の西兵衛長屋に江頭杉三郎の姿はなかった。井戸端にいた女に聞くと昨日の朝から戻っていないという。

大家の西兵衛を立ち会わせると江頭の長屋に入った。

確かに骨だけの傘が転がっていたが、仕事をしている様子はなかった。糊などはこちこちに固まっていた。

逃げ出した感じはない。

「江頭様が長屋を空けることがあるかえ」

「時折りないこともないがね。まだお若いんだ、四宿《ししゅく》あたりに馴染《なじ》みがあってもおかしかあるまい」

「仲間が訪ねてくることはあるか」

「見たことはないな」

「西兵衛さん、江頭様の家賃の払いはどうだえ」

「三月《みつき》先まで貰ってますよ」

「いい店子《たなこ》だな」

「なんぞおかしいことがございますか」

「割下水で三月先まで前払いする傘張り浪人がいるものか」

違いない、と西兵衛は首をたてに振った。

「大家さん、当分見て見ぬ振りをしていてくんな」

宗五郎は釘を刺すと、手先が戻っていれば呼んでこいと菊三を北辻橋の番屋に走らせた。長屋に独り残された宗五郎は、

（どうやら飯倉登二郎一味の尻尾《しっぽ》を摑《つか》まえたようだ。さて、どうしたものか……）

と思案を巡《めぐ》らした。

「親分」

と飛び込んできたのは亮吉と常丸だ。

「早いな」

「火消し役五千石の斎藤様のお屋敷前で血相変えた菊三にばったり出くわしたのさ。菊三を番屋に向かわせ、なにはともあれこっちに走ってきた」

「常丸、亮吉、家捜ししてみねえな」

宗五郎は二人の手先に命じた。

四半刻の家捜しで床下から百三十余両が入った壺《つぼ》が出てきた。

「傘張り浪人が百三十余両かえ、尻尾を出したな」

「元どおりにしますかい」

畳を上げた床下から亮吉が聞いた。

「いや、そのままでいいや」

と答えた宗五郎は、

「常丸、この長屋を四方から取り囲むように見張り所を設けるんだ」

「合点《がってん》だ」

二人が飛び出していくと同時に八百亀と三喜松《みきまつ》が顔を覗かせた。

「亀次《かめじ》、どうやらやつらの尻尾を摑まえたぜ」

腹心の部下に説明すると、

「常丸たちを手伝って、網を張れ」

と命じた。

深夜、西兵衛長屋は深い眠りについていた。

道中に使う箱提灯《はこぢょうちん》を点した江頭杉三郎が木戸口を潜ったのは四つ半（午後十一時）過ぎのことだ。長屋に入り、明かりに照らされた部屋の様子を見た江頭杉三郎の体が緊張した。

草履《ぞうり》のまま、畳を引き上げられた床を覗いた江頭は、

「糞《くそ》っ！」

と罵《ののし》り声を上げた。辺りを見回しながら刀の柄《つか》に手をかけた江頭は、手にしていた箱提灯の明かりをまず吹き消した。しばらくそのままの姿勢で様子を窺っていたが、裏庭への障子戸を引き明けて静かに外に出た。

闇に紛れるように江頭杉三郎は北割下水へと向かった。

金座裏の宗五郎に指揮された八百亀ら十数人が間をおいて尾行に入った。

折から雲間に月も隠れて、明かりもない。

経験と勘だけがたよりの尾行だった。

江頭は北割下水を通り過ぎると法恩寺《ほうおんじ》橋《ばし》で横川を越えて東側に渡った。

江頭は猿江裏町を離れたことに安心したか、法恩寺前の常夜灯の火を移して手にしていた箱提灯に火を入れた。

これで宗五郎たちの尾行が楽になった。

明かりはひたすら小梅村を北へ、大川の上流へと向かった。

江頭杉三郎の明かりが止まったのは寺島村の法泉寺《ほうせんじ》の北側に池を囲むように建つ屋敷の一軒だ。

宗五郎は亮吉を柳島町の正吉の家に走らせ、土地の岡っ引きの知恵に頼ることにした。同時に三喜松を八丁堀に向かわせ、寺坂毅一郎に連絡をさせた。さらに政次と彦四郎を横川に止めていた猪牙舟を取りに行かせた。

江頭が屋敷に入ってから半刻後、柳島の正吉がまず姿を見せた。

宗五郎が指す屋敷を見た正吉は、

「ありゃ、旗本《はたもと》寄合三千六百石の加藤直次郎《かとうなおじろう》様の抱屋敷《かかえやしき》だ」

と言った。

生来、旗本は拝領屋敷の他に下屋敷《しもやしき》を持つことを禁じられていた。だが、寛政期ともなると幕府に内緒で江戸外《はず》れに抱屋敷を構える高禄の旗本がいた。

加藤の他にも寄合の七千五百石の三枝宗四郎《さえぐさそうしろう》ら六、七家が二千坪ほどの別邸を構えていた。

「先代は確か病《やまい》で亡くなられたはずだ。ともあれさ、金座裏、抱屋敷とはいえ、旗本邸は厄介《やっかい》だぜ」

と正吉は尻込みした。

「親分、屋敷に潜らせるかえ」

八百亀は反対に動こうと進言した。

（寺坂の旦那が来てからにするか……）

宗五郎は迷っていた。

政次と彦四郎は猪牙舟を寺島村の岸に着けた。

「政次、さっきの野郎がおれたちを北割下水で襲った江頭杉三郎なんだろう」

「間違いない」

「ならばさ、旗本大身《たいしん》と関わりがあるなんて、おかしいじゃないか」

「おかしいさ。だが、町方じゃ、旗本には手が出せない決まりだ。奉行所を通して目《め》付《つけ》にお願いするしか手はない」

「おまえら、町方はそうかもしれねえ」

彦四郎が言った。

「おれはただの船頭だ。それも三度もあいつらの仲間に殺されかけたな」

「何を考えているんだ、彦四郎」

「おれが屋敷の様子を見てくらあ」

彦四郎が竿を手にした。

にたりと笑った政次が、

「彦四郎、まだ和泉守藤原兼重《いずみのかみふじわらかねしげ》が猪牙の舟底に隠してあったな」

と筵《むしろ》の下から風呂敷包みの大小《だいしょう》を出した。

「おれはおまえの身を守るように親分から命じられているからな」

「ならばついてこい」

「行くさ」

二人は猪牙舟から岸に跳《と》んだ。

四半刻《しはんとき》（三十分）後、加藤屋敷で騒ぎが起こった。

宗五郎は表門の前でその声を聞いた。

「阿波屋徳右衛門、おめえはよくもこの彦四郎様を殺そうとしやがったな。おれが何をしたってんだ！」

「親分、彦四郎の野郎、旗本屋敷の中に入り込んでますぜ」

亮吉がおろおろとした声を上げた。

「そなたは尾《つ》けられてきたんだ。江頭杉三郎、そなたが始末せえ！」

阿波屋徳右衛門こと飯倉登二郎のものと思われる、押し殺した声も聞こえてきた。

「こうなりゃかまうことはねえ、突っ込むぞ！」

宗五郎の合図とともに亮吉が塀を乗り越えて通用口を開き、宗五郎と手先たちが一斉に屋敷の中に踏み込んでいった。


翌日の昼下がり、江戸の町を読売《よみうり》が飛び交った。その見出しは、

〈三年前の印籠御扱処阿波屋の火事焼死事件に隠された秘密、金座裏の宗五郎親分が暴露〉

〈隠れ家は元旗本抱屋敷　幕閣《ばっかく》に衝撃走る……〉

〈一味の首領は元京都禁裏番士飯倉登二郎〉

などなどであった。

鎌倉河岸の豊島屋では清蔵がいつものようにうろうろとして、しほや庄太に、

「お調べが終われば、絶対に顔を見せますよ」

「旦那、落ち着いてくださいな」

と窘《たしな》められていた。

「こんな読売で何が分かる。亮吉の奴、早く来るがいいじゃないか」

とぼやき飽きたとき、ようやく金座裏の若い手先たちが顔を見せた。

彦四郎の顔がうれしそうに笑っていた。

政次はいつもの落ち着いた顔に興奮の余韻《よいん》を残し、亮吉の目は猟犬のようにきらきら輝いていた。

「清蔵の大旦那、主役は彦四郎と政次だ」

「ほう、二人が手柄を挙げたか」

清蔵は三人をいつもの席に座らせ、さあ、話せと手にしていた読売を振った。

「一味の頭領は京の元禁裏番士の飯倉登二郎って糞面白《くそおもしろ》くもない名の男だ。こやつ、頭が切れるうえに性情残酷ときいている。なあに抵抗できねえ相手に対して、酷《ひで》え振るまいをするケチな野郎さ。まだ深川の蛸番屋《たこばんや》の調べですべてが分かったわけじゃないぜ……」

蛸番屋とは本所深川一帯で捕まえられた者たちを伝馬町の牢屋敷に送るために傍証

をかためる大番屋だ。ここに与力が出張って予備の調べを行う。

「かまわないよ、分かっただけでいいからさ」

「禁裏を辞《や》めた飯倉はよ、京で取り込み詐欺をやって江戸に下ってきた。京での仕事《つとめ》の先がさ、七輪寺派の印籠師だったことから、印籠が高く売り買いされることを飯倉は知っていたのさ。そこで江戸じゅうをあたって、麹町の印籠御扱処の阿波屋徳右衛門に目をつけた。当主は江戸に出て八代目、おっとりしていらあ。阿波屋の旦那をさ、京から連れてきたおいねという若い女に誘惑させて籠絡《ろうらく》し、金を貢がせた上に多額の借用証文に名まで書かせた。借りた先かえ、鳴屋蔦三郎と名を変えた飯倉登二郎さ……」

「そんな簡単な手に引っ掛かったか」

「堅物《かたぶつ》真面目《まじめ》、徳右衛門は女房に打ち明けてよ、首を夫婦で吊った。旦那も気をつけな」

「馬鹿野郎、色欲を心配するのはおまえのほうだ」

彦四郎がけっけっけと笑った。

「ちぇっ！」

と吐き捨てた亮吉は本論に戻った。

「主夫婦の心中騒ぎの最中に鳴屋蔦三郎が乗り込んで、借用証文をちらつかせ、阿波屋を暖簾、得意先、奉公人ごと乗っ取った。この男、番頭の尻を叩いて、新しい意匠の印籠を作ると江戸の名工に呼び掛けさせて、十八ほどの印籠を工夫させ、これを見本にさ、印籠が趣味の客の注文を取らせたんだ。その数、なんと七十余人に上がったそうな、手付けで半金の百両、七千余両をかき集めた後、阿波屋に火事を起こさせた。そして、新しく九代目を継いだ徳右衛門に奉公人、全員が焼死したと奉行所にも世間にも思わせた。ところがさ、九体目の徳右衛門の死骸《しがい》は飯倉登二郎の手下たちが寺に埋められた新仏を運んできたものだ……」

「なんてことだ」

「ともかく阿波屋の焼死事件で鳴屋蔦三郎一味は新しい意匠の印籠十八をはじめ、阿波屋にあった印籠、根付などと八千余両を得た。一味はちりぢりに江戸を離れた。ところがさ、大山参りに行っていた彦四郎とばったり会って、その場は逃げ出した……」

「その話は聞いたぞ、亮吉」

「旦那、我慢して聞きねえな。はしょるわけにもいくまい」

「ならばさっと話せ」

「三年ほど上方に隠れて逼塞《ひっそく》していた鳴屋蔦三郎こと飯倉登二郎一味が再び江戸に出てきてさ、なんと隠れ家を旗本加藤様の抱屋敷に定めた。加藤家の先祖はよ、昔、大御番頭を務めた家柄だが、三代前に失態があって寄合席だ。無役で抱屋敷を維持するのは、大変なところに先代が病気で亡くなった。これをさ、飯倉が聞き込んで、密《ひそ》かに金に窮していた加藤家の用人から四千何百両で買い取ったのさ。さて、飯倉は新たな阿波屋を探して、縛られ地蔵を寄進したりしながら、一味の再招集を計った。この飯倉の腹心の部下が田能村源也斎という一刀流の達人の剣客だ。こやつは江戸での仕事のあと、国の武州寄居《ぶしゅうよりい》に戻っていた。その田能村を迎えに行こうと、川越行きの高瀬舟に乗ったところを、おれたちにばったり会ったわけだ……」

「いつも言うだろう。お天道様《てんとさま》はお見通しだ」

「彦四郎はしほちゃんに気が行って、あの茶人風の老人が、見知った阿波屋徳右衛門とは気がつきもしなかった」

「だが、しほが描きとめていたってわけだな」

「そういうことだ。あとは自分のほうから彦四郎に仕掛けて自滅の一途さ」

清蔵がふーうと息を大きく吐《つ》いた。

「おまえらが加藤屋敷に乗り込んだ下《くだ》りはどうだ」

「そこさ、彦四郎と政次の手柄というのはさ……」

宗五郎を先頭に、一同が屋敷に飛び込んだとき、式台の前では彦四郎が竿を振り回して、飯倉登二郎を殴《なぐ》りつけていた。

政次は脇差を腰に、和泉守藤原兼重を正眼《せいがん》に構え田能村源也斎と対決していた。

宗五郎は、

「八百亀、屋敷内にいる手下をしょっ引け!」

と八百亀らを屋敷内に突入させた。

「政次、おれが見届け役をしてやろうか」

「はっ、はい」

政次が息を整え直した。

「彦、そいつを殴り殺すな」

亮吉は、そう彦四郎を牽制《けんせい》しながら二人の対決を眺めた。

「糞っ!」

大兵巨漢の田能村は右手一本、大剣を頭上に翳《かざ》し、均衡をとるように、脇差を持った左手を横に広げた。

政次は正眼のまま、
ずいっ
と歩を進めた。

腰がしっかりと据わった構えで、神谷丈右衛門《かみやじょうえもん》道場での精進《しょうじん》が落ち着きぶりに表われていた。

気迫に飲まれたように田能村が一、二歩後退したが、

「おのれ、下郎《げろう》め！」

と叫んで突進してきた。

いきなり間合いが切られた。

田能村が右手の大剣を振り下ろすのと、政次が低い姿勢で相手の懐に飛び込んだのが同時だった。

政次は藤原兼重の狙いを、脇差を持った田能村の左手につけ、鋭く揮《ふる》って肘《ひじ》を襲った。

「げえっ！」

という叫びと大剣が政次の背を掠《かす》めたのと、脇差を握った手が斬り飛ばされたのが同時だった。

政次はつんのめる田能村源也斎の背に峰《みね》に返した藤原兼重を叩きつけた。

吟味与力の今泉修太郎を同道した寺坂毅一郎が加藤邸に入ってきて、

「宗五郎、旗本屋敷に突っ込んだか」

と顔面蒼白《そうはく》になったのは捕物が一段落ついたところだった。

玄関前に頭をこぶだらけにした飯倉登二郎とおいね、江頭杉三郎ら一味が引きすえられていた。

政次に左手を斬り飛ばされた田能村はすでに医師のところに運ばれていた。

「今泉様、寺坂様、ご心配ございませんよ。抱屋敷は元々お上が認めた拝領屋敷じゃねえや。そのうえ、加藤家ではこの元禁裏の番士に売り飛ばされていやしてね」

宗五郎の声がのんびりと響いた。

「政次、腕を上げたな」

清蔵が褒めた。

「旦那、おれも褒めてくんな。敵《かたき》はきっちりとったんだからな」

「おうおう、彦四郎、おまえもよくやった。だがな、明日からは手先の真似事《まねごと》もなしだ。さぼった分、龍閑橋で精出して櫓を漕げ」

豊島屋の清蔵が話を締めた。
しほは戸口越しに鎌倉河岸の老桜に視線をやり、
（彦四郎さんの事件も無事に目処《めど》が立ちました……）
と感謝の言葉を胸の内でそっと呟いた。

解説

星　敬

私は今、佐伯泰英の描く時代小説に首っ丈なのである。《密命》シリーズに始まって《夏目影二郎始末旅》、《古着屋総兵衛影始末》、《居眠り磐音江戸双紙》、《吉原裏同心》に《酔いどれ小籐次留書》、《交代寄合伊那衆異聞》、そして《鎌倉河岸捕物控》と毎月のように発表される佐伯泰英の書き下ろし時代小説に夢中なのだ。

佐伯作品は、とにもかくにも面白い。リズミカルで読みやすい文体。魅力溢れる登場人物たち、そしてハラハラドキドキ、笑いどころも泣きどころも満載のストーリー展開は一度読み始めたら止《や》められない魅力に溢れている。

佐伯作品には、良質のエンターテインメントならではの読書の醍醐味《だいごみ》がある。読者に至福のひと時を約束してくれる感動がある。登場人物と共に一喜一憂し、共に成長していく快感がある。

たまらないのだ。続きが早く読みたくてたまらないのだ。

金杉惣三郎、清之助父子の剣客としての苛烈《かれつ》な運命の行く末は……。私のお気に入りである鍾馗《しょうき》の昇平と金杉家のみわの恋は……。剣豪小説と同時にファミリー・ドラマでもある《密命》シリーズの今後が気にかかる。

酔いどれ小籐次の子育ての顚末が、居眠り磐音を待ち受ける過酷な運命の時が、生まれ変わった吉原での神守幹次郎夫妻の生き様が、夏目影二郎と国定忠治の今後が、日本を飛び出し上海に雄飛した座光寺藤之助と高島玲奈の今後が気にかかる。そしてもちろん《鎌倉河岸捕物控》の若者たちが今後いかなる成長を遂げていくのかが気にかかる。

佐伯泰英の時代小説にのめり込んだが最後、読者の多くは私と同様の想《おも》いに取り憑《つ》かれるはずだ。佐伯作品には、禁断症状を起こさせるだけの魔力がある。続きが読みたくてたまらないという焦燥感を抱かせるだけのパワーがある。

私は今、専門学校で小説家志望の学生たちを指導しているのだけれど、時代小説の入門書として池波正太郎の《鬼平犯科帳》、《剣客商売》の二つのシリーズと共に佐伯泰英作品を推奨している。

ライトノベルしか読んだことのない今時の学生たちにも佐伯作品は、すんなり受け入れられている。課題図書として読んでもらっているのだが、すこぶる評判が良いのである。

読みやすく、判りやすいストーリーはもちろんのこと、魅力的で個性溢れる登場人物たちの姿は、時代小説に無縁であった今時の若者たちの心にその面白さ、奥深さをしっかり根付かせたように思えるのだ。

もちろん全ての学生ではないのだけれど、佐伯作品に触れた者の多くは、その魅力にどっぷりはまり始めている。

学生たちの感想を聞いてみると、彼らが慣れ親しんできた異世界ファンタジーと同じような感覚で佐伯作品を受け止めているように思えるのだ。江戸時代という異世界を舞台に、個性豊かで魅力に溢れる人々が織りなす読み応《ごた》えのある物語とでもなるだろうか。

《居眠り磐音江戸双紙》の坂崎磐音や《酔いどれ小籐次留書》の赤目小籐次の生き様に、そして《鎌倉河岸捕物控》の政次、しほ、亮吉、彦四郎の四人の若者たちの成長ぶりに触れた学生たちの多くは、その魅力に確実に取り憑かれ始めている。

彼らにとって時代小説とは小難しいもの、自分たちには関係のないジャンルであったものが佐伯作品に触れることでごくごく身近なエンターテインメントであることに気付かされることとなったのだ。

　まだまだ時代小説の真の楽しみ方を知ったわけではないのだけれど、ライトノベルと同様のキャラクター小説としての楽しみ方は、確実に彼らに受け入れられ始めているのである。

　さて、本書『暴れ彦四郎』だが、政次、亮吉、彦四郎、しほの四人を中心に描かれる青春グラフィティ《鎌倉河岸物語》の第四弾である。タイトルからもお判りのように、今回メインを勤めるのは船宿綱定の船頭の彦四郎だ。

　物語は、今は亡き両親の故郷である川越を訪れることとなった豊島屋の看板娘しほの旅立ちから始まる。しほを船着き場まで見送りに出た政次、亮吉、彦四郎の三人だが、しほが乗り込むことになった船上には彦四郎の姿を見て驚きの表情を見せる老人の姿があった。やがて彦四郎に謎《なぞ》の刺客の魔手が……。

　気は優しくて力持ち。友達思いの好漢彦四郎の活躍が始まる。

　政次、亮吉の活躍ぶりが描かれてきた前三作に変わって、本書では船宿の船頭彦四郎がメインの物語が展開されるのだ。

　私は、新装版から《鎌倉河岸捕物控》をお読みになり始めた読者の皆さんが羨《うらや》ましくて仕方がない。最新巻の『冬の蜉蝣《かげろう》』まで、まだ八巻も楽しみが残されているのだから。

政次としほ、亮吉、彦四郎、金座裏の面々と、そして鎌倉河岸に暮らす人々が織りなす清々《すがすが》しい物語は、読者に至福の時を約束してくれるはずである。私自身も四人の若者たちがこの先、いかなる成長を遂げていくのか、今後の展開が楽しみで仕方がない。四人の若者たちと共に今後も一喜一憂する日々が続きそうだ。

《鎌倉河岸捕物控》を筆頭に、今後も佐伯泰英の時代小説からは目が離せそうもない。新作の登場が、こんなにも待ち遠しい作家に出会えたとは、読者冥利《みょうり》に尽きるの一言なのである。


（ほし・たかし／文芸評論家）

本書は、二〇〇二年六月に刊行された同書を
改訂の上、新装版として刊行したものです。

時代小説文庫
さ 8-22

暴《あば》れ彦《ひこ》四《し》郎《ろう》 鎌倉《かまくら》河岸《がし》捕物控《とりものひかえ》〈四《よん》の巻《まき》〉（新装版）

著者 佐《さ》伯《えき》泰《やす》英《ひで》
2002年6月18日第一刷発行
2008年8月18日新装版第一刷発行

発行者 大杉明彦

発行所 株式会社 角川春樹事務所
〒101-0051 東京都千代田区神田神保町3-27 二葉第1ビル

電話 03(3263)5247［編集］ 03(3263)5881［営業］

印刷・製本 中央精版印刷株式会社

フォーマット・デザイン＆シンボルマーク 芦澤泰偉

ISBN978-4-7584-3361-7 C0193

http://www.kadokawaharuki.co.jp/［営業］
fanmail@kadokawaharuki.co.jp［編集］ ご意見・ご感想をお寄せください。

山本周五郎
かあちゃん

文庫オリジナル

私も周五郎作品を読み返す度、失ったものを取り戻すような気持ちになる。それはかつての日本の風景であり、人の情であり、親から伝えられた仕来りであり、恥を感じる心でもある(宇江佐真理・巻末エッセイより)。女手でひとつで五人の子供を育てているお勝と、その家に入った泥棒との心の通い合いを描いた表題作をはじめ、山本周五郎が、人間の〝善なる心〟をテーマに遺した作品から、全五篇を厳選。文庫オリジナル。

(エッセイ・宇江佐真理、編/解説・竹添敦子)

竹添敦子
周五郎の江戸 町人の江戸

書き下ろし

古きよき日本が急速に姿を消していった一九五〇年代、山本周五郎はさかんに江戸の物語を世に送り出した。頑固で寡黙な職人、適度な距離でご近所と関わる長屋の住人たち……貧しさを恥じず、切羽詰まった事情や感情を抱えながらも愚直に日々を送るほんの昨日までの日本人の姿が、江戸の町人を主人公に描き出された。再び世の価値観が大きく動いているいま、「柳橋物語」「さぶ」「おさん」「虚空遍歴」をはじめとする周五郎の江戸もののなかに、本来の日本人の姿を探り出す。

時代小説文庫

鳥羽 亮
剣客同心 鬼隼人

書き下ろし

日本橋の米問屋・島田屋が夜盗に襲われ、二千三百両の大金が奪われた。八丁堀の鬼と恐れられる隠密廻り同心・長月隼人《ながつきはやと》は、奉行より密命を受け、この夜盗の探索に乗り出した。手掛かりは、一家を斬殺した太刀筋のみで、探索は困難を極めた。そんな中、隼人は内与力の榎本より、旗本の綾部治左衛門《じざえもん》の周辺を洗うよう協力を求められる。だが、その直後、隼人に謎の剣の遣い手が襲いかかった——。著者渾身の書き下ろし時代長篇。

（解説・細谷正充）

鳥羽 亮
七人の刺客 剣客同心鬼隼人

書き下ろし

刃向かう悪人を容赦なく斬り捨てることから、八町掘の鬼と恐れられる隠密廻り同心・長月隼人。その隼人に南町奉行・筒井政憲より、江戸府内で起きた武士の連続斬殺事件探索の命が下った。斬られた武士はいずれも、ただならぬ太刀筋で、身体には火傷の跡があった。隼人は、犯人が己丑の大火の後に世間を騒がせた盗賊集団世〝世直し党〟と関わりがあると突き止めるが、先には恐るべき刺客たちが待ち受けていた……。書き下ろし時代長篇、大好評シリーズ第二弾。

（解説・細谷正充）

時代小説文庫

鳥羽 亮

弦月の風

八丁堀剣客同心

書き下ろし

日本橋の薬種問屋に賊が入り、金品を奪われた上、一家八人が斬殺された。風の強い夜に現れる賊——隠密廻り同心・長月隼人は、過去に江戸で跳梁した兇賊・闇一味との共通点に気がつく。そんな中、隼人の許に綾次と名乗る若者が現れた。綾次は両親を闇一味に殺され、仇を討つため、岡っ引きを志願してきたのだ。綾次の思いに打たれた隼人は、兇賊を共に追うことを許すが——。書き下ろし時代長篇。

鳥羽 亮

逢魔時の賊

八丁堀剣客同心

書き下ろし

夕闇の神田連雀町の瀬戸物屋に賊が押し入り、主人と奉公人が斬殺された。賊は金子を奪い、主人の首をあたかも獄門首のように帳場机に置き去っていた。さらに数日後、事件を追っていた岡っ引きの勘助が、同様の手口で殺されているのが発見される。隠密同心・長月隼人は、その残忍な手口に、強い復讐の念を感じ縛され、打首にされた盗賊一味との繋がりを見つけ出すが……。町方をも恐れない敵に、隼人はどう立ち向うのか？ 大好評書き下ろし時代長篇。

時代小説文庫

佐伯泰英

橘花《きっか》の仇

鎌倉河岸捕物控

書き下ろし

江戸鎌倉河岸にある酒問屋の看板娘・しほ。ある日武州浪人であり唯一の肉親である父が斬殺されるという事件が起きる。相手の御家人は特にお構いなしとなった上、事件の原因となった橘の鉢を売り物に商売を始めると聞いたしほの胸に無念の炎が宿るのだった……。しほを慕う政次、亮吉、彦四郎や、金座裏の岡っ引き宗五郎親分との人情味あふれる交流を通じて、江戸の町に繰り広げられる事件の数々を描く連作時代長篇。

佐伯泰英

政次、奔《はし》る

鎌倉河岸捕物控

書き下ろし

江戸松坂屋の隠居松六《しょうろく》は、手代政次を従えた年始回りの帰途、剣客に襲われる。襲撃時、松六が漏らした「あの日から十四年……亡霊が未《いま》だ現われる」という言葉に、かつて幕閣を揺るがせた若年寄田沼意知《たぬまおきとも》暗殺事件の影を見た金座裏の宗五郎《そうごろう》親分は、現在と過去を結ぶ謎の解明に乗り出した。一方、負傷した松六への責任を感じた政次も、ひとり行動を開始するのだが——。鎌倉河岸を舞台とした事件の数々を通じて描く、好評シリーズ第二弾。

時代小説文庫

佐伯泰英

御金座破り　鎌倉河岸捕物控

書き下ろし

戸田川の渡しで金座の手代・助蔵の斬殺死体が見つかった。小判改鋳に伴う任務に極秘裏に携わっていた助蔵の死によって、新小判の意匠が何者かの手に渡れば、江戸幕府の貨幣制度に危機が――。金座長官・後藤庄三郎から命を受け、捜査に乗り出した金座裏の宗五郎……。鎌倉河岸に繰り広げられる事件の数々と人情模様を描く、好評シリーズ第三弾。

佐伯泰英

暴れ彦四郎　鎌倉河岸捕物控

書き下ろし

亡き両親の故郷である川越に出立することになった豊島屋の看板娘しほ。彼女が乗る船まで見送りに向かった政次、亮吉、彦四郎の三人だったが、その船上には彦四郎を目にして驚きの色を見せる老人の姿があった。やがて彦四郎は謎の刺客集団に襲われることになるのだが……。金座裏の宗五郎親分やその手先たちとともに、彦四郎が自ら事件の探索に乗り出す！　鎌倉河岸捕物控シリーズ第四弾。

時代小説文庫

佐伯泰英
古町《こまち》殺し
鎌倉河岸捕物控
書き下ろし

徳川家康・秀忠に付き従って江戸に移住してきた開幕以来の江戸町民、いわゆる古町町人が、幕府より招かれる「御能拝見」を前にして立て続けに殺された。自らも古町町人である金座裏の宗五郎をも襲う刺客の影！ 将軍家御目見得格の彼らばかりが狙われるのは一体なぜなのか？ 将軍家斉も臨席する御能拝見に合わせるかのごとき不穏な企みが見え隠れするのだが……。鎌倉河岸捕物控シリーズ第五弾。

佐伯泰英
引札屋おもん
鎌倉河岸捕物控
書き下ろし

「山なれば富士、白酒なれば豊島屋」とうたわれる江戸の老舗酒問屋の主・清蔵。店の宣伝に使う引札を新たにあつらえるべく立ち寄った引札屋で出会った女主人・おもんに心惹かれた清蔵はやがて……。鎌倉河岸を舞台に今日もまた、さまざまな人間模様が繰り広げられる――。金座裏の宗五郎親分のもと、政次、亮吉たち若き手先が江戸をところせましと駆け抜ける！ 大好評書き下ろしシリーズ第六弾。

時代小説文庫

佐伯泰英

下駄貫の死

鎌倉河岸捕物控

書き下ろし

松坂屋の隠居・松六夫婦たちが湯治旅で上州伊香保へ出立することになった。一行の見送りに戸田川の渡しへ向かった金座裏の宗五郎と手先の政次・亮吉らだったが、そこで暴漢たちに追われた女が刺し殺されるという事件に遭遇する……。金座裏の十代目を政次に継がせようという動きの中、功を焦った手先の下駄貫を凶刃が襲う！　悲しみに包まれた鎌倉河岸に振るわれる、宗五郎の怒りの十手――新展開を見せはじめる好評シリーズ第七弾。

佐伯泰英

銀のなえし

鎌倉河岸捕物控

書き下ろし

〝銀のなえし〟――ある事件の解決と、政次の金座裏との養子縁組を祝って贈られた捕物用の武器だ。宗五郎の金流しの十手とともに江戸の新名物となる、と周囲が騒ぐのをよそに冷静に自分の行く先を見つめる政次。そう、町にはびこる悪はあとを絶つことはないのだ。宗五郎親分のもと、亮吉・常丸、そして船頭の彦四郎らとともに、ここかしこに頻発する犯罪を今日も追い続ける政次たちの活躍を描く大好評シリーズ第八弾！

時代小説文庫

佐伯泰英
白虎の剣 長崎絵師通吏辰次郎

書き下ろし

陰謀によって没落した主家の仇を討った御用絵師・通吏辰次郎《とおりしんじろう》。主家の遺児・茂嘉とともに、江戸より故郷の長崎へ戻った彼は、オランダとの密貿易のために長崎会所から密命を受けたその日に、唐人屋敷内の黄巾党《こうきんとう》なる秘密結社から襲撃される。唐・オランダ・長崎……貿易の権益をめぐって暗躍する者たちと辰次郎との壮絶な死闘が今、始まる！　『悲愁の剣』に続くシリーズ第二弾、待望の書き下ろし。

（解説・細谷正充）

佐伯泰英
道場破り 鎌倉河岸捕物控

書き下ろし

赤坂田町の神谷道場に一人の訪問者があった。朝稽古中の金座裏の若親分・政次が応対にでると、そこには乳飲み子を背にした女武芸者の姿が……。永塚小夜と名乗る武芸者は道場破りを申し入れてきたのだ。木刀での勝負を受けた政次は、小夜を打ち破るも、赤子を連れた彼女の行動に疑念を抱いていた。やがて、江戸に不可解な道場破りが続くようになるが――。政次、亮吉、船頭の彦四郎らが今日も鎌倉河岸を奔る、書き下ろし好評シリーズ第九弾！

時代小説文庫

佐伯泰英
異風者《いひゅもん》

書き下ろし

異風者《いひゅもん》――九州人吉《ひとよし》では、妥協を許さぬ反骨の士をこう呼ぶ。人吉藩の下級武士・彦根源二郎は〝異風〟を貫き、剣ひとつで藩内に地位を築いていく。折しも藩は、守旧派と改革派の間に政争が生じていた。守旧派一掃のため江戸へ向かう御側用人・実吉作左ヱ門警護の任についた源二郎だったが、それは長い苦難の始まりでもあった……。幕末から維新を生き抜いた一人の武士の、執念に彩られた人生を描く書き下ろし時代長篇。

佐伯泰英
悲愁の剣 長崎絵師通吏辰次郎

長崎代官の季次《すえつぐ》家が抜け荷の罪で没落――。季次《すえつぐ》家を主家と仰ぎ、今は海外放浪の身にある南蛮絵師・通吏《とおり》辰次郎《しんじろう》はその報せに接し、急ぎ帰国するが当主・茂智、茂之の父子や、茂之の妻であり辰次郎の初恋の人でもあった瑠璃《るり》は、何者かに惨殺されていた。お家再興のため、茂之の遺児・茂嘉を伴って江戸へと赴いた辰次郎に次々と襲いかかる刺客の影！　一連の事件に隠された真相とは……。運命に翻弄される者たちの奏でる哀歌を描く傑作時代長篇。

（解説・細谷正充）